老城记

潇湘梦痕

老长沙

LAO CHANGSHA

田汉 等著

中国文史出版社
CHINA CULTURAL AND HISTORICAL PRESS

图书在版编目（CIP）数据

老长沙 : 潇湘梦痕 / 田汉等著 . -- 北京 : 中国文
史出版社 , 2023.3
（老城记）
ISBN 978-7-5205-3889-3

Ⅰ . ①老… Ⅱ . ①田… Ⅲ . ①散文集－中国－当代
Ⅳ . ① I267

中国版本图书馆 CIP 数据核字（2022）第 199665 号

责任编辑： 牛梦岳

出版发行： 中国文史出版社

社　　址： 北京市海淀区西八里庄路 69 号院　邮编：100142

电　　话： 010–81136606　81136602　81136603（发行部）

传　　真： 010–81136655

印　　装： 廊坊市海涛印刷有限公司

经　　销： 全国新华书店

开　　本： 787mm×1092mm　1/16

印　　张： 17.5

字　　数： 196 千字

版　　次： 2023 年 4 月第 1 版

印　　次： 2023 年 4 月第 1 次印刷

定　　价： 52.80 元

目 录 ●

第四辑　**抗战之城**

潇湘漫话

第一辑

湖南省城古迹今释（节选）

李抱一

旧城南书院

城南书院，创自南宋张南轩先生（名栻，字敬夫）。他的父亲紫岩先生（名浚），以观文殿大学士来潭州，寓居城南，他随了前来。闻知胡五峰（名宏）讲学衡山，他往求学。学成返潭，聚集学者相与讲习。紫岩先生因书"城南书院"四大字榜诸所居的舍前，城南书院自此萌芽，遂流传至于数百年。当时的城南书院有丽泽堂，有书楼，有蒙轩，有月榭，有卷云亭，已极楼台堂榭之胜。又有绿竹成荫的琼琤谷，高丘层观的南阜，一池如碧的纳湖。纳湖中间，更置听雨舫与采菱舟藉资点缀。南轩名此为十景。朱晦庵来访，遂有十景的唱和。南阜当是妙高峰的绝顶，卷云亭亦在妙高峰上（今妙高中学前新建卷云亭，不知是否其地）。琼琤谷，据志载："在卷云亭后高阜之右。"朱子《琼琤谷》诗："湖光湛不流，嵌窦亦潜注。倚杖忽琼琤，竹深无觅处。"当在纳湖或锡塘的旁边。纳湖，《一统志》云："即南湖。旧属纳氏，又名纳湖。"但南与纳系一音之转，不知到底名自何起，即今天鹅塘。当时引锡塘之水，以注纳湖。锡塘，即今之老龙潭。南轩诗："原原锡潭水，汇此南城阴。"朱晦庵《纳湖》诗："想像南湖水，秋来几许深。"可见那时老龙潭的水量，较今更为洪大。但是如今自妙高峰以北，如盘亘一条山脉，老龙潭的水似乎无引入天鹅塘的可能。那时想必无此形势，或者后来因兵事的关系特为增高（即如太平之役，太平军据妙高峰鳌山庙一带，江忠源据蔡公坟，递迤至新开铺，各筑坚垒相守），因风水的关系故意培护（《善化县志》谓吴三桂于城外浚濠三重，我师于豹子岭、峨眉岭等处掘坑筑壕。气泄脉断，宜急加培护。可见培护气脉是从前常有之事），就成了如今磅礴的样子了。丽泽堂、书楼、蒙轩、月榭，如今不能指其所在。据南轩《丽泽堂》诗："门前长春水。"朱子诗："堂前湖水深。"南轩《月榭》诗："危栏明倒影，面面涌金波。"朱子诗："月色三秋白，湖光四面平。与君凌倒影，上下极高明。"未必丽泽堂、月榭，竟在纳湖的旁边吧。否则，"原原锡潭水，汇此南城阴"，不仅汇到纳湖，必更汇到书院的前门，朱张的诗才有着落。当时，那里还有张家的私宅（所以朱张在此唱和，张处处觉得是主，朱处处觉得是客）。自如今的老龙潭过天鹅塘，左延至于书院坪，包括妙高峰，都为张家所有。大约紫岩先生在此颐养，南轩先生也在此讲学，那时的城南书院或只如大第中一个私塾。南轩为当时的贵公子，游从之盛，宴赏之华，自意中事，当然有此园亭第宅。但他博学修身不比寻常，朱子说他"外为军民之所仰望，内为学者之所依归"，实非溢词。那么，寓居湖南的佳公子，千古以来，当以他为第一。

　　城南书院，自张南轩过去后即渐荒废。后来僧人建立高峰寺于其地，以外只有寒林破屋，宿草斜阳。明朝正德年间，参议吴世忠、学道陈凤梧协请修复，未果。地址归了藩府。嘉靖间，推官翟台在高峰寺后建厅堂五间作恢复的基础，终因无款作罢。清康熙间，易象乾等又谋修复，砖瓦都已捐就，也没有成功。乾隆十年，巡抚杨锡绂以长沙府属向学的日多，而岳麓书院不录童试，又因隔江应课，每为风涛所阻，乃于南门城内天心阁下建筑学舍，为长沙一郡的书院。换去南轩旧额，亦名曰城南书院（此可谓城南书院之侨置时代）。南轩旧院，遂完全化作农田菜圃。迄至嘉庆二十五年，巡抚左辅因为天心阁下城南书院亦就颓废，又离善化县治不远，胥侩杂沓，不是讲学的地方，乃同藩司程祖洛探访南轩旧地。仍在妙高峰下觅得墙基石址，遂捐资建筑。南轩的堂舍轩楼亭榭湖谷渺茫不可复问，只紫岩所书匾额四字仅存，仍榜诸门首。院内分左右两斋，左四斋：曰居业、曰进德、曰主敬、曰存诚；右二斋：曰正谊、曰明道。又仿着南轩的故景，建立丽泽堂、蒙轩、书楼、月榭。又相传南轩当时有个禁蛙池，也在大门外甓成一池，叫作禁蛙。无不在模仿陈迹，却是有其名，未必再有其景。自此，城南书院成为通省的书院。是城南书院初为家塾，次为一府的学院，次为通省的书院。吾人所见的城南书院成于左辅，左辅中兴城南书院之功，实不在南轩之下哩。

　　张南轩建立城南书院后，后人思念他的教泽，在妙高峰建立南轩祠。后来书院废了，祠却存在。左辅既移建书院，院长余正焕于是将祠修葺，内外一新。当书院在城内时，附近的天心阁上有一文昌阁，文昌例应追随书院。余于是又在祠前增建文星阁，崇祀文昌。外建卷云亭，恢复南轩遗景。魁星照例亦追随文昌，于是又于卷云亭之上崇祀魁星。祠后旧有佛堂，烧香许愿的，日夕拥挤。余为另辟门户，以示儒释分家之意。后来院长陈本钦又在此增祀前后五忠，并陈良、屈原两贤及有功书院各名宦、院长。

书院除却文昌、魁星外，还有老祖宗不能遗漏，所以例应有一文庙。曩在天心阁下，地盘斗大，还为他老人家将就盖有一庙。如今当然不同了，于是余正焕又在书院之左建筑文庙，规制一如黉序。

太平之役，书院正当兵冲，院长陈本钦保全之力不少。先是张亮基恐怕书院为敌人盘踞，遽欲拆毁，陈力争乃止。后来文庙为太平军所毁，陈又捐款修复。

清末，书院废了，改建全省师范学堂，复改中路师范学堂、第一师范学校，现为省立第一中学校。文庙也改建了附属小学，南轩祠则改建妙高峰中学，如今都非旧观了。

古铁佛寺

铁佛寺是北门外一个有名的古刹，历史比较开福寺还久远，还有光彩。如今长沙故老，大都知道当年的胜迹。寺建自唐朝，居开福寺之先，开山祖名法华禅师。建寺的时候有一段神话，说法华禅师很有道行，初住岳麓山清风峡，后来飞锡（和尚用的锡杖，省称作锡）湘春门外，聚众说法，感动了衡山王神驾临长沙，向禅师说，愿舍铁造佛。禅师知道旨意，掷锡破地，遂得铁数百钧，铸成三尊铁佛和一座铁塔。铁佛寺的名称，遂由于此。这明明是故意附会，借以煽动愚众，招徕香火。寺所以传到几千年，这段神话或许有些功效。铁佛都高丈余，各可充栋，庄严得可怕。

铁塔计有七层，塔中贯一铁柱，长丈四尺，上段刻李思明皈依慈氏佛发愿文，下段刻观音大士陀罗尼咒及"宋淳化元年进士董韙书、李异镌"等字。清乾隆四十年，重修寺塔。又在塔顶葫芦内得一木匣，内载唐尉迟敬德督修，可见铁塔确实建自唐朝，铁柱或是宋朝重修纳入。可惜咸丰年间久遭兵燹，塔遂毁坏，闻说铁柱移至学宫侧文昌阁内，不知后来如何消灭。此是稀世珍宝，国人不知爱惜，以致没有下落，说来殊足令人扼腕。寺经康熙、乾隆几次重修。当时形势家说，湘江从城西一泻北去，自从建立此寺，秀气便停蓄不泄。此话可惜未为数百年以后张敬尧一班人（张敬尧在湖南主政人当中最信风水）所闻，不然，这寺或许还有中兴的机缘。

寄尘，是湖南一个才子和尚。袁子才《随园诗话》，曾收入他"净坛风扫地，清课月为灯"之句。他居铁佛寺，称湘滨寄尘，又称八九山人，常以琴棋书画诗酒和一班达官名士相往来。后来笠云、寄禅，下至道阶、海印一班和尚，都是学他的榜样。这可是铁佛寺一段风光的故事。

寺从咸丰年间毁于兵燹，遂零落下来。光绪中年，犹存得几所殿宇，铁佛尚有二尊，其余一尊，传闻咸丰间官军搬去铸了两座大炮。一名红毛大将军，安放南门城上，炮口对着靳江河。一名定角将军，安放木码头城墙上，炮口对着三汊矶。按红毛大将军，别有来历（后当详记）。大约移去铸炮是事实，未必就是铸红毛大将军。

清末，寺完全毁废，改作了农业学堂的农事试验场，铁佛遂都不知去向，或谓系学堂卖去熔毁。数千年巨制，如此糟蹋，真要气死许多考古学家。残余寺屋三进，民国时建筑大马路（即今所称北大马路）拆去二进，农场保管一进，为工人住所。农场内，还有寺的遗址。寺原坐北朝南，大门临湘春街，正当北门，西邻东岳宫，东抵前清守城兵房（兵房给农场改作羊圈），北过马路，可见当时范围之广。尚有石牌坊一座，上书"香城定水"及"慧照南湘"八大字，旁署"嘉庆三年嘉平月""萧山陈三康重修"。又有《重修铁佛寺记》一段残碑，在园中铺路，这是铁佛寺留在民国的残蜕。石坊距大门约数丈，两边各有一池。池旁古柳成荫，当年风景，犹可想见。池畔旧有大钟一座，击之锵然有声，亦不知何往。园之东角尚存塔址，土人呼为宝塔园，大约是以前宝塔所在。以上是民国十三四年的景象。近年，农业学校将农场卖去改作街市，马路从中间直贯，铁佛寺的故迹完全消灭，石坊残碑也不知落在何所了。

开福寺

五代马氏在长沙留的故迹甚多，开福寺是其中一个最有名的。马殷开府长沙，创建开福寺，保宁禅师为开山之祖。马殷的儿子希范改建会春园，作为他避暑的地方，费了巨万的金钱。（《五代史》云："天福四年，马希范作会春园、嘉宴堂，其费巨万。"）后来代有高僧。宋初有一个洪蕴，出家寺中。解方技，精医术。游至汴京，宋太祖闻知召见，赐他一袭紫方袍，号他广利大师，后又升了副僧录。他是湖南一个最有利市的和尚，应当在开福寺的历史上占一重要位置，可惜如今没有人知道了。宋嘉祐年间，紫珂禅师将寺改建一过，殿宇还甚庄严。南宋张南轩有篇《开福寺记》，略道："长沙开福兰若，故为马氏避暑之地，所谓会春园者。今荒郊中，时得砖甓，皆为鸾凤之形。而奇石林立，二百年来，供城中官府及人家亭馆之玩，何可数计也？而蔽于榛莽、卧于泥池者，尚多有之。当时不知载致何所，用民之力又何可量哉？……"读此记，可以追思会春园当日的宏丽。而砖甓埋在荒郊，奇石聊供玩具，又可见开福寺虽经重建，却远不及马氏会春园的旧规模了。明初，彻堂禅师及明吉简王，相继重修。嘉靖间，渐渐倾倒，吉王又同绅民重新建造。明末，屡遭兵乱，栋宇都化为灰烬。只有孤塔参天，乱荆披地，似欲随明运以终。清顺治十七年，有僧号佛国，说是"航海而来，卓锡于此"，募捐修复。总兵卜世龙，大发愿心，倡首捐款，开福寺遂又中兴。前有卜世龙，后有陈海鹏，开福寺在历史上常有军人之赐，护法伽蓝都是健儿身手。人天大利，四众相依，善哉善哉！

清朝以来，开福寺未曾怎样零落，但是吓了两大跳：（一）乾隆年间，清廷发兵平大金川，湖南也是军事区域，当时在寺旁制造火药。一日忽然失慎，火药爆发，轰毙了许多人。有的冲上数十丈，下落树头，腹胃遂挂在杈丫；有的变为黑块，纷纷落在碧浪湖里。当时，长沙市井骂人，动曰"汝只好到黑头塘（即碧浪湖）洗澡"，或"登树上歇凉"，和如今"出浏阳门"同一口吻，可见此回惨状的厉害。（二）嘉庆丙辰，官兵征五溪苗，仍在那里制造火药。又失慎。惨剧虽少，杀死的也自不少（按以上事实，出陶丙寿《三蕉余话》）。闻开福寺经此两役后，后栋廊屋都被焚毁。虽没有省城隍庙、关帝庙那回的遭殃，也算是开福寺的不幸了。

开福寺坐落的地方有一山名曰紫微，从前说"紫微山佳木蓊郁，虬枝攫拿。山旁碧浪湖，弥望皆荷花菱芡"。所以清嘉庆间，巡抚韩韨题寺门联有"紫微栖凤""碧浪潜龙"八字，至今联还在。山却只觉寺后稍为隆起，没有山的形势。寺旁稍有几棵树，又没有翁郁攫拿的可能。栖的只有乌鸦，潜的也只有鱼虾（若在秋冬，连鱼虾都没有地方潜起），凤呢龙呢，哪里有这些东西。

清末的开福寺，陈海鹏军门为之壮色不少。说到开福寺，遂忆及陈海鹏；说到陈海鹏，遂忆及开福寺。开福寺和陈海鹏关系的密切如此。开福寺后头几间精舍，一座船室，都是陈海鹏所建。陈海鹏晚年避暑于此，恍惚也有南面王的乐境。马王宫阙，过眼云烟，曾不足以相傲。陈去世后，长沙各诗人又常流连于此，海印和尚也从此中得了一个"诗僧"的名称。

数年以前，殿宇已不甚雅观。宝生和尚大发愿心，募捐数万金，新建数殿，旧的亦补葺一过。如今焕然大观，香火亦日兴旺。宝生和尚之名亦常见于报纸，而为当朝贵人及缙绅先生所青及。将来在开福寺历史中，亦得与彻堂、佛国平分一席。宝生和尚，亦可谓僧杰也已。

碧浪湖

知道开福寺的，就知道碧浪湖。相传开福寺后碧浪湖有流杯池，池上有亭，马希范凿，为上巳祓禊之所。可见碧浪湖也曾是"江山胜践"的所在。《图书集成·职方典》云："碧浪湖，即开福寺后黑罗塘。"《省志》云："碧浪湖在长沙县北开福寺后，一称黑潦塘，为楚王马殷避暑处，广千余亩。"更知道碧浪湖的别名为黑潦塘，或黑罗塘，后来俗人竟误呼为黑路子塘。黑路子，有鬼的意思。赛尚阿追长毛时，屯兵黑路子塘，见者多谓为不祥之兆，附会得古怪。碧浪湖于长沙的水利史上，应特书一事。长沙江边，湾曲甚少，不便屯泊舟楫，从前多泊对岸水陆洲。货物起运，客商往来，都用小船。而水陆洲亦系直流，风浪稍大，亦常失事。明朝以来，地方官屡回兴议开河通商。唐源请开南湖港，没有成议。清初，巡抚王艮和赵申乔以次在北门外新开一河，从黑潦塘西下，沿新泰桥通城外。不久，都淤塞不通。乾隆间，巡抚杨锡绂根据明唐源议开浚南湖港，陈宏谋更筑分水坝以刷沙泥，不久亦废。咸丰间，骆秉章再修新开河，竟逢着大石中止。当时有人主张从北门便河转小吴门，遵陆路向东凿通回西渡，引浏河至小吴门外，绕北门入湘。工程太大，未成事实。李元度独建议掘开碧浪湖外堤通于大江，浚深湖底，引船舶入湖，屯泊湖上。有九尾冲小溪流注，更凿通浏河水以增加水势。敷陈四便八利，甚为详尽，当时亦未如议实行。迄至清末，岑春蓂抚湘，才依照所议将江湖间堤路挖去而外，畅通上头，开至浏河，长约数里。如遇春涨，湖内泊船可以盈万。

岳麓山

傅角今

岳麓山亦称麓山，盖衡山之足也。以古迹及风景之胜，亦湘中名山之一。山位长沙市隔江之西岸，距市约四五里，凡迹履长沙者，未有不一畅游麓山为快。近年市政筹备处更江滨筑有登山马路，游玩益便。山有二峰，北峰高而南峰低，两峰之间从乃精华所萃之处，暮春三月，山花满地，碧水涓涓，树木荫翳，游憩其间，在在皆足以引人入胜者也。兹择举胜迹如次：

（一）爱晚亭。原名红叶亭，袁子才先生改今名，在湖南大学校后半里许之清风峡，满谷枫林，重重绿荫，小涧一湾，绕流亭右，清风习习，流水淙淙，游憩胜地也。若至九十月间，秋阳减色，枫叶翻红，则又别饶一番风致。

（二）麓山寺。一名万寿寺，位山之半腰，建自晋大始元年，殿阁轩清，蓬蒿没径，大有古刹风光。前殿之后，有方池二，深可数尺，署曰"玉泉"，沿石级上，即达观音阁，阁内清幽可憩。

（三）白鹤泉。在岳麓寺旁数十武，泉出岩石中，仅一勺许，味最甘洌，相传常有白鹤飞止其上，故名，石刻有"白鹤泉"三字。

（四）蔡公墓。蔡公松坡之墓，在岳麓寺后，丰碑穹窿，令人起敬，墓周刊有国内名人志铭，惜游者缺乏公民道德，多被摧毁，公享祠在墓下半里许，万寿寺侧，公之遗像在焉。

（五）黄公墓。黄公克强之墓，在蔡公坟之上，沿石级可达，墓表之壮，一如蔡墓。

（六）望湘亭。在麓峰之顶，登亭而望，湘江如带，万家烟火，历历在目。设有茶馆，游山者必在此小憩。亭之下，有"飞来石""飞来钟"，相传为他地飞来者。

（七）禹王碑。位麓峰顶之左侧，碑刻皆蝌蚪文，凡七十七字。明吴道行禹碑辨云："考吴越春秋，载禹登衡山，梦苍水使者，授金简玉字之书，得治水之要，刻石山之高处，禹碑之所从来矣。历千百年无传者，道士遇见之，韩文公、刘禹锡索之不得，致形之诗词。宋嘉定初，何子一游南岳，遇樵者导引至碑所，始摹其文，过长沙，转刻之岳麓山顶，隐避又四百年，至于国朝（指明朝）嘉靖初，潘太守搜得之，剔土拓传，朝野始复睹虞夏之书。"自明以来，各家之译文数出，然蝌蚪文久废，所译尚多谬误之处，姑录一二，以便参阅：

译文一

承帝曰咨，翼辅佐卿，洲渚与登，鸟兽之门。参身洪流，而明发尔兴，久旅忘家，宿岳麓庭，智营形折，心罔弗辰，往求平定，华岳泰衡，宗疏事裒，劳余伸禋，郁塞昏徙，南渎衍亨，衣制食备，万国其宁，窜舞永奔。

译文二

承帝令袭，翼为援弼，钦涂陆，登岛潟，端乡邑。仔粗流船，暗歇迟眠，即凤迄冬，次岳麓殿，陌裂岳析，蹈罔堕缠，往求出窍，华恒泰衡，嵩陲事袤，献柈挺裡，郁浚垫徒，南暴幅员。节别界联，魑魅夔魈，窜舞蒸磷。

（八）达峰墓。在蔡公墓左面之上方，规模亦颇宏巨，中竖"浏水堕泪之碑"，旁刻一联云"达向九霄云路近，峰高五岳众山低"，此公素志所蓄，尝自撰以榜寝门者。墓下有亭，曰达峰，俯瞰湘城，俨如画景。

（九）岳麓书院。位山之东麓，由长沙市渡江后，逾"自卑亭"，即抵此。为宋朱熹讲学之所，现为湖南大学校址。校内遗存石刻颇多。

爱晚亭

谢冰莹

凡是到过长沙的，谁不知道有座岳麓山？游过岳麓山的，谁不记得爱晚亭呢？

爱晚亭的名字是这么美，这么雅，这么富有诗意，使人一见便会联想起杜牧的诗来：

远上寒山石径斜，白云生处有人家。

停车坐爱枫林晚，霜叶红于二月花。

爱晚亭的名字，是不是因为杜牧的诗而起的，那就不可考证了。游山资格很老的人，都知道先由那条直通五轮塔的马路上山，再由昆涛亭，直上黄兴墓，云麓宫，然后再折下来经蔡松坡墓，青枫峡①，而至爱晚亭。如果你是早晨八点动身，最好在云麓宫吃

---

① 青枫峡，今又称清风峡。

午饭；有力气的话，还可爬到山顶看看那块字迹模糊的禹碑，那是记载着大禹治水的丰功伟绩的。岳麓山虽然不怎么高，也不十分大，一天工夫可以把它一览无余，但它有三个特点：

第一，是先烈先贤的古迹多，使游人处处受到一种感动和启示。他们一面欣赏名胜，一面缅怀先烈那种为国牺牲的精神，不由得从内心发生一种崇敬和景仰，无形中，他们的人格受到感化，精神受到鼓舞。我曾亲眼看见一个诗人在黄兴墓前徘徊低吟了两小时，也看见军人和记者把几位烈士的殉难经过详细地记下来。

第二，岳麓山虽然不雄壮，可是很秀丽；虽然没有瀑布，但它有一条来自山顶，流入湘江的小清溪，也就是爱晚亭旁边的一个胜景。水是那么清，那么甜，流水的调子是那么悠扬而令人心醉。

第三，在青枫峡里听涛声，比在衡山黑龙潭听瀑布还有趣，微风起时，枫叶便发出轻细的软语，恰像爱人躲在树丛喁喁情话。猛不防，一阵疾风吹来，松涛像万马奔腾，鼓乐齐奏，使你听了好像觉得天地在旋转，万物在欢唱，在狂舞；这时候，你根本忘记了自身的存在，只觉得大自然的伟大、神秘。你到了这种境界，完全与大自然合而为一，你没有忧愁，没有烦恼，没有痛苦；你所感到的只是自我的渺小与无能，你恨不得化身为落叶，随风飘荡，该有多么轻松自由！回头再看看水里的鱼虾和螃蟹，你会更羡慕它们的无拘无束，自由自在。所以我说青枫峡和爱晚亭简直是使人乐以忘忧的仙境。有了上面所说的三个特点，岳麓山便成了无人不晓的名山。有时候我遇见到过长沙的外省朋友，就喜欢问他："你到过岳麓山吗？""到过，娇小玲珑，美极了！"对方这么回答我，我很高兴，随即问他："你到过青枫峡和爱晚亭吗？""没有，我到过云麓宫。"这时我真替他可惜，一定没有"长沙老手"做向导，所以遗漏了这两处风景清幽的最好地方。其实青枫峡和爱晚亭是相连的，有一条斜斜的石径，经过爱晚亭的左边，直达青枫峡，这儿是全岳麓山枫树、松树最多的地方。夏天，当柏油路上印着一个一个的橡皮轮的痕迹，热得连鸟儿也停止了歌唱的时候，而一来到这里，凉风习习，树影婆娑，由叶缝里漏下来的阳光，在石径上印上许多整齐的图案画。它们闪着金色的光辉，像水银似的流动着，但并不消灭，老是那么随风舞动。看久了，眼睛会花，脑筋也会乱。这和听涛声的感觉又不同：你周身会感到轻松愉快，感到飘飘然，感到人生充满了快乐，充满了希望，前途像阳光一般灿烂，生命像一团火。这时候，最适宜坐在爱晚亭里静静地听鸟语，闻花香，听流水潺潺，松涛吟啸，看天边云霞变幻，落日余晖。

爱晚亭，我真太愧对你了！十五岁的那年，当我还梳着两条小辫子的时候，我第一次和你结下因缘，一直到今天，我没有一时忘记过你！记得那时候，我曾写下这样的句子：

"我愿永远安静地躺在青枫峡里，让血红的枫叶为我做棺盖，潺潺的流水，为我奏着凄切的挽歌。"

一直到今天，我还没有把你的美，你的深情，你给予游人的快乐和安慰写出来。我真不知道要怎样来描写你；不知有多少初恋的情人，愿意永久躺在你的怀抱？不知有多少失恋的人，跑去你那儿哭诉他伤心的遭遇？不论春夏秋冬，你有四时不同的姿色：春天，你像一个含苞待放的蓓蕾，你像初出湖水的荷苞，你像一个娉婷的少女，你脉脉含情，满身都披着嫩绿，使人一见你，便感到一种青春的活力在跳动，青春的热情在奔流。夏天，你像一朵绚烂开放的玫瑰，浓荫遮住了阳光，你不再是含羞答答的少女，而是热情如火如荼的姑娘。在城市里受炎热熬煎的人们，谁也希望整天躺在你的怀抱里，接受你微风的抚摸，温情的安慰。秋天，你更妩媚了，并不因秋风萧索而使你消瘦，使你憔悴；相反地，秋高气爽，你更显得潇洒风流，孤高雅洁。这时候，有不少雅人词客在明月皎洁的深夜，倚在你的身边，听你绵绵的絮语，细叙着秋夜的幽情；尤其最美的是绚烂的红叶，点缀在翠绿重叠的树丛里，是那么鲜艳夺目，令人陶醉。冬天，你更美丽了，白皑皑的雪，把整个岳麓山点缀成纯银世界，青枫峡里满眼都是玉叶琼枝，雪花飘舞。溪水并不因为寒冷而冻结，它还是那么日夜不停地流着奔向湘江。你，爱晚亭啊！你经过了春、夏、秋、冬四季的盛衰；然而你并不曾改变丝毫，古老的苍松翠柏，还是那么挺立在风雪之前。有阳光的日子，或者是大雪纷纷的冷天，仍然有一群群的男女青年和白发飘萧的老人，他们都去踏雪寻梅，瞻仰你这不屈不挠的英姿。

爱晚亭，我是一九三七年的秋天和你告别的，我把你赋予我的热情和坚毅带到了前线，又带回后方。如今你已度过了十余载苦难的时光，沧海桑田，不知又有多少亲友伤亡？

爱晚亭啊，十余年来你已受过不知多少次剧烈的炮火洗礼，受过无尽的创伤，你是否也在日夜悲伤？溪水呜咽，蝉声凄切。写到这里，我的心弦在颤动，我的热泪在奔流。我凝视着灰色的天空，托悠悠的白云，带给你一颗赤热的心和满腔的怀恋！……

湖南杂忆

瞿宣颖

　　一个城市有一个城市的特殊臭味，这是一点不错，长沙城的特殊臭味，便是一种桐油、爆竹、草纸、水油以及潮湿郁蒸之气所集合而成的。走到街市上，越繁盛的地方越容易感觉到。

　　长沙的狭小是如此，从北门到南门也不过北平的从正阳门到地安门。所以在未有人力车以前，中等阶级的男子，简直用不着代步的方法。直到如今，虽然有了人力车，也绝没有像他处的人力车拉着飞跑的。初到长沙的人，无不感觉长沙的人力车拉得特别的慢，殊不知历史的教训使得他们如此，如果不是拉得慢，则不消两三分钟便到目的地了。而且长沙街道之窄无比，许多的巷子平张两臂可以抵着两边的墙，就是最繁华的市街，也仅仅容两乘轿子平行而过，地下又是铺的石板，磊砢得很，人力车是万拉不快的。如今市区虽然扩大了，街道虽然展宽了，路面虽然改筑了，历史的印象一时不容易忘却。

　　往日代步的方法，最普通的是所谓"三丁拐"的轿子，"三丁拐"，两人抬轿而中间靠轿门的地方更加一人以助其力。每逢上下肩的时候，此人必极力将轿子往上一颠，坐轿的人如果不是内行，必要大大吃一惊。

　　长沙乡野之平凡是出乎想象之外的。黄泥的童山，纵横的田亩，是一望无际的境界。行人只是永远踏着窄不容趾的田畔而前进而已。方塘到处可见，然而只是一窝浊水，并没有写影的清涟。当炎威最盛的夏天，尤其使人感觉烦闷。唯有一段湘江与岳麓山，才是长沙人所能看到的天然美景。岳麓山尤其是长沙的天然公园，气概虽不雄壮，而岩壑竞秀，松柏交荫，具有山林之美。加以唐宋以来的点染，道林寺是唐代诗人所称颂的，岳麓书院又是宋以来文人学士会集的地方，游人到此，至少觉得长沙不是一个新国，而现实的尘俗，可以暂时一清。古迹之所以可贵在此，古迹之所以必须经营整理也在此。岳麓山除了添了黄兴、蔡锷之墓而外，总算保存着原状。凉秋九月，走到山半的爱晚亭，吟讽着杜牧之的名句："停车坐爱枫林晚，霜叶红于二月花。"不觉憬然想到，长沙城中经过千百种的变化，而此地的亭台树石，与古人所曾经欣赏者无异。

　　湘江的美，在秋而尤在暮，在长沙停舟的两岸，诚然平凡无奇，但是南往湘潭的路上，便渐渐显出湘江的特色了。湘水有潇湘之称，潇湘者肃霜，肃霜者是古人所用的一种双声联绵字，用以形容清澈凉爽的意思（据王国维的解说）。不经过长沙以南的湘江，不知道湘水得名的由来。其清彻底，其气甚凉，再加上两旁露骨的苍石，与清波相映，颇觉得有一种孤高狷洁的气概，与吴波的柔靡又不同。所以要领略这种苍苍凉凉的水色山光，宜于秋暮。

　　不独看水看山，总而言之，长沙一年之中只有秋天最好过：春天多雨，夏天太热，冬天不冷不暖，无风无雪，也不是纯粹的冬天，唯有秋天，真不愧秋高气爽。夏天的烦闷去了，而冬天的枯燥未来，加以长沙的美品橘与菌又是在这时倾筐地上市。如果不以秋天到长沙，那是很可惜的。

　　长沙有三个天然之敌，一是雨。长沙人为雨所征服，而自然归化了。劳动界终年不穿鞋袜，无论什么人无不备有一把雨伞，市街上尽是用石板铺成，像这样的适应环境，每次出门以后，还是不免泥点沾衣，而必须实行苏东坡所谓"日暮归来洗鞋袜"。他们因为雨的享受太多，反而不甚欢迎太阳。长沙的旧式房屋，都是只有极小的天井卧室，窗是终年用布帘遮上而不开的，再加上床上还要挂一层厚密的蚊帐，所以长沙城居的人很多体弱而不离药饵。第二个敌人是热。热与雨是相因而至的，如果光是热，还可以。热之中，又加以潮湿，这最难受。夏天洗完澡之后，便不得干，就是干了，所穿的衣服在湿空气之下，也是含着水分的。我们有法子驱逐热，而没法子驱逐潮湿的热。最热的时候，整夜不能安眠，望着天空的树梢，没有一点摇动的意思，真不禁想念北方的夏令，比起来便有天壤之别了。雨与热还有停息的时候，唯有第三个敌人——虫——更难对付。虫之中尤其是白蚁，可以将整个的楼柱蚀成中空，如果发觉不早，这所建筑便归毁灭。如果你有一箱书锁了一年不开，明年打开一看，里面的书便可以羽化而登仙，入于无何有之乡了。其他惹人厌恶之虫，当然也应有尽有，总之，这三个敌人都足以使长沙人不能安居乐业。

　　湖南的往日社会状态，也有异于其他各省的地方，我们要知道湖南的人口，经过张献忠、吴三桂的变乱，已经减少到几乎灭绝的程度。现在的湖南人大部分是江南江西迁入的，湖南没有很长的家族史，很少有能追溯到明代的家族，就是最近三百年中继续繁荣的家族，也很少。这是一个异征。

湖南农业之庞大，是大家所知道的。农业社会的现象，是保守、勤苦、安分，而有自治自卫的能力，大多数的地方属于此一类，而尤其以湘乡为最好的代表。所以湘军能以源于自卫的动机，进而参加政治活动，可是一参加政治活动，他们便不免于失败。卒之湘军之光荣只是抵抗太平军的那一段，而对于政治上的主张并无可言。这是一方面。还有一方面，便是商业社会的活动。在有清三百年中，湘潭是亚于汉口的大商埠，两广云贵的货物运输，以此为枢纽，由此而分散全国，尤其是长江下游的物产与其资金，向外找出路，第一必找湘潭。湘潭于是变成商业社会中心。而商业社会的现象便是奢侈浮滑，善于趋时，有追求知识提倡艺术的余暇。综上所说，湖南的社会有两方面，有两个重心，有截然不同的两种力量，常在那儿左萦右拂。所以一班所谓湖南人，两种矛盾的性格同时存在。湖南人极守旧，迷信最多，然而又常常站在时代之前，常常做革新运动的急先锋。湖南人蛮干、死干、呆干，不像江浙人的聪明，也不像北方人的一味驯良屈服，然而却又富有浮滑的神气，不比两广人的质直。

湖南人的民族思想，在满清初期虽然有王船山的提倡，远不如江浙闽广的发达。推求其故，显然是因人民流徙不定，还没有结成定型的湖南民族。及至满清盛时，湖南因为是个有自给能力而又无余力给人的省份，不感外来的压迫，所以聪明材力之士也只有槁项黄馘老死田亩。一直到咸同军兴，湖南人方才感觉世界之大，而世人也感觉湖南之大，在这样相互的需要与供给之下，然后发生种种特异的思想。当军事结束之后，军队的剩余分子，开始秘密活动，他们以固有的神权思想为背景，以军队组织为结合之便利，以反抗统治阶级为号召之便利，他们以浏阳为中心，而蔓延及于长江上游；与北方的义和团组织，当光绪二十年以至二十六年之间都达到最盛时期，遥遥相应。不幸北方的民众团体没有意识的领导，而弱点全然暴露。在湖南则为知识分子所利用，而成为推翻满清的一种力量。这种反满清的知识分子，究竟从何而孕育呢？可以说他们受了乡先达王船山的影响，又习见习闻这种含有秘密意味的民众活动，不期然而然地走上这条路去。湖南革命先进死事之烈，与其怀抱之高，必推浏阳潭唐二君子。自时厥后，渐渐在国内国外显事活跃，与广东的一支，左提右挈，而成功辛亥革命。辛亥之湖南起义，颇有人归功于焦陈二人，他们便是秘密社会中分子。

湖南人在同光以后，显然有与统治者为敌之意，已经屡次表现在事实上了。光绪初年，卞宝第做巡抚，孙某做藩司，因为禁止赛会，激成民变，攻入藩署，其时有一个最无赖的地痞叫曹桂山，他实在偶然不在城中，但是事后他深以不及参加为耻，于是跑到茶馆里，大声说："藩台衙门的门板真硬，我至今还打得手酸呢！"这时官厅正苦无从追究，听了曹桂山的自动认供，便把他作为正犯，斩决示众。辛亥的前一年，因为米价高涨，要求平粜，将巡警道赖某拴住痛殴，又纵火焚烧抚署，甚至要烧教堂，烧领事馆，其时一部分的绅士，也从中鼓动，逼令巡抚岑春蓂辞职，而推藩司庄赓良继任，政府觉得不成事体，便将抚藩绅士一概革职，另派新抚带兵船来长沙，方才平息。《易经》说得好："几者动之微，吉凶之先见者也。"果然第二年便有辛亥的变局，所以将晚近湖南人的思想变迁观察起来，他们反抗统治者的习性养成恐非一日。不过有点无意识不合理性不择手段而已。

在前清的官场中，大家都说湖南绅士不好惹，这自然是自有湘军以后的现象。那时湖南绅士多半拥有兵权，自然地方官畏之如虎。可是后来湘军解散，湖南人在中央政治上的势力也很薄弱，何以绅权还是异常膨胀呢？这就是由于上面所说的理由。民众对于统治者，总是取敌视的态度，绅士便可以利用之为武器。他们对地方官说："你不听我的话，百姓就要罢市，甚而至于戕官！"地方官顾考成，顾性命，谁敢不依，所以绅士阶级越来越庞大，结果还是民众吃亏。

真正湖南民众是富于革命性的，他们极少有阶级观念，普通人家用的仆人可以同桌吃饭，主人吩咐仆人做事须说"请"。尤其是女仆，更须受相当的礼貌。他们没有"底下人""当差""老妈"等名词，而谓之"请的"。请的者，被请而来者也。乡村教育相当发达，男女识字的很多，所以他们尤其不怕主人的威势压迫，一班民众是这样。可是所谓绅士阶级站在他们与政府之间而掠取利益如此者亦复若干年焉。

楚人好鬼，是历史上有名的。至今辰沅一带还保存着古代越巫的异术，以符咒治病，尤其是治伤，相传是很灵验的，普通叫作祝由科。"祝由"两个字出在《素问》上面，祝由据说是人名，其实祝就是咒的古字，祝由即《周礼》之祝榴，祝榴也就是咒。其来历不可谓不悠长，自《后汉书》以下，关于他们的记载已经不少。

祝由科在他处很神奇新鲜，而在湘西却极普通，如果不信，可以问湘西的著名人物——熊希龄，他家的人就有会的，凡是学祝由科的人，先得承认两事：一是自认一种不得其死的结果——自缢、自沉、自刎之类，一是只能以所学的法术取得酒食的报酬而不能取得金钱的报酬。话虽如此说，而在长沙的师公——符咒师——却仍是取报酬，不过所取必以三为节，例如三元三角或三千三百或三百三十之类。

湘西的工商业以木材为大宗，采木之人结木为筏，沿江而下，谓之脱簰。其人遂谓之簰客。这种巫术就是由簰客传来的。

湖南人忌讳最多，正是古书上所谓"好机祥"者，妇女尤甚，早晨见面不说"萝"字"鬼"字，此外又忌"龙""虎"等字，于是改唤龙为绞舌子，灯笼为亮壳子，虎为山猫，斧为开山子之类。于此可见尚存山民之余风也。

湖南人讲究吃吗？这是一个疑问。在外省殊少有湘菜馆。就是有，也不发达。若论吃菜的奢侈，端的要推广东。广东一桌酒席费至数百元不算回事，别的地方万赶不上。不过湖南人之中讲究吃菜的谭延闿，却能于此不示弱。他晚年得意时代，据说一席宴会是不能小于三百元的，与他朝夕为伍的那一班人，也自然争奇斗靡不相上下，成为风气，所以广东人以外，也许就要推湖南人讲究吃了。

湖南菜的特点在取味的腴厚，在炒小菜（湖南人以蔬菜为小菜）。炒的菜要不损伤其色素。碧绿的菜叶，清腴的味道，这是外省厨师所不易学的。人都说湖南人爱吃辣子，其实湘西、湘南吃得厉害，而长沙却不尽然。湖南人共同的食性，还是在爱吃蔬菜，蔬菜的种类特别多。比如冬苋菜，其叶多毛，而质柔滑，很像古人所谓葵羹。又如藜蒿，如蕨芽，也都是外省人所不大吃的。湖南人除了喜欢辣之外，还喜欢咸与硬，所以腌菜、泡菜是每饭不忘的，而饭之硬以每颗分离不相黏合为度，也与别省不同。

湖南人之于辣，也不仅吃辣椒而已，姜与胡椒、花椒、桂子都是常吃的。据说由于水性之寒，潮湿之重，非此不可。由此类推，则药饵中的温补一类，也很普遍地应用。他们本来爱吃药，一吃就是附子干姜，讲求补养的还要在六月里吃附子炖羊肉，江浙的中医听见了必然大为惊诧。

湖南的茶叶都有一种烟熏的气，它的质地介乎红茶绿茶之间，而其吃法则颇异于其他各处。普通的吃法自然是用沸水来泡，可是茶喝完了之后，有人还喜欢捞起茶叶来咀嚼。湖南人的面色多黄，恐怕就是这样中了单宁酸毒的缘故。此外便有种种点茶的方法，或是用芝麻黄豆，或是用姜，或是用花椒，可想见古人点茶汤的风味。

最尊敬的款客方法，除清茶之外，还要用一道莲子茶，比如新年的贺客，就可以受这种待遇。莲子是湖南的特产，加上红枣、桂圆文火细炖，确实有香腴的风味，仅仅呷一口汤，也足以使人留恋不忘的。

提到湖南食品的特产，要以菌油为第一。初寒的天气，松下所长的菌，尤其是小至纽扣一般的，采撷来与香油一同熬炼，加上点灯芯草以除其毒，或是做成豆腐汤，或是煮面，其味鲜美无比。此外还有两件取之无禁、用之不竭的，便是冬笋与橘。橘的质地不算很好，可是虽小而甚甜，产量极丰，湖南不产水果，要吃水果只有趁橘熟的时候饱吃一顿，天以橘救湖南人之穷与陋，所以屈原颂它为"后皇嘉树"。

湖南语言系统也是很特别的，所谓纯粹的湖南话者，只在长沙附近通行，严格地说起来，也可以说只有长沙人说湖南话。旧长沙府属的湘乡就是说的另一种语言。其音调比较平，所以说得快时虽然不易懂，而一个字一个字地说，反较长沙话为清晰，而且有许多字音与太湖流域的读音相近。湖南人在上海有过这样的经验：长沙人打电话老打不明白，换了个湘乡人，对方反而听懂他的话了。这不是说湘乡话好懂，乃是足以证明湘乡话为另一系统也。

长沙语音极注意节奏声调，与太湖流域相反，而与广州系统相似。长沙语不独有四声，而且有六声，除了平声可分阴阳而外，去声也分二种，一种用之于读书，一种用之于说话，所以长沙人无论贩夫走卒、妇人孺子，天然地懂得诗的平仄，他们还嫌沈约的四声不够，不像江浙人对于平仄那样费解。

湖南人

郭维麟

　　每每为了籍贯问题，同朋友们吵许多冤枉嘴，就是一直到现在我究竟算不算是湖南人，我自己也莫名其妙。倒并不是我忘记了祖宗八代和生身父母，而是我生养于长沙，一张文科的毕业证书却注明着是江苏武进人。偶然也曾听得父亲说过："论我家祖上，原籍江苏，因避长毛之难，迁住于长沙。"这几句话，既含糊又无结论，对于我的莫名其妙的籍贯问题，一点也不能加以什么解释。所以我老是怀疑着，以致那些公民选举、请领教育津贴出省出洋，或是夸述家世，我都不敢冒昧参加，生怕被官府和朋友们查根问底，我又答复不出一个所以然，会被糊里糊涂地扣上些可怕或可耻的头衔，弄得不好看相，岂不出丑？但是我却不畏惧来写这篇《湖南人》。一则是有话存不住，一则是湖南多巧东西，非说出来不可，简直是不能不说。记得去年有位卜斯水先生写过一篇《湖北人的脾气》，还引出一位黄黄山先生的驳辩，不过那是因为卜先生是以湖北人谈湖北人，所以引出广东的黄先生来驳辩，现在我既不准一定是湖南人，来写写玩玩，想必不致引起某一位广西的什么先生来给我驳辩吧！

湖南的大宗出产是人和鬼。你不信么？数数看：曾国藩、左宗棠、彭玉麟、陶澍、黄克强、谭延闿、鲁涤平、田寿昌、唐槐秋、沈从文、丁玲、冰莹，在上海卖字的榜眼翰林公郑沅，以及在北平号称江苏旅平名媛、在上海又号称"北平小姐"的剧人白杨小姐，不都是湖南人么？师教、排教、辰州符所役使的，不都是湖南鬼么？

讲起人呢，已死的都有盖棺论定的评价摆着，未死的却未便擅自胡乱地去替他们盖棺，似乎没得什么好说，所以要紧的还是谈鬼。只要你一踏进湖南的土地，你便从鼻孔里也嗅出一股鬼气，包你马上便感觉到鬼气森严。家家虽不一定有几本难念的经，可少不了有几张龙飞凤舞的避邪符：当先大门口便是一个大鬼脸，青面獠牙，看了毛骨悚然，张开大嘴，准备吞食一切的妖魔鬼怪；如果没有这个大鬼脸挂着，便得有一方镜子代替；然而机关衙门的大门口，当然不好意思也挂这类东西，于是便由一个生来就怄气似的人脸代替，这人脸的主人翁，不是卫兵就准是门房，人鬼固然有分别，脸则一致难看，无甚轩轾。另外，堂屋里、房门口、窗户上、帐顶前，十有九都贴着家宅平安、消灾祛病的灵符。若不是鬼多，焉用如斯费力？加之河里浮出练习游泳的童尸，身上挂得有水厄符；用棺材盛着的不服医药的婴儿，胸前摆得有易长成人符；接生婆手术不高明勒死的产妇，纽扣上照样也有一个装安胎保产符的青布口袋，尤其证明了湖南鬼多，不但多而且厉害，厉害得不服符咒的管理与镇压。

因为鬼多，所以湖南人特别忌鬼。清晨未吃早饭，是当然地绝对不许说鬼；不许说鬼之外，还要不碰见和尚，因为和尚是光头，大清早起头便是一光，一天都不会吉利，何况和尚又是与鬼神特别接近的东西呢。这还不一定是湖南人的专利习惯，不算稀奇，湖南人还有忌说"龙""虎"和"蛇"三个字的，才真值得怪呢！"灯笼"嘛改叫"亮壳"，"龙"嘛改叫"绞丝"，我家不远有个镇市叫作"龙头铺"，于是三岁小孩都知道称为"绞丝铺"。"蛇"嘛改叫为"溜子"，"老虎"嘛改叫为"老虫"，或者归纳于豹类，统称为"豹子"，于是，"府正街"和"府后街"也就另外改成"猫正街"和"猫后街"，"斧头"则称为"开山子"，"豆腐"叫作"水块子"，至于把"省政府"和"国民政府"是否改称为"省政豹"和"国民政猫"，这却弄不清楚了。

发财是无论什么人都爱好的，但以湖南人热度最高。搓麻将时，如果还没有听和，单张子"发财"是扣住绝对不放手的。对了，与其说发财，不如说打牌的好。湖南人牌瘾最大，孩子们六七岁便能上桌砌砌方城、游游竹林，这种技术的养成，多半由于母亲的教诲。两三岁的孩子，每每坐在母亲的怀里看打牌，渐渐认识了牌上的字，四五岁时，便立在母亲身旁替母亲装水烟袋，于是便慢慢地懂得怎样打、怎样和了；大人们十六圈散场，孩子们便借着收牌的名义，照样练习几牌，自然不愁不成一位牌坛健将了。普通外省人打的麻将，多玩几种花头，也不过加些什么断么、带么、令风、恰和（刚刚以十为单位的整和），至多也不过再加些什么春、夏、秋、冬和梅、兰、竹、菊而已，而湖南人却异想天开，在这些花头之外，再加上八个王，叫作"筒王、索王、万王、总王、喜王、合王、元王、升王"。筒王的用途是可以代替任何一个筒子，索王可以代替任何一个索子，万王可以代替任何一个万子，总王便可以代替任何一张牌，喜王可以代替任何一个风子，取其四喜之意，合王可以代替任何一张筒、索、万，元王可以代替中、发、白的任何一个，取其三元之意，升王的用途则与总王完全一样。我起初弄这玩意儿时，觉得五花八门，弄不清楚，终于因为我到底是沾了点湖南气，弄惯了反而觉得不打王的牌太枯燥。真的，你如果不相信，不妨照式儿小来一番，包你乐不思蜀！

湖南人爱新鲜，又爱时髦。不过新鲜与时髦的时间性很长，倒是一个特点。例如六七年前杨耐梅曾到过长沙一次，堂堂电影明星，自然要轰动一时哪！而至今长沙还流传着所谓"耐梅装"的时装和烫发的式样，凡是一个新鲜，在湖南人的心目中都能如此永久地固执着，诚然不可谓之不巧也。为了爱新鲜，所以湖南人怕"朽"，于是"朽"字便被用到骂人上去了。如果你的态度神气有点不讨湖南人的欢喜，他们会说你是"朽气叶叶"的"朽崽"。

不久前我曾回长沙一次，三年不见面，的确有点佩服湖南人闭门造车的本事，新生活运动竟然感化得黄包车夫都要穿袜子，虽然苦力们要忍痛多花费点血汗钱，可是市容却观之美、瞻之丽了。提起黄包车，也很有趣。湖南的黄包车大多还是木头车轮，近年总有极少数的几十部是用钢丝轮，钢丝轮自然要比木头轮来得舒适稳快，所以很受人欢迎。假使街头停有两部黄包车，一部是木头轮，一部是钢丝轮，毫无疑义，叫车的一定是要坐那钢丝轮，于是在人力车夫群中，便很显然地分成了两派，一是守旧的木头轮派，一是进步的钢丝轮派。长沙喊黄包车素来只喊"车子"，对于钢丝轮车子才叫"黄包车"，于是守旧派便借着谐音骂进步派为"忘八车",解释起来,其意义便是"忘八坐忘八拉的忘八车",以作消极抵抗。

够了够了,再一写多,莫要真的钻出一位广西的某先生来提出驳辩,像我这种半瓶醋的"二百五"却有些吃不消,还是自己识相,趁早收科的好哩!

湖南女子最多情

田倬之

一提到湖南女子便联想到她们的健康、活泼、能干、美丽，不能不称誉她们是中国最好的女子。不过以上优点并不是湖南女子所特有的，湖南女子之所以受人推崇，却因其赋有另外一种性格——多情。

论健康，湖南女子是不及华北和东北女子。论活泼，湖南女子是不及广东女子。论能干，湖南女子是不及四川女子，因为如巴蜀清寡妇、卓文君、武则天、薛涛、梁夫人、秦良玉等伟大人物，湖南是没有的。论美丽，湖南女子是不及江浙女子。唯有多情一项，却非任何地方的女子所赶得上。可以说多情是湖南女子的特征。

湖南女子为什么多情呢？这是有它必然产生的环境和历史存在。

先就自然环境来说：

水是与人有密切关系的。水多的地方，人民自然清洁，故女子健康而白。水性弱而流动，故水多的地方，女子温柔而活泼，水因受外界刺激，为波，为浪，为漩，为瀑，故生长在那些地方的女子多情致。江有沱，水有泊，故生在那些地方的女子对其情人多留恋。湖南有湘、沅、资、澧四大干流，并无数小支流，可算是河流极多的省份，所以她的女子美丽而多聪颖。三湘九转，流水三叠，诸水汇而为洞庭，停留而不去，始也奔放，终也迷恋，哪能不产生多情的好姑娘，而事实上湘中极享盛名的好女子多产生于距湖不远，滨江而居的益阳、长沙、醴陵、湘潭。

大山足以阻碍文化的发展，然而小丘林壑却能增加风景，有益人类。林谷多泉石，岭上生白云，四时之变幻无穷，培出人们多项的生趣。幽鸟相逐，鹿鸣有声，蝶影双飞，比目同戏，哪能不令人类追逐异性。湖南有衡山，有岳麓，有桃源，有郴山，有鸡霄，有九岳，当然要产生出多幻想热情的小娇娘。

气候影响人生极大。太寒，希望少而冷静；太热，怕劳而偷懒；唯有亚热带的人们，早熟而多热情。湖南有南国之称，气候常在春夏，哪能不令那些姑娘迷恋而思有家。

"三湘多香草"，"红豆生南国"，这些馥郁的湘国沅蕙、朱宝青枝，为馈赠之妙品，是相思之尤物，哪能不令洞庭潇湘间的女娘，刻刻思念她的情郎。

就社会环境来说：

湖南主要的生产事业是茶，它的采集和拣制，都是需要女工的，终日在山巅屋里机械地工作，是很想有灵肉一致的愉快来调节这样简单的生活，何况采茶天气，正是二三月里极令人骀荡的春光呢！所以在这种工作里曾经产生不少的艳史和恋歌。

其次湖南女子的生产事业是采麻绩织夏布，与采茶制茶有同样的情调，而时间却是南风拂袖罗的四五月，令人昏昏欲睡，巴不得有片时的休息与安慰，与春天有同样的情思。

影响上流妇女行动的是思想，湖南与广东、四川一样，可称是民智开化甚早，而且进步最速的地方，为革命发生之策源地，"不自由，毋宁死""男女平权，神圣恋爱""易求无价宝，难得有情郎"等口号早已为湖南女同胞所熟稔，哪能不叫她们征诸实行！

就历史的暗示来说：

中国痴情女子的老祖宗——娥皇、女英，为吊她俩情人的魂魄，不惜从中原的国都，奔跑到蛮烟瘴雨的南荒来寻觅。九嶷山下，洞庭湖边，潇湘江畔，猗猗竹前都有她们的芳踪泪痕。然而呼天抢地，终竟求之不得，此天下第一对有情人便也追随她们的爱者而消逝于烟波浩渺里。那些君山下的波涛、澧浦边的明月、九嶷山上的白云、潇湘江畔的黄竹都予湖南姑娘以深刻印象，叫她们如何不学她俩！

屈原虽是男子，但离骚经中所托比的完全是男女相悦之事，而且这些男女对异性都是一往情深，迷恋得到死方休。九歌虽系祭祀迎神的曲调，但也十有九是关系爱情的。而且就屈原本人论对楚君楚国之忠诚不变，自甘一死，也与青年男女以莫大暗示。就中国伦理观念来说，事君上、对朋友、处爱人是有相似道德的，都要忠贞，屈原之死，更与湖南少女以深刻教训——宁为爱情而牺牲，不愿委屈以苟活。

"戏子无情，婊子无义"这句话是中国人所常说的，但在湖南却例外。因为在湖南产生了很多有情有义的妓女。最有名的便是下列四个：

唐永州名妓马淑嫁与大府李某，非常美丽而且贞淑，所以柳子厚极称赞她，亲为之作墓志铭，说她"容之丰兮艺之工，隐忧以舒和乐雍。佳冶凋殒逝安穷！谐鼓瑟兮湘之浒，嗣灵音兮求终古"，可见她品格之高了。

又《全唐诗话》载岳州官妓叶珠与新进士袁皓热恋的故事，也是足以见到湘女之多情。他俩打得火热，非此人不想嫁娶，但官妓脱籍须得地方官的许可。所以袁皓作了一首律诗去请求严使君，其中有句说："也知暮雨定巫峡，争为朝云属楚王。多恨只凭期克手，寸心难系别离肠。"他们的胆大情热可知，严终竟答应了他们，完成一幕喜剧。

但是最令人钦佩的，还是一无名姑娘。据《义妓传》所载，秦少游被谪藤州，道经长沙，偶遇着一个不知名的美貌雏妓，她是一个喜欢秦学士乐府的人，骤然得知来过访的是她素极钦佩的，简直惊喜得不知所措。她和她的母亲待秦真太好了，使一个"充军"的人竟在那里盘桓了很久，结果因为是皇犯，不能不走。在秦离她以后，简直没有交接任何一个人。待秦少游在藤州病死，她仿佛于梦寐间看见，亲自不远千里跑到藤州去吊他。赶到藤州，她的情人尚未葬。绕棺三周，"一恸而绝"，竟为情人牺牲了。这是多么泣人酸辛。我想秦氏的《南歌子》《满庭芳》诸杰作，恐怕是为她作的。

又衡州妓陈湘与黄山谷恋爱的故事，也是值得人注意的，黄赠寄的词有十多首，中有句云："尽湖南山明水秀"；"湘江明月珠"；"湖南都不如"；"长亭柳，君知否？千里犹回首"；"林下有孤芳……风尘里，不带尘风气"；"书谩焉，梦来定，只有相思是"。可见黄对她之钦慕倾倒，与相思之酷。

妓女注重金钱，是最无情的，都这样富于真情，大家闺秀可知。

有了以上的自然环境、经济环境的铸冶，人类历史的熏陶，要叫湖南女子寡情真是一件不容易的事。所以凡有湖南太太的朋友，他总感到他的太太给予他的满足，无论精神或物质太多了（这完全有事实做证），而益阳姑娘在长江一带高出苏扬妓一等，也便在此。

因此，我愿全中国的女子都湖南化；我更愿全中国的男子都有一个湖南化的爱人。

长沙的文化姿态

张文博

　　长沙虽然是在现代化过程中的都市，却依然充满着中世纪残余的意味。因此，一般市民的生活，还是相当地保守着古朴的风尚。就是那些年少的官吏和绅士们，也有几分老绅士的神气。他们很少像江浙人那样好着西服的，身上着的大半能够符合最近六中全会规定的服制，长袍马褂，衬托得十分雍容儒雅似的。他们见了人，免不了作揖打拱；到人家里贺寿吊丧，自然是遵用清朝的跪拜礼节。

　　谈到妇女问题，他们很憎恨恋爱自由和女子再嫁的事，对于节妇烈女，是要赞叹几句"可风末世"的。可是他们并非"戒之在色"的孔门信徒，他们流行的口号是"做人"——就是"讨小老婆"的切口。

　　他们说："凡是有点狠气的，都要讨两个以上的堂客。"其理由是"人生行乐耳"。不只是做小小官儿的，就是中学教员，多兼了几个学校的课，也要尝试尝试。小老婆与包车，几乎是新兴绅士们必备的两件玩意儿。

长沙汽车很少，大约是要师长以上的官，才有自备汽车。所以自备一辆包车，在斗大的长沙城中，也相当地神气。即使老爷们不常坐，让太太们乘着到亲眷家里去实行"新生活"，也是好的（"新生活"是长沙流行的新语，意思是"搓麻雀"）。

太太、小姐们的打扮，自然又是一条路线，她们总是朝着现代化一方面，但道地摩登的还是只有汽车阶级，据说这是经济条件使然。维持风化、褒扬节烈的事，当局不遗余力地在做。有某机关女监印官，为一个男性公丁所爱，女监印官不高兴那个公丁，那个公丁疯狂似的单恋着她，常常在办公后归途中和她纠缠。于是女的报告警察，把男的捉去吃了一顿官司。哪知他一出来，依然到街上去纠缠那女子。官厅里也知道他是个疯子，只好把他再捕来关起。后来当局为维持风化起见，特提出枪毙，以儆效尤，罪案是"蛮恋"。

今年七月，长沙各报载省府褒扬节烈，颁发匾额的地方有数处。这种匾额的样子，我没见过，但以颁给长沙一个百岁农民的匾额为例，便是一块白竹布，上面写几个字。那个百岁农民所得的匾额，是写的"葛天之民"四个字，这大概恭维他是一个原始社会的人，真正也古得可以了。

长沙县教育界出版的《长沙周报》，对于提倡节烈，尽了不少的力。六月三十号出版的一三九期，登载周烈妇静元殉夫事略，以后各期连载这个烈妇的挽联、挽诗、哀辞、传记等。事略是县教育局科员写的，据说烈妇的丈夫叫作周韵歧，"中学生，供职县教育局，其尊人味秋先生，笃行好学，于古今人之忠孝节义，及凡言行之可以警动末俗者，日必记之于册，烈妇辄取而展诵以涵濡之"。因为受了这种旧礼教的束缚，所以在丈夫病死之后就自杀了。事略的作者又一唱三叹地说："烈妇出自义门，固天性纯焉，而其翁其夫又皆服膺礼教，涵濡诗书，其挺身为女界放异彩、挽颓风，夫岂偶然也哉！夫岂偶然也哉？"

同报第一三四期载《王淑纯女士清操可风》一则，事实是：淑纯为何淑峰嫡配，淑峰另纳宠妾，对淑纯颇疏隔，后凭戚族将家财分析，与夫离居，作有夫之寡妇。编者用四六句写两行小题目道："作有夫之寡妇，艰苦自守；挽末俗之颓风，贞操堪夸。"

该报于记载周烈妇事后，不久又有一段新闻，标题为《又一殉夫的女子》，因为事不出在长沙，没有做许多的文章。

《长沙周报》有文艺一栏，除烈妇挽词外，又见有该报社社长四十初度的寿诗，七律若干首，是该县名人和社长原韵之作。

风雅如不绝，湖南的士大夫当居首功，好几个做过县长或科员的遗少，都用上等中国纸精印诗文集赠送亲友，甚至连小学生时代的得意课卷，如《民生在勤说》之类，也印了上去。所以这样的事，并非《长沙周报》的创举。

在周报中，我既然推举了《长沙周报》为代表，那么，日报就要推《通俗日报》了。《通俗日报》名为通俗，又是省立民众教育馆出版的，顾名思义，应当是很大众化的吧！可是文字大半是文言体，副刊里面的识字课，都搬来许多《说文》上的话，还有"白语讲经"一栏，每天只是沉闷地写着"诗云""子曰"。"介绍好书"栏内，所介绍的书是《女子四书》之类。有一天把前面讲的那个周烈妇的遗书真迹制了铜版，印了一幅插图。他们一定觉得这对于国粹主义文化运动，有重大的贡献。

这些报的报头也不寻常，不是何键题的字，就是朱经农题的，他们都署了名、盖了印的。

在国粹主义文化运动之中，各学校国文教员，大部分都换了旧日的举人秀才。喜欢谈谈新文艺的渐渐减少，他们说这些人至多教教初中学生罢了。有一次，一个亲眷家里的学生，问我应当读什么书，才可以学到许多实用的文字，譬如韩元嗣的《博奕论》。我觉得他所举实用的文字的例子很奇怪，但湖南，无论是机关上考试雇员，或学校考取新生，都要求被试者作这种文字，似乎这种文字真是很合于实用的。

有个朋友告诉我：长郡联合中学的招生章程，规定国语以能作二三百字的记叙文为度，但考试时国语试题是"敏而好学说"。有一个投考的小学生写得很有趣，他制造一个敏儿读书的故事，把敏儿描写得非常用功，终于获了良好的成绩。文章是很好的，可是看试卷的认为文不对题，要不是大家都差不多，早已把这个"能作二三百字记叙文"的投考者的入学资格取消了。听说那些试题曾经教育厅方面审查过，有人质问厅长朱经农：为什么小学还不曾读经的时候，中学入学考试老早就考经书了？他自然知道这是疏忽，而且是在那一环境里很寻常的疏忽。

其实朱厅长在湖南文化界还表现了一些阻止开倒车的作用，因为他是一个主张忠实执行教育部令的人。关于中小学读经，亏了他的主张召集教育界人士举行各种会议讨论才没有强迫实行。他又曾请胡适到湖南演讲过一次。虽然胡氏不过讲的"中国将亡于贫、弱、贪、愚"那一套，可是这位做过白话文运动的宿将，到现在的湖南走一趟不是没有意义的。胡氏临去的时候，何主席赠送他一首对联，写着曾国藩的"行事莫将天理错，立身宜与古人争"那两句话，自然是大不满意。

在教育部通令采用简体字的时候，湖南各校都正在禁止学生写俗字和省笔字。部令到了以后，有些学校采取一种绝妙的折中办法，就是，除作文簿外，一般的笔记簿准其写俗字或省笔字。他们很着急学生子将正体的汉字忘记了。近来报载有几百学生代表要求何主席电请教育部收回简字的成命，当然不是偶然的。

因为要防止新思想的输入，并集中学生精力准备会考的缘故，有些学校是禁止学生读杂志的。他们说，只要把正课范围以内的工作做好了，就了不得，哪里还有闲工夫读外面的东西呢？

在文化封锁的局面下，在校的学生只是为考试而读书，校外的知识分子便吟诗作赋，或者编本国学入门书呈主席批阅，也有获得奖金的希望。至于颇负时望的老先生如李肖聃之流，就忙着"绛帐传经"，大有"满城桃李尽在公门"的神气——他除在各校授国学课外，在家还开班讲学，各校教员和各机关公职员，不少前去听讲的。他们说：如果我没有国学常识，恐怕人家说起来，在大庭广众之中要丢脸的。

鞭炮在湖南

老　向

鞭炮在湖南，嗘，了不得！

半夜里突然被一阵噼噼啪啪的乱响惊醒了，不必介意，请你翻个身再睡好啦。前邻家白天娶媳妇，夜半送新人入洞房是要放鞭炮的；后面街坊刚巧在这三更天生下一个大头儿子，禀告祖先，也得先去放鞭炮；隔壁老太太病了，请来的巫师在深夜里遣神驱鬼，香烛和鞭炮都是重要的法宝。但是，你如果清楚地知道四邻都不曾有这猝然的响动，而又听着这噼啪的声音近得别致，仿佛就在自己的大门口，那，你得起床出门去瞧瞧。说不定是一个贫寒人家生了个赔钱货，无法养活，趁着夜深人静，装在谷箩里送上尊府，未便叩门面恳，又怕你不能立刻而知，只好燃放一挂鞭炮唤醒你，也许你的夫人正盼孩子盼得睡不着，不劳而获得这个天落子，喜不可言，那么，你不必怀疑，赶紧去买鞭炮来接着放好啦。如果你府上不能容这个可怜的小生命，你再赔上一挂鞭炮送到别家去就是。不过，请特别注意：箩里原来多少总有一点求命钱，你再转送的时候，能再添上几文更好，至不济也万万不可分那小可怜虫的肥，否则必定有个最大的爆竹——天雷打在你头上。

婚嫁，不仅是入洞房要放鞭炮。从送嫁妆起，铺床，翻箱，迎送，新夫妇答谢来宾，婚后第二天早上开喜门，以及启用陪嫁的马桶，都得放鞭炮。新郎回门，岳家如果不用鞭炮欢迎，简直可以发脾气、挑礼，因为在正月里来个普通的客人拜年，还不能没有一点响动呢。等到岳家的酒席摆好，新郎的随人或轿夫，拿出事先准备的红封包，燃着一挂鞭炮赏给厨子和跑堂的，叫作挂厨，意在替他们宣扬肴馔精美和招待周到。如系丧事，灵柩一起杠，鞭炮就该开始放起。由家门到墓地，往往是一群挑夫专司运输鞭炮，弄得一路上烟气腾腾，招得满街里万人赞叹。

有时，许多亲友们来了，每人提着一盘号称足三万响的浏阳牛口，你不必疑心是自己开了鞭炮庄，那是他们来道喜。你设了商店，便是贺新张；盖了房子，便是庆落成；娶媳嫁女，做寿纪功，都会惹亲动友来送鞭炮。有时你新缝一件鸭绒袍，朋友们瞧见，口头上也得说买挂鞭炮，祝贺你更衣大吉。

小孩子自一生下来，以后逢三朝，做满月，过生日，遇有七灾八痛请巫师，还怕长不成人，再到庵里去寄名，放的鞭炮恐怕难以数计。慢说是人，就是母牛生犊，牝猪产崽，添财进口也是喜事，也要放鞭炮。但是，雌鸡生蛋不必放炮，因为它自己会表功。

你要是砌新房子，由开土奠基，至安门上梁，鞭炮似乎像砖瓦一样的重要。你要是搬家，起身时必须放鞭炮。搬到新租的房里，箱笼锅灶，桌凳痰盂，乱七八糟地堆了满院，正在坐立都不方便的时候，房东太太也许首先来凑热闹，燃放三分钱一挂的加花足五百响，紧接着门口也传来了一阵噼啪的声音，那，你快出去迎接吧，准是有客来替你贺乔迁。碰巧，你刚把朋友们迎进去了，两个叫花子又点着一挂五十响，抛进大门来讨赏。

在新年下出远门儿，一到乡镇的伙铺或饭馆，老板立刻便燃放鞭炮，表示欢迎财神临门；等你要去了，又放鞭炮，大概不是送财神爷，而是祝你前途远大。如果是水路出发，船在拔锚的时候，必须隆重地放鞭炮祭神，才能够祈求一帆风顺。若去南岳进香，船每到一个码头，都得有一阵鞭炮。

清明扫墓，恐怕亡人酣卧不醒，忘记起来接受香火，一阵鞭炮满足以唤醒幽魂。中元节前，鬼门开放，鬼可以自由出入了，家家都得把祖宗接回阳宅去供养几天，但是一到月圆之夜，鬼门要闭了，又得赶紧把祖先送回去。在这迎来送去的时候，又得用鞭炮来壮声威。春秋两季祭祠堂，腊月上坟送烟包，鞭炮越多越好。

你若买田，中人把契纸交给你了，放一挂鞭炮就算公告给大众。你若种田，谷苗床地用竹篱围上，插秧时要开秧门，也得放鞭炮。祈求丰登，祭祀社稷二神，更不必说了。据说连正月里的耍狮子、舞龙灯及其他的一切民间娱乐，都是预祝谷苗茂盛，不生虫害。此时大量鞭炮的消耗，意在凑热闹。

你若心绪不宁，或是感到床下有鬼，厕中藏魔，那是随时可以买挂鞭炮来一放解疑。有谁开罪于你，经人调解，要求对方放挂鞭炮表示道歉，和要求他登报赔礼一样正当。

木匠祭鲁班，伶人祭二郎，各行各帮的祭祖师，诸佛生日，众仙诞辰，寻常烧太平香，援例建水陆醮，范围有大小，人数有多少，而都得放鞭炮却是一致的。夏历的初一十五，四时八节，是普遍的敬神日，不放鞭炮才是例外。到了新年，迎神送灶，元旦元宵，更是鞭炮的鼎盛时期。除夕之夜，忌讳呼人名字，哥哥先起来了想去唤醒弟弟，燃着一挂鞭炮扔在他屋里去便成功了。这一夜，谁家的鞭炮碎纸积得厚，谁家便是最兴旺的人家。此外，天旱了祈雨，阴久了求晴，水火虫灾，许愿烧香，演戏酬神，无一不是放鞭炮的好机会。

总之，生老病死，衣食住行，在在与鞭炮结了不解之缘，其势力之大，大得可惊。而今仍旧在拓土开疆，日进千里。新船下水，公路通车，一切的纪念日与大游行，运动会开幕，新长官就职，以及赛球得胜，彩票中奖，鞭炮都成了必需品。外国人过圣诞节也放鞭炮来凑趣，那是西俗的中化；剿匪也拿鞭炮去助威，又属用场的偏格。大势所趋，说不定湘剧中的锣鼓将来会代以鞭炮呢。不但湖南如此，据说两广、云南、湖北、四川各省，都是泛用鞭炮的区域。不过论鞭炮的产地全在湖南，价钱的便宜，也属湖南。长沙市上，一分钱可以买到五十多个寸把的加花平头；要在浏阳一带产地，还不止此数。如果想到裁纸、卷筒、敷药、栽线、编在一起、打成一包，一层层的都是手工活，那价廉得叫你叹气。

祭神祀鬼，为什么必得放鞭炮呢？这是姜太公出的主意。当年姜翁尚未得志，姜夫人不耐寒苦，下堂而去。及至姜翁功成名就，大封其神，那位离婚夫人也来匍匐讨封。姜翁不念旧恶，颇想安插她这个私人，无奈僧多粥少，神额无余。于是便格外施恩，封她为偷供神。任何鬼神的供品，她都可以公然去偷吃两口，名义虽不光明，利益实大；但是又吩咐她说，只要一听得鞭炮响，她必须赶速逃走，否则，被人捉获，依法治罪。因此，人们在烧香摆供之后，必须先放鞭炮，惊走姜婆。不过这个意义将近失传，放鞭炮的人多半只知其然，不知其所以然了。至于放鞭炮可以驱逐外祟，狐怪蛇精，古人早已说过。差不多道行不深的妖气，一经震动，立刻便能烟消云散。

极聪明的办法，是将鞭炮当作公告社会的利器。买田接契、娶妻生子，都是以通知社会为便的，在未采用登启事、散传单以前，没有比放鞭炮再恰当的了。在一个鸡犬相闻、聚族而居的农村里，大小的事情放一挂鞭炮，保准没有一人不知道，比广播电台的效力还稳便。不过，凡是不欲人知的事情，譬如尼姑产儿、贪官受贿，是从来放不得鞭炮的。只有汉奸们与外国签订卖身契约的时候，往往是一边放鞭炮，一边还要喝香槟酒。然而这是绝对的污辱鞭炮，因为鞭炮的本性是光明磊落，不是萎靡不振、甘心屈服。

鞭炮在娱乐上，几乎与祭祀、祝贺、公告等的意义混而不分。平淡使人疲乏，而鞭炮是最不平淡的东西。假如除夕没有鞭炮，漫漫长夜，枯坐无聊，那比耍龙灯不敲锣更要索然寡味。鞭炮是近于天籁的自然音乐。由小孩儿到成人，不喜放鞭炮的恐怕不多。有人说，中国人发明了火药之后，只会做娱乐品的鞭炮，连个小炸弹都做不出来。其实这正是中国文化高超的所在：以放鞭炮去满足人类好战的心理，所以才能够养成酷爱和平的美德。

自从湖南鞭炮运销到南洋群岛以及欧美各邦以后，鞭炮避瘴消毒的卫生意义，更得了科学的证明。无怪出口的量与值，在海关报告册上占了重要的数字。

一个外省人，离乡背井，举目无亲，独坐斗室，思妻忆子。花三分钱买挂鞭炮一放，立刻便愁消闷释，心旷神怡。鞭炮可以疗思家病，是我的发明。

一九三六年十月二十八日于长沙

人杰地灵

第二辑

我湖南一变，则中国随之矣 [*]

蔡　锷

　　夫湖南僻在中国之南方，政教学术，大抵取索于中原，而非己有矣；则湖南者，亦犹罗马之英、法，可谓能有新机耳。特湖南省也，英、法国也，同异之间，如是而已。今以萨摩[①]喻湖南，夫抑不无影响耶？虽然，以人地壮广众盛论，综湖南全部可以敌日本，而其膏沃殷富且无论。然则萨摩何足况湖南？其士之伟博壮烈，又何足比湖南？吾甚羞湖南有兹誉，近于以孩提之智慧，矜奖成人之骏蠢而偶变者也。然则今或以湖南之一县，而代表其有萨人之风，殆犹之可也。不然，而其毋以为荣，且毋乃滋恶。虽然，名亦实不易副矣，今且无论湖南之一县，不足以配萨摩也，然吾即恐吾湘全部之人才，犹未足以妄冀萨人士。何则？彼日本既小邦，则日本变法，固应自有小萨摩，而小萨摩则竟足以变日

* 本文节选自《致湖南士绅书》(1902年)，标题为编者加。

① 萨摩，日本近代幕府时代的强藩之一，1866年，联合长州展开倒幕运动，沉重打击了幕府统治。

本矣，是其实已至也。是故地虽小而成名大，所以为荣也。

今我中国既大邦，则中国变法，而欲比例日本也，固应自有大萨摩，而大萨摩至今五年未闻足以变中国矣，是其名不副也。是故地虽大而实无有，所以为恶也。且不特此也，彼欧美交通，中先于日，外患之迫，中同于日；而日本三藩[①]之所为，则卅年以前之事也。且曰大小之殊形，社会之异势乎，然其悖于物竞强权之理则多矣。今者亡羊补牢，解嘲聊慰，情见势绌，知者尚希。属值我国家兴学育士，淬厉图新，凡我国民，固当人人持爱国之诚热，以日相推挽摩擦，而有以应之也。

湖南素以名誉高天下，武命自湘军，占中原之特色，江、罗、曾、胡、左、彭[②]沾丐繁多。人人固乐从军走海上，以责偿其希冀矣。文想则自屈原、濂溪、船山、默深[③]后，发达旁礴，羊角益上，骎骎驶入无垠之哲界矣。然而终觉所希之犹狭狭也。今某等留学此都，日念国危。茹辛含苦，已匪伊夕，触目随遇，无非震撼，局外旁瞩，情尤显白。彼中政府举措，社会情形，书报论说，空际动荡，风声鹤唳，动启感情。又湖南夙主保守，近稍开放。壮烈慷慨，凿险缒幽，故其学派，又近泰西古时斯多噶[④]。至于开新群彦，其进步之疾速，程度之高深，凡夫东西政法科学之经纬，名群溥通之谭奥，语言文字既通，沈潜探索有日，斐然可观，足

---

① 三藩，指日本萨摩、长州等三个强藩，在日本推翻幕府统治，实行明治维新过程中发挥了重要作用。

② 江，江忠源；罗，罗泽南；曾，曾国藩；胡，胡林翼；左，左宗棠；彭，彭玉麟。均为湖南人，湘军著名将帅。

③ 濂溪，周敦颐；船山，王夫之；默深，魏源，字默深。

④ 斯多噶，即古希腊斯多葛派。公元前4世纪创立于雅典，后传到罗马，颇有影响。

饷友朋也。时难驱迫，两美合符。通西籍则日力维艰，求速便则唯有东译。及今以欧美为农工，以日本为商贩，吾辈主人取而用之，足敷近需。其后学界超轶，文治日新，方复自创以智人，庶俾东西而求我。当斯时也，其尚有以铁道电线为隐忧者耶？总之，我湖南一变，则中国随之矣。报国家而酬万民，御外族而结团体，天下无形之实用，固有大于斯者乎？此所以不避烦渎，为同胞罄陈也。

顷各省咸集巨款，开译局，殆此志也。知我湖南必不让焉。缘译事重大，或为全国教育章程、科学及理法、实业起见；或为沟通全省修学牖下志士起见；或为溥智兆民，弥消教祸起见；或为提红给费，资助寒素留学远游起见；或为竞争商务，预防外人干预版权起见，目的繁多，悉根爱国，无他谬见也。尤复斟酌和平，力主渐进，顾全大局，维持同类。是数端者，窃愿我全省达宦长者、热血仁人，普鉴苦衷，提倡赞成，集成巨股，则他日三藩武烈之猷，忠君爱国之实，未必不骈枙推毂我湖南矣。

要之，以新国而能输受旧学、扩张新学者，罔不兴；以新国而能浸渍旧学、绝弃新学者，罔不亡；以旧国而能扩张旧学、输受新学者，罔不兴；以旧国而能浸渍旧学，绝弃新学者，罔不亡。新旧兴亡之数，约略四端，可以尽也。爱国君子，其有意乎？湘中志士，其有意乎？南望风烟，心怛恻矣！邦人诸友，兄弟父母，尚何念哉！读《小雅》则知之矣。区区同舟，不尽多言。

长沙可以为全国模范[*]

黄 兴

自民国成立以来，兄弟由北而南[①]，所经过各地方，其秩序之整理、教育之发达，未有如长沙者。是长沙可以为全国模范，非揄扬也，实成绩之美也。

兄弟此次回湘，对于实业、教育颇为留心。现在长沙教育得姜知事提倡[②]，程度甚高，预算几可普及。开化如日本，十余年间未能如此进行。此固姜知事之注重教育，亦赖各机关辅助之力。实业非一日所能办好，因现在经济困难，经济不能活动，则实业必不能发展。长沙现已稍具规模，北门市场虽前清所规划，然亦

---

[*] 本文节选自 1912 年 11 月 13 日《长沙日报》，系是年 11 月 12 日上午黄兴在长沙各机关团体欢迎会上的答词。标题为编者加。

① 指 1912 年 10 月 6 日，黄兴结束了在北京与孙中山、袁世凯近一个月的会见之后，返回南方。10 月 23 日，又从上海回湘，10 月 31 日抵达长沙。

② 姜知事，即姜济寰，号咏洪，长沙人。早年为湖南立宪派骨干。辛亥革命后，任长沙县首届知事，大力发展教育。后积极投身革命，并参加了 1927 年的南昌起义。

赖人民之自能规划。若能极力修建，极力扩充，则此等新事业、新气象实为民国之特色也。

又，长沙地方自治成绩甚佳，兄弟前时在乡间办理公事，颇知乡间情形。若兴办自治，实具有能力，具有条理，以将都团扩充，即不劳而具也。今既大有成绩，兄弟实深欣幸。光复之后，抢劫时闻。如自治发达，将镇乡清理，遇有不良之人，则设法安置，而外来者不使能入，抢风当可止息。今姜知事规划乡镇警察，此诚切要之图。行见各种事业均有根据，而因之以发达矣。

离乡甚久，未能尽桑梓义务。而各机关团体均能从事改革，兄弟不胜感佩。又今日各校之青年弟兄冒雨而来，雨立以候，足征感情之厚。以后欲巩固民国，全赖各青年弟兄出力。若如我辈则年龄长大，不能求完全学问。故甚望我青年弟兄努力前途，建立极大事业，则幸福莫大焉。今日兄弟无以为酬，唯望各青年以民国为重，负完全责任，则兄弟之希望也。

论湖南的人才 *

蔡元培

我这一回到湖南来，第一，是因为杜威、罗素两先生，是世界最著名的大哲学家，同时到湖南讲演，我很愿听一听。第二，是我对于湖南，有一种特别感想。我在路上，听一位湖南学者说："湖南人才，在历史上比较的很寂寞，最早的是屈原；直到宋代，有个周濂溪；直到明季，有个王船山，真少得很。"我以为蕴蓄得愈久，发展得愈广。近几十年，已经是湖南人发展的时期了。可分三期观察：一是湘军时代：有胡林翼、曾国藩、左宗棠，及同时死战立功诸人。他们为满洲政府尽力，消灭太平天国，虽受革命党菲薄，然一时代人物，自有一时代眼光，不好过于责备。他们为维持地方秩序，保护人民生命，反对太平天国，也有片面的理由。而且清代经康熙、雍正以后，汉人信服满人几出至诚。直

---

* 本文节选自《何谓文化》，标题为编者加。1921 年初，蔡元培应湖南省各界邀请，来长沙举行学术讲演会，《何谓文化》即蔡于是年 2 月 14 日在长沙的第一次讲演。

到湘军崛起，表示汉人能力，满人的信用才丧尽了。这也是间接促成革命。二是维新时代：梁启超、陈宝箴、徐仁铸等在湖南设立时务学堂，养成许多维新的人才。戊戌政变，被害的六君子中，以谭嗣同为最。他那思想的自由、眼光的远大，影响于后学不浅。三是革命时代：辛亥革命以前，革命党重要分子，湖南人最多，如黄兴、宋教仁、谭人凤等，是人人知道的。后来洪宪一役，又有蔡锷等恢复共和。已往的人才，已经如此热闹，将来宁可限量？此次驱逐张敬尧以后，励行文治，且首先举行学术讲演会，表示凡事推本学术的宗旨，尤为难得。我很愿来看看。这是我所以来的缘故。已经来了，不能不勉强说几句话。我知道湖南人对于新文化运动，有极高的热度。但希望到会诸君想想，那一项是已经实行到什么程度？应该怎样地求进步？

文化是人生发展的状况，所以从卫生起点，我们衣食住的状况，较之茹毛饮血、穴居野处的野蛮人，固然是进化了。但是我们的着衣吃饭，果然适合于生理么？偶然有病能不用乩方药签与五行生克等迷信，而利用医学药学的原理么？居室的光线空气，足用么？城市的水道及沟渠，已经整理么？道路虽然平坦，但行人常觉秽气扑鼻，可以不谋改革么？

卫生的设备，必需经费，我们不能不联想到经济上。中国是农业国，湖南又是产米最多的地方，俗语说"湖广熟，天下足"，可以证明。但闻湖南田每亩不过收谷三石，又并无副产。不特不能与欧美新农业比较，就是较之江浙间每亩得米三石，又可兼种蔬麦等，亦相差颇远。湖南富有矿产，有铁，有锑，有煤。工艺品如绣货、瓷器，亦皆有名。现在都还不太发达。因为交通不便，输出很不容易。考湖南面积比欧洲的瑞士、比利时、荷兰等国为大，彼等有三千以至七千启罗迈当①的铁路，而湖南仅占有粤汉铁路的一段，尚未全筑。这不能不算是大缺陷。

经济的进化，不能不受政治的牵掣。湖南这几年，政治上苦痛，终算受足了。幸而归到本省人的手，大家高唱自治，并且要从确定省宪法入手，这真是湖南人将来的生死关头。颇闻为制宪机关问题，各方面意见不同，此事或不免停顿。要是果有此事，真为可惜。还望大家为本省全体幸福计，彼此排除党见，协同进行，使省宪法得早日产出，自然别种政治问题，都可迎刃而解了。

近年政治家的纠纷，全由于政客的不道德，所以不能不兼及道德问题。道德不是固定的，随时随地不能不有变迁，所以它的标准也要用归纳法求出来。湖南人性质沉毅，守旧时固然守得很凶，趋新时也趋得很急。遇事能负责任。曾国藩说的"扎硬寨，打死仗"，确是湖南人的美德。但也有一部分的人似带点夸大、执拗的性质，是不可不注意的。

---

① 启罗迈当，英语公里（kilometre）的音译。

欢迎湖南人的精神

陈独秀

在我欢迎湖南人的精神之前，要说几句抱歉的话，因为我们安徽人在湖南地方造的罪孽太多了，我也是安徽人之一，所以对着湖南人非常地惭愧。

湖南人的精神是什么？"若道中华国果亡，除非湖南人尽死。"无论杨度为人如何，却不能以人废言。湖南人这种奋斗精神，却不是杨度说大话，确实可以拿历史证明的。二百几十年前的王船山先生，是何等艰苦奋斗的学者！几十年前的曾国藩、罗泽南等一班人，是何等"扎硬寨""打死战"的书生！黄克强历尽艰难，带一旅湖南兵，在汉阳抵挡清军大队人马；蔡松坡带着病亲领子弹不足的两千云南兵，和十万袁军打死战；他们是何等坚韧不拔的军人！湖南人这种奋斗精神，现在哪里去了？

我曾坐在黑暗室中，忽然想到湖南人死气沉沉的景况，不觉说道："湖南人的精神哪里去了？"仿佛有一种微细而悲壮的声音，从无穷深的地底下答道："我们奋斗不过的精神，已渐渐在一班可爱可敬的青年身上复活了。"我听了这类声音，欢喜极了，几乎落下泪来！

后来我出了暗室，虽然听说湖南人精神复活的消息，但是我盼望有许多事实，可以证明他们真实的复活，不仅仅是一个复活的消息，不使我的欢喜是一场空梦。

个人的生命最长不过百年，或长或短，不算什么大问题，因为他不是真生命。大问题是什么？真生命是什么？真生命是个人在社会上留下的永远生命，这种永远不朽的生命，乃是个人一生的大问题。社会上有没有这种长命的个人，也是社会的大问题。

Olive Schreiner[1] 夫人的小说中有几句话："你见过蝗虫它们怎样渡河么？第一个走下水边，被水冲去了，于是第二个又来，于是第三个，于是第四个，到后来，它们的死骸堆积起来，成了一座桥，其余的便过去了。"（见六卷六号《新青年》六〇一页）那过去的人不是我们的真生命，那座桥才是我们的真生命，永远的生命！因为过去的人连脚迹也不曾留下，只有这桥留下了永远纪念的价值。

不能说王船山、曾国藩、罗泽南、黄克强、蔡松坡已经是完全死去的人，因为他们桥的生命都还存在，我们欢迎湖南人的精神，是欢迎他们的奋斗精神，欢迎他们奋斗造桥的精神，欢迎他们造的桥，比王船山、曾国藩、罗泽南、黄克强、蔡松坡所造的还要雄大精美得多。

---

① Olive Schreiner，现译为奥利弗·施赖纳（1855—1920），南非作家、反战活动家。

梁任公在湖南（一）

陈子展

四脚朝天，看你有何能干？

一耳偏听，到底不是东西！

这是戊戌维新运动失败以后，湖南守旧派嘲笑陈宝箴、熊希龄两人的谐联，把熊陈两个字拆开，倒很有趣。原来湖南的戊戌维新运动，是官绅合办的，陈中丞代表官方，熊庶常代表绅方。这一运动，康梁是主要人物，康有为在北京，得到光绪帝的信任，所以北京闹得很凶；梁启超在湖南，得到陈中丞的信任，所以湖南也闹得很凶。梁先生为什么来到湖南的呢？据熊希龄上陈中丞书说：

延聘梁卓如为教习，发端于公度（黄遵宪，时为湖南监法道）观察，邹沅帆及龄与伯严（陈三立，陈中丞之子）皆赞成之。

058

梁先生来到湖南，主持时务学堂，做了总教习，同来的韩文举、叶觉迈做了分教习，康派势力，一时极盛。而且全堂师生，互相标榜，不说"今日教学诸人，即是兴朝佐命"，即说"异日出任时艰，皆学堂十六龄之童子"。这真是要叫守旧派眼中生出火来的。何况时务学堂日记，课艺评语，南学会讲义，以及《湘报》《湘学报》所刊之文章，都是守旧派目为邪说异端的康派议论呢！

自然，那些被目为邪说异端的议论，在三十多年以后的今日看来，不免平常，浅薄可笑，但在当日就不免觉得翻江倒海，石破天惊了！例如梁先生《评日记》云：

> 二十四朝其足当孔子王号者无人焉，间有数霸者生于其间，其余皆民贼也。

斥一切帝王为民贼，只承认其中有几个霸者，这不能不叫腐儒大吃一惊。又《评答问》云：

> 臣也者，与君同办民事者也。如开一铺子，君则其铺之总管，臣则其铺之掌柜等也。

梁先生虽然还没有说出人民是这一铺子的大股东，可是他已经不承认向来腐儒所说的"君臣之义"了。又《评课艺》云：

> 春秋大同之学，无不言民权者，盖取六经中所言民权者编辑成书，亦大观也。

梁先生倡言民权，发论颇多。又如《评日记》云：

> 公法欲取人之国，亦必其民心大顺，然后其国可为我有也，故能与民权者，断无可亡之理。

又云：

> 议院虽创于泰西，实吾五经诸子传记随举一义多有其意者，惜君统太长，无人敢言耳！

梁先生要主张议会政治了。他倡民权议院之说，却不能不乞灵于什么五经六经，现在我们或许要笑他迂谬，但想到他在当时环境里，却又不能不原谅他的苦心了。他《评课艺》云：

> 今日欲求变法，必自天子降尊始。不先变去拜跪之礼，上下仍习虚文，所以动为外国笑也。

梁先生竟大胆地主张天子降尊，废拜跪之礼了。又《评日记》云：

> 中国崔苻甚炽，上无礼，下无学，贼民兴，丧无日矣。今日变政。所以必先改律例。
> 衣服虽末事，然切于人身最近，故变法未有不先变衣服者，此能变，无不可变矣。

梁先生主张改法律，变衣服，这都是大胆之言，也都是要受湖南守旧派攻击的了。

说也奇怪，湖南人的气质，好走极端，从戊戌运动起，一直到现在，政治上每一变动，在对抗的两极端，总是湖南人做先锋。戊戌运动，站在维新派尖端的有谭嗣同、熊希龄诸人，站在守旧派尖端的有叶德辉、王益吾诸人。辛亥武昌起义，湖南首先响应，但第一个为满清死节的将官黄忠浩，也是湖南人。袁世凯称帝，筹安会领袖杨度，是湖南人，站在最前线讨袁的蔡锷，也是湖南人。

懂得了湖南人的气质，就懂得戊戌维新运动，梁任公在湖南，一面要受维新派的热烈欢迎，一面要受守旧派的拼命攻击了。

梁任公在湖南（二）

陈子展

戊戌维新运动，梁任公在湖南讲学，引起思想界的轩然大波，即新旧两派的大冲突。究竟当日旧派攻击梁先生，怎样措辞呢？

自然，欲加之罪，何患无辞！在旧派的眼光中，梁任公是败坏湖南学风的罪魁，是邪说异端的恶魔。苏舆《翼教丛编》序中说：

> 梁启超主讲时务学堂，张其师说，一时衣冠之伦，罔顾名义，奉为教宗。其言以康之《新学伪经考》《孔子改制考》为主，而平等、民权、孔子纪年诸谬说辅之。伪六籍，灭圣经也；托改制，乱成宪也；倡平等，堕纲常也；伸民权，无君上也；孔子纪年，欲人不知有本朝也。

这里宣布了梁任公在湘讲学的五大罪。又旧派的湘省学约里说：

自新会梁启超来湘，为学堂总教习，大张其师康有为之邪说，极惑湘人，无识之徒，翕然从之。其始随声附和，意在趋时，其后迷惑既深，心肠顿易。考其为说，或推尊摩西，主张民权。或效耶稣纪年，言素王改制。甚谓合种以保种，中国非中国，且有君民平等、君统太长等语，见于学堂评语、学会讲义，及《湘报》《湘学报》者，不胜缕指。似此背叛君父，诬及经传，化日光天之下，魑魅横行，非吾学中之大患哉？

这里旧派骂梁任公"化日光天之下，魑魅横行"，真是白昼见鬼！但在当时，他们是自以为骂得痛快的。现在我们从这类文章中，还可以看到梁任公在湖南讲学的影响之大！如岳麓书院学生宾凤阳等上王益吾院长书中云：

窃我省民风素朴，自去夏以前，固一安静世界也。自黄公度观察来，而有主张民权之说；自徐砚夫学使到，而多崇奉康学之人；自熊秉三庶常邀请梁启超主讲时务学堂，以康有为之弟子，大畅师说，而党与翕张，根基盘固，我省民心顿为一变……戴德诚、樊锥、唐才常、易鼐等承其流风，肆行狂煽，直欲死中国之人心，翻亘古之学案，上自衡永，下至岳常，邪说浸淫，观听迷惑。不解熊、谭、戴、樊、唐、易诸人是何肺腑，必欲倾覆我邦家也！

一则曰"我省民心，顿为一变"，再则曰"上自衡永，下至岳常，邪说浸淫，观听迷惑"。梁任公讲学的魔力实是不小！其实，当时这位思想界的新英雄，正是时势造成的，旧派又何尝不知？所以梁鼎芬与王祭酒书中说：

> 马关约定数年，又有胶州之事。四夷交侵，群奸放恣，于是崇奉邪教之康有为、梁启超，乘机煽乱，昌言变教。

平心论之，当时满清政府，内政外交，无一是处。康梁昌言变法维新，改变政治，有什么罪过？可惜当时旧派不知，稍后知道了，已经没有办法，满清也就亡了！

梁任公在湖南（三）

陈子展

梁任公体的文章也曾在湖南发生了大影响。当日《时务报》的文章，哪个不欢喜读？便是旧派，亦无异词。但因梁任公到湖南讲学，湖南新派人物，也刊行了《湘学报》《湘报》，这就遭了湖南旧派的大忌了。所以皮锡瑞复叶德辉书中说：

> 文人相轻，自古已然。湘人无乡谊，好自相攻击。见《时务报》则誉之，见《湘学报》则毁之，《湘报》訾议尤甚，湘人结习，本不足怪。

原来叶先生是攻击新派的旧派领袖，攻击了康梁一派的思想还不够，还要攻击康梁一派的文章。他致皮先生书中说：

> 时文久为通人所诟病，通人多不能时文，高才博学坐是困于场屋，而揣摩之士乃捷足得之。然易之以策论，其弊等

耳。不见今日之试卷，满纸只有起点、压力、热力等字乎？同一空谈，何不顾溺人之笑！

他攻击新文体的策论徒用新名词，也是空谈，和八股文一样。他又与友人书说：

> 最可笑者，笔舌掉罄，自称支那；初哉首基；必曰起点。不想支那乃释氏之称唐土，起点乃舌人之解算文，论其语，则翻译而成词；按其文，则拼音而得字。非文非质，不中不西。东施效颦，得毋为邻女窃笑耶？

这也是攻击使用新名词的文章。又《湘省学约》中辨文体一条说：

> 朝廷以时文积弊太深，改试策论。然试场策论非有学术，能文章者主持之，其弊殆比时文更甚。观《湘报》所刻诸作，如热力、涨力、爱力、吸力、摄力、压力、支那、震旦、起点、成线、血轮、脑筋、灵魂、以太、黄种、白种、四万万人等字眼，摇笔即来。或者好为一切幽渺怪僻之言，阅不终篇，令人气逆。

可见三十多年前新派文人用新名词入文章，那是旧派文人最为痛恨的事。当时这种新文体流行湖南，可以说是梁任公带来的。徐学使居然用这种文章取士，难怪湖南一批由八股文出身的旧派文人又嫉妒又愤慨了。

梁任公曾经说他自己的文章，"笔端常带情感"，那是不错的。他是一个政论家，他的政论所以能够风行天下，笔端情感也是其中要素之一。他这种适于煽动的文章带到湖南，有一个贡生学得极像，这人叫作樊锥，邵阳人，在《湘报》上发表了一些文章。最被旧派攻击的一篇，题为《开诚》，其中说道：

> 自民之愚也久矣，不复见天日也亦已甚矣。其上以是愚之，其下复以是受之。二千年沦肌浸髓，梏梦桎魂，酣嬉怡悦于苦海地狱之中，纵横驰逐于醉生魇死之地，束之缚之，践之踏之，若牛马然，若莓苔然。

这是痛骂两千多年来的愚民政策，思想颇有点不稳了。又说：

> 今宜上自百僚，下至群丑，俱如此类，网罗净尽，聚之一室，幽而闭之，使其不见日月，不与覆载。

如此对付贪污腐败的官僚，何等彻底！他的议论更激烈了。又说：

> 是故愿吾皇操五寸之管，半池之墨，不问于人，不谋于众，下一纸诏书，断断必行。曰，今事已至此，危迫日极，虽有目前，一无所用。与其肢剖节解，寸寸与人，税驾何所，蹑天无路，不如趁其未烂，公之天下。朕其已矣！

他这种主张，真是大胆。难怪旧派的人驳他道："天子诏命，岂臣下所敢戏拟，况此等大逆无道之言乎！国典具在，脔割寸磔，处以极刑，似尚未足以蔽其辜。"

他在文中又说：

> 洗旧习，从公道，则一切繁礼细故，猥尊鄙贵，文武名场，旧例劣范，铨选档册，谬条乱章，大政鸿法，普宪均律，四民学校，风情土俗，一革从前，搜索无剩，唯泰西者是效，用孔子纪年。

这种彻底的变法维新，当时怎么能够做得到？他却不能不如此主张。他是湖南的走极端的新派。他比梁任公的主张更彻底，他比梁任公的议论更激烈，他充分表现了湖南人走极端的特性。然而，他是受梁任公影响最深的人。

说起来真可笑。"戊戌"前后，梁任公太新；"辛亥"前后，梁任公又旧了；"五四"前后，梁任公"跟着后生跑"，还赶不上。这一个伟大的时代真有点捉弄人。虽然，时代是一直向前的，人不站在时代之前，就落在时代之后，这又有什么稀奇呢？

回忆艺芳女校*

曾宝荪

创办艺芳女校

"艺芳"二字是先祖母的馆名，前文已经说过。先祖母对于我们的教训也已说过多次。所以我们决计用"艺芳"二字来做学校名字，并且取孔子所主张游于六艺的思想，计学生六班，即以礼、乐、射、御、书、数六个字，依序命名为礼字第一班、御字第一班，等等。

民国七年二月到了长沙，先在聂府住了四五月，那时萧表姊孝徽也从衡阳来长沙，帮助我与巴师到处看屋。最后看到西园龙翰林家，正好美领事搬出，我们便照他的租约订约一年。此屋是中国旧时老房子，两进七开间，兼西花厅一个小三开间。于是我与巴师住了正屋下进东边三间，西边三间作为教室，后面萧女士

---

*本文节选自《曾宝荪回忆录》，岳麓书社 1982 年版。

住了一间，女仆住一间。上进东西六间均做学生寝室，厢房做浴室，下进回照房做饭厅、会客室及学生阅览室。厨房远远在外。另外小花厅三开间即与我母亲约农及小弟等全家居住。规模虽小，倒也井井有条。当我初到上海时，聂云台表叔要我在上海接办启秀女子中学。杭州圣公会也欢迎巴师与我回杭州冯氏女学校，但我们都觉得海边省份容易找人，而长沙内地，不易找留学生服务，因此都婉谢了；现在居然看到艺芳有屋，很感欢喜。西园规模当然远不如上海、杭州，但是正合我们心中所意想的中国学校。

不幸的是那年六月初约农母亲——我们五婶，由湘乡下省，初八那天晚骤然在坪塘发了心脏病。约农差专人由坪塘送信，初九日信到长沙，要我找医生去治病，坪塘是文正公葬地，离长沙三十里。我与杨医生赶到时，已是下午三时，五婶已于当日十二时去世。当时天气热，幸有二叔履初先生及李五舅杏岑先生在长沙帮同治丧。五叔也从北平赶回，就葬五婶于坪塘文正公坟旁山上，也算有归葬祖茔之福。不久五叔回北平，约农弟留在长沙守制修墓。于是我们便邀他帮办艺芳。约农本来是学矿冶的，开女学堂未免用非所学，然而当时南北战争，农村紊乱，我父亲有矿山地契一箱，并且为买矿卖去田数百亩，都毫无开发机缘，即令从事矿冶，也只好教课，所以约农在艺芳教书也不算太委屈。在我们得了他真是无价之宝，因为他知道我历年的计划，又勤快好动，能拟稿、起章程，加上有二叔履初先生认识长沙绅士。于是我父亲、二叔、七叔与淮商公所接洽，取得文正公祠房地为校址。先在西园由我们四人，巴师、约农、萧表姐与我买家具，印章程，做书桌黑板、学生衣柜，购买学校仪器书籍。于八月内招生，先办大学预科及英算专修班。

校董会之组织由先父、二叔及七叔邀请。董事会中最出力帮助的有朱菊尊、汪颂年、王莘田、龙萸溪、史春霆、俞秋华、曹籽谷、钟显荣、马惕吾、胡子靖……诸先生。申请在教厅立案。民国七年阳历六月五日批准后，于九月十二日在西园龙宅正式开学。计有英、算专修生五人，张纯士、柳演仁、黄斌、陈嘉和表姐萧孝徽（表姐并兼舍监及总务）；大学预科四人，龙沅、王传绮、曾宝荪及张孝钧。巴师情愿做教员教英文，让我做校长，以一个高龄外国人愿在一个中国少年人而且是自己的学生之下做事，恐怕是第一个了。约农做教务主任兼英、算及理化老师。我也教英文、生物，任牧师兼点英文，另外二家叔及李慧芳先生教国文，青年会之费雅师母（Mrs.Veryard）教音乐，何小姐（Miss Horjen）教体育，黄国厚女士教手工。总算教学慎重，因为学生只有八个人而教员倒有九个人。此时的艺芳除正课外，还请过几次名人演讲。后来我们成了定例。每礼拜五下午，一定请一位校外名人做专题演讲，学生得益不少。另外每礼拜六，我自己必要有一点钟的时事演讲，世界、本国、本省，或社会大问题，如欧战、五四、五卅等事，学生可发问及讨论。这些都指导学生观念不少。

巴师是一个最好的基督徒，且极爱护学生，并且很悦纳我们的建议。比如我们建议不可记学生的过，不可当堂叱罚学生，不勉强学生去礼拜堂，礼拜六课后至礼拜日下午五时，学生可以回家住……都是与教会学校不同的地方。艺芳崇奉基督，但不隶属任何教会，她很能了解接受，而且以六十老人与中国学生同吃中国饭，同甘共苦，真是难能可佩之至。

一九一九年春天，正值五四运动，那时我们的专修班已有第二班学生了，是唐冰瑜、颜兰禧、俞辉、夏秉恒、钟贤钧，预科班也加了粟翼明、曾长善、钟贤淑、柳敬常等。这些是最早的学生，也最知道学校创办的艰苦，师生之间的感情也特别深厚。我们对于五四运动有很合理的反应，我们组织了抵制日货十人团，直到抗日胜利才散。

艺芳迁入浩园

长沙曾文正公祠是用清朝皇室赐祭银三千两，及门生亲友祭奠银四五千两，其余由监商捐助建成崇祠。在长沙小吴门正街，度地广袤约百亩所建造。

祠堂外面有一大坪，为轿马停歇之处。正门朝南有甬道，直达正殿。两边钟鼓亭，正殿上有文正公神位，神龛上有"以劳定国"的匾，是翰林汪诒书所补写。其余匾额对联，都因为数次兵燹，荡然无存。大殿东边为思贤书局，内有客厅、船厅、藏书楼。西边为思贤讲舍，秀才们可以读书，也有山长讲学。后来由郭筠老（嵩涛）与先惠敏公商量，供王船山（夫之）的神主于思贤讲舍，当时清廷不许王船山配享孔庙，因为王船山种族革命思想甚深，所以连他的著作也视为禁品。船山的遗书乃是由文正公在江南传忠书局所印，也只有文正公因有挽救清室的功劳才敢印。因此惠敏公与郭筠老才想到把王船山配享曾文正。

文正祠正殿后面，有一花园名曰浩园。由正殿后门出来，便看见一带青山，山后有一个大池塘，广袤十余亩，成曲尺形。长边狭仄，抵思贤书局。短边宽大，尽头有一八角亭，久经摧残，匾额已不可考。曲尺转弯处有一玲珑石山并小石桥。石山上有一茅亭，题曰"存朴亭"。由存朴亭下来，沿着石砖路，便到八角亭。八角亭南原来作为生员宿舍，迤东便到了"听雨轩"。此处楼台高耸，为园中最高处，可以看见城中风景。再东为回廊及石山小径，直达思贤书局，路上也可经过一大石桥，至正殿后厅。沿途花木竹树，极为美观。每年五月五日，仍照老例开放浩园一次。

民国八年五月，我们靠湘绅的力量，把北军退出浩园，我们急快搬入。那真是断井颓垣，危楼废阁。我们一面修造房屋，一面安置设备家具，聘请教员，招考学生。此时船山屡次阻工，与我们的泥木工人械斗，几经波折，才勉强修成。艺芳各建筑，均以池塘为中心，环绕东、北、西三方面。东边有厨房、饭厅，由走廊直达思贤书局——后来成为我们的小学部。北边有大门，内有门房及教员宿舍。进二门有校长室、教员室及教室到"听雨轩"。听雨轩下层是舍监室、图书馆、巴先生书房。楼上二层为教员寝室，三层藏文书家具等，也可用来眺远，日朗天晴时，可以看岳麓山。南边有一小山，山后是祠堂正殿。

由听雨轩往西，有教务室、教员寝室及校长寝室等。再西便是原来文正祠生员住宅，后改学生寝室的大楼，楼上楼下均是寝室。此楼正对八角亭。由八角亭走过一花棚长廊，便到了坐西朝东一座大楼，楼上楼下都是教室。面对小山，楼外北有球场，东有跑道、操场，也就是正殿的后面。在正殿未被驻兵或船山强占时，我们用正殿作礼堂，每早有礼拜，每礼拜日下午有唱诗班，其余开会等均在此。以上是艺芳全盛时代之景。

船山学社——即原来思贤讲舍——民国九年经湘绅汪颐年、朱菊尊、王莘田、龙萸溪、曹籽谷、史春霆、俞诰庆、胡子靖等及老革命党人邹价人、周道腴、姜咏洪（当时长沙县县长）等调停，筑砖墙以为社校分界之墙，暂时可以恢复开课。

浩园风景优美，为长沙城内最有名的。我们除了栽花植树之外，还预备了两只小划船，学生练习摇桨。内地会的毕庆爵士（Sir M.Beauchamp）说"这些小划子，是可以航海的，因为它很坚固安全"。我们也利用浩园的风景，开过"游园会"、"纳凉会"、灯会等募捐拯灾。一次是新化蓝田等处的旱灾，一次是长沙水灾，一次是湘西水灾。每次均由学生自动设计，把浩园池塘照杭州西湖点缀，有湖心亭、岳王坟、苏小墓、孤山、五柳居、退省庵等名胜。学生销票一丝一毫不苟，奔走车钱自掏腰包。所以每次捐款，都以艺芳为各学校捐款的第一名。有一次湖南旱灾，艺芳捐款，仅仅次于省政府所发救济金，而那时的艺芳学生，不过百人。基督教的精神，救人济世可说完全做到了。

我们并非商业学校，但是学生却开了一个小小的贩卖部。同学可以加入股份。贩卖部卖文具用品，和学校许可的食品。学期终结账，分发股东红利。日本侵华时，学友会组织一个十人团，抵制日货。所以价钱低廉的日货，不能推销。已有的日货，亦须十人团盖印，才能用，因为节省家长的负担，大件如被帐等都是家中旧物，不必再制，只要十人团盖印登记，而该学生应许不再添置日货，就可以了。

关于学友会，我须略为补充讲明，学校在西园龙宅时正值五四运动，我们便组织了一个"艺芳学友会"。这会包括老师和学生——每人都是会员。不过干事会只有五人——会长、书记、会计与干事二人。这五个人都是学生。艺芳行初高中六年一贯制，初中第一年第一学期，是学习期，不能选入干事会。六年级二期（高中三年，第二学期）是将毕业的学期，学生须准备联考及考大学，所以学校许其不必加入干事会。因此干事会只有五人，便相当代表各年级，干事会每月开常会一次。大会每学期开两次，一次选举干事，一次结束会务。如有特别要事，可以召开临时大会，师生一堂研讨。这个学友会对艺芳有很大的贡献，对于学生有最好的民主训练。因为老师、学生每人都只有一票。假如学生有要求学校改革的事，须得大会两次通过，且两次的时间须在一学期以上。例如更换教员、加减收费等重要事，便适用此规定。成立学友会时，曾经很慎重地制定组织法，我们称它为学友会的宪法。上项规定，便是依据宪法制定的。

艺芳的组织与学生的自治

艺芳的组织与各学校大致相同，有董事会、校长、教务主任、训导主任、总务主任及各专责教职员。所不同的是，如上文所说有一个艺芳学友会，全体学生与教职员都加入，而校中大事的定夺，在这个会。不但校长、教员不能勉强，就是董事会，也不能勉强。可以说实在大权操之于学生，因为学生人数占学友人数绝大多数。

学校得教育部许可为六年中学一贯制。初中不毕业——但学生如要转学，可以给她转学证书——四年级可以插班，收外面的初中毕业学生，五六年级便不收插班生了。一年级招生，不超过三十人，等到四年级，即使因为有离校学生而补入插班生，也决不超过三十人。因此到六年高中毕业，人数很少，最多不过二十四五人，甚至少到只有九人。学生一律住校，每日三餐，师生同在一个食堂，见面特多，自然亲切，有如家庭父母子女。学生有小疾病，由学校校医免费治疗，但如有重病则由学校通知家长商量医治。

训育工作由师生分任，各班举班长一人，每寝室举室长一人，分任指导与劝化的责任。如有一同学不能听从，可以告知训导主任，再不听从，则训导主任告知校长，校长亲自与她个别谈话。艺芳从不记过，不开除学生，但经校长一番劝导，没有不悔改的。功课不好的学生，各科教员亲自为她们补习，甚至校长也亲自补教，绝不收补习费。我有一个学生，算学极坏，经我自己给她补一学期，后来是算学最好的一个。另有一个学生，在长沙各女学都读过，每次闹事出来。而她的父亲，是长沙一个有名学校的教务主任。她到我们学校时，由她父亲送来，对我说"只要曾先生能使她在贵校毕业，我就感激不尽了"。第一个礼拜，有一天夜晚，我就请她来谈话，我告诉她："无论有何不满意的事，不管与同学、老师，甚至家庭、经济或婚姻有关的题，都可来和我讲，我一定站在你的角度，同情地与你解析。"我要她答应我，"如发生你不满的事，先同我商量再取行动"。她答应了我。果然在三年读高中的时候，只与我谈了两次话，均满意解决，直到毕业。此学生是湘潭人，一九四九年夏天毕业。那时长沙已经乱哄哄了，我要同学人人回家，而这个同学坚持留校三日，为的是要送我上飞机离开长沙。师生感情，有如此的深。

学校规矩，每日六时起床，七时早餐，七时三刻礼拜，八时上课，上午四堂课，十二时半中饭，饭后休息一小时，二时至四时再上二堂课，每日只上六堂课，下午的课多半是科学试验、音乐、手工、图画、体育等不太用脑力的课。每礼拜六第一节课由我讲论时事——世界、本国、本省——的要事。每礼拜五下午请名人演讲——讲题包括文学、科学、艺术、宗教等，使学生多得课外常识。学生的学业成绩，若用升学考试来衡量，可说极好，因为高中毕业联考，我校是百分之百及格；考大学，考出洋也是百分之百的成绩。最好还是学生读书的精神。夜间自修，不要先生监察，考试也不要监场，绝无夹带、枪替，或私相传授的举动。至于普通生活上，也做到抽屉不要锁，园中花果不乱摘，别人的东西绝不擅用。不是艺芳没有出过失物的案子，有过两次，都查出来了。而且那拿东西的学生有一个痛改前非，有一个自行告退了。

有一次，一个四年级学生失去了一只金表，报告好几次，都没有人送回。于是学友会召开临时大会，有人提议"搜查"，我极力反对，同学中也有反对的。因为搜查，可以有坏人"移赃好人"的危险。但学友会通过要"搜查"，校长也无法禁止。我便将各班同学召集在大礼堂。然后由训导主任、学友会会长、干事一人及被查学生本人，拿她的箱子钥匙——若是锁好的箱子，去开箱搜查。我在大礼堂讲台上讲故事与众人听。我讲了些中国故事，如聊斋上的"王成""崂山道士"等，也讲了些外国故事，如纪柏林的"失去的光"（Kiplings the Light That Failed）及戴华（M.Diver）的"报复"（Requital）……学生听得津津有味，心平气和，同学中那些反对搜查的，本来很不高兴，也都不作声了。恰好听得出神之时，忽有工友来报告"金表在垃圾桶内寻到了"！于是皆大欢喜，也没有人追问了。我想那金表很少可能是偷去的人怕搜出，丢在垃圾桶内的，因为时间不许可，因此可能是扫地时，工友不小心，扫出去了，也可能学生们自己吃零食时，纸屑果皮包住，连金表一起丢了。总之，从那以后，没有失过东西。尤其大众听笑话故事时，把气氛和缓下来，大众嬉笑着再上课，将一天大事化为无事。这就是艺芳师生合作的精神，也是艺芳的民主精神。

因为艺芳人数太少，体育竞赛，就差得多了。那时长沙以"周南"和"一女师（古稻田）"体育最好，艺芳不能与其同日而语，但是艺芳有体育家的精神，屡败屡战，从不发"输"气。

学生对于学校财政可以过问，每两个礼拜，可以查学校的伙食账一次（那时因为人少，没有由学生自办伙食），每学期也可查学校财务账一次，出入对照，可以看出学校收入的学费、膳费、杂费，远不够学校的开支。其中尚除开巴师、约农、萧女士与我不受薪水，外国来的教员，由国外友人支持，也不支艺芳薪水。因为如此，所以不敷尚不太多，而学生的杂费，每每还有多余的退回与学生（学生每人每学期缴学费二十五元、膳费二十元、杂费十元，均光洋计算。杂费包括电灯、炭、文具等，多退少补，中途退学，只退膳杂费，学费不退）。这样学生对于学校财政，很清楚，也很信任。

五四运动与艺芳

上文说过五四运动，这个运动发生在一九一九年五月四日。它的起因实在基于爱国——不愿把德国在山东半岛的利权让于日本，因为我们本是加入联盟国，大家抵抗德国的。而联盟国反倒偏袒日本。因此北京大学学生发起反抗《凡尔赛条约》，驱逐曹汝霖、章宗祥、陆宗舆的示威游行，北京各大学群起响应，连各大埠商人，也罢市为学生后援。各省大中学校也不例外。那时艺芳，仅只一岁大的学校，学生不到二十人，但也不因人少而不参加，于是学友会决定除开不游行以外，要做点积极的事，不可只有五分钟热度。那时全国发起抵制日货，成立提倡国货的爱国十人团，艺芳师生，共成立了三个团，大家立志不用日货，只用国货，不坐日本船，要等日本对中国的态度改变，才能解散十人团。每团举团长一人，执行职责，把学生已有的日货都登记过印，可以继续使用，以后不能再买新的。我本来有的日本物件不多，不过也有两三件夹衣里子，是日本洋布，也归学生印过。每学期抽签抽查一次。调查有无添置日货，当然抽到教员、校长，也是一样检查，可见艺芳的民主精神和法治作风。

有一次，有一个学生的新帽子的里子是日货，被团长查出来了，经团员通过，要没收或焚毁，那个团长十分谨慎，剪下帽里绒布一块，然后拆下帽里，当众焚烧。当然那个学生十分不快，礼拜六回家告知家长。这位家长大发雷霆，到学校问罪。十人团团长便说："我们早已告知了某某同学，不可买新日货，她违章买了，原定要烧，只好烧了。"那家长便说："你可包你们同学没有一个有日货么？"团长说："任凭检查，连教员、校长都可检查。"那位家长毫不客气，在学生寝室内到处查看，并看了几位教员的衣服，果然凡是日货，都是旧的，也都盖过十人团的印，这才悻悻地去了。艺芳十人团一直保持了三十年，直到日本投降后，方才解散。

我们的学生对日本政府侵略中国的政策，虽然积极反对，但对于日本的人民都很表同情。民国十二年九月日本东京大地震，学生们自动捐救济款五百余元，托基督教宣教委员会的霍德进博士（Dr.Hodgkin）带去日本，并且请霍博士询问，在日本有没有同我们一样，秉基督爱敌的精神的学校。如有，我们愿意与他们通信，让他们得知我们热爱和平的精神，与他们军阀恶意的真相——因为当时日本军阀蒙哄日本人民，极力地宣传中国如何仇日，去刺激人民的仇华心理。但是不幸霍博士竟没有找到这样一个学校，也许是日本政府不容这样一个学校的存在。

对于新文化运动，学校老师，两方面都有。有的绝对主张读文言文，有的说"初中可以读一部分白话文"。我们初中学生作文，大多数用白话，但高中就都用文言，直到民国十七年以后，才文言白话都可用了，学生响应新文化，办了一份杂志，里面包括各样的材料：有文章，有诗歌，有小说，有笔记等。我记得还是熊秉三先生给它题签"艺芳杂俎"。这个杂志每学期出两次，但不幸学校被毁三次，已荡然无存了。除此以外，学生偶然也出过壁报、漫画及各种游戏文章，但都思想纯正，富于文艺及幽默感，很受同学及师长们的欢迎。

学生们也极关心时事，民国八年秋，张敬尧督湘，要大大开放湖南米出境，每石抽税一元。那时正是湖南自己也有水旱灾情，民食不大充裕，所以各界发起请愿，不要放米出省。学生也不例外，艺芳学生与各学校学生联络，群起包围省议会，用意在使到会议员无法半途逃席，一定要得到代表多数的决议案。从中午直到下午七时，饥、渴、倦交并，很多学生都走了，唯独艺芳坚持到底，直等议员们说"你们回去吧，他们都走了（按：都由某些不认真的学校所看守的门溜走了），我们总尽力而为，禁米出境就是"。但不幸并未发生效力。

艺芳便改变方法来唤起社会同情，编了一个戏剧，名叫"绿波恨"。剧情大致是说一个米商的女儿，名唤"绿波"的，多次跪劝她父亲，不可放米出境接济日本人。后来又邀同学去沿街苦劝商人，不可损己资敌。他们用各种方法去说服。不幸被一汉奸设计将绿波害死。最后她还手持劝商人的信件不放。这样总算感动了有些商人，停止与日本人做生意。这戏的大意，当然也是讽刺当时的张督和有些奸商的。戏的台词及节目编织，当然也不能说很好，却完全是学生自动编写的，并无教员帮助。编剧、所有导演、道具、灯光，都是学生负责。而且学友会每人得推销票最少十张，我们做老师的也不例外。所得的款项，作为十人团救灾的费用。学生们不但所销的票价涓滴归公，连自己坐车的钱——如借道具、买用品等——也不肯用公家的钱。

浩园风景优美，长沙城内可算第一。学生们曾利用浩园扮作西湖，酌收游园费用来赈济湘南旱灾、湘西水灾，游园的入场券也是每人推销若干张，毫不自私，完全交与干事会。我至今想起，少年人真正可爱，我们收票的人是小学生，进门时，连自己的父母姊妹兄弟也毫不放松，一定要每人一票，才能入园。如中国每人都有这样公德心，则中国要富强安乐，有何难办？

从民国十一年到十六年春，艺芳的外籍教员有顾女士（Dr. Grubb）、贾女士（Miss Galbraith）、曼女士（Miss Madge）、孙师母（Mrs.Gibson），中外教员相处很好，至于巴先生更受尊敬，学生们都与外国先生很合作，她们也与学生们同住在一块儿，同在一起吃饭。

四八节

五四以后，长沙有毛泽东、邓演达、郭亮、柳直荀等，在文正公祠西边的思贤讲舍开办了一个船山学社。民国十五年秋季，民军北上，有俄国顾问加拉罕、鲍罗廷等人到了。船山分子把艺芳与船山中间的墙打倒，日夜出入浩园，不能禁止。并且有一笔名"短棍"的人，每日在《湖南日报》上痛骂各校校长。艺芳当然更受诋毁，出有打倒艺芳专号。我看见我本身是众矢之的——身负土豪、劣绅、地主、封建余孽、帝国主义走狗等罪名，便想如果我本身辞职，或者可以保全学校，就在一九二六年寒假时，宣告学生，我要辞职保校。学生起初不肯，经过我再三说明后，便由学友会组织了一个"校务维持会"，聘了国文老师李碧棠、数学老师言自芳加入维持会，聘我及约农为顾问，以备商讨校事。我又告诉学生，明年情形一定更不好，同学中如有暂时愿意退学者，也可以回家静候。因为我校已失窃几次，与船山学生又械斗过一次，由警察解散，所以不得不慎重。

果然第二年（民国十六年），长沙各校学生不是开会便是游街，不能上课。店家十有八九关门，大街上一片凄凉景象。三八妇女节早几日，就有学生联合会人来说要各校全体出发游行，我们学生不肯答应。到三月七日，我们开了学友会全体大会，那天到了教职员十五人及全体同学。由学生陈某某女士主席。当时众人言论激昂，都不赞成参加。有一位教员先生说："我们不必自去，只要有几个工友去，打起艺芳旗子也就可以了，这样或可保全学校。"但有一位学生任承华女士说："我们从不参加，这一次也不例外。并且'唯器与名，不可以假人'，我们是真心认为游行与妇女利益无关，又何必装假。充其量，他们不过封闭我们的学校，我们宁为玉碎，不为瓦全！"结果任生的提议全体学生通过，只有教员十几票反对。教员是失败了，但是艺芳学生的自治独立的精神成功了。

民国十六年四月八日（星期五），我上午照常上课（我仍是一名教员），下午因头痛目眩上楼休息。约农仍在办公室做事。忽然来了两个人，要会学校当局，既无公文，也未着制服，只说"我们是农民协会的人，来接收你们的校址，你们的学校已经由政府封闭了"，约农当然不退让，便说"你们把教厅公文给我看"，他们说"人都来了，还看什么公文！我们限你们两小时出校"。果然就进来四五十个人，每人手拿一支"梭标"（是一根五尺多长的竿子，顶上安上六七寸长的铁尖刀，可以用来刺人）蜂拥而入，一面四处跑，一面大喊学生出校，稍后便来了不少荷枪实弹的兵丁。此时学生便鸣钟开紧急大会，同时因怕我受伤，便由学生任承华与曾××护送我步行出校。

紧急会仍是学生教员联席会，由约农报告学校已经被政府封闭的事。学生激昂慷慨，有的说"决不出校"，有的说"去请愿政府，努力挽回"。这时梭镖队和枪兵站在会场门口，环立虎视。我知道学生的性情，便写了一个条子，叫人送去请约农报告学生："务必于天黑之前出校，不可傲强，致生惨案，作无谓的牺牲。"学生得了这个信，又见此时人越来越多，除梭镖队、步枪队之外，还有来看热闹的人及街上老百姓，乱哄哄的不下一两千人。于是决议自动解散，把毛笔大书特书"艺芳精神不死"在墙上，把玻璃器皿都打碎，连梭镖队的人也说："你们有这种精神，一定要回来的，何必要捣毁东西！"此时军队准学生拿自己的东西出校，但学生都为学校抢文件器具等而不拿自己的东西。学生站成两队，由舍弟约农领队，三舍弟昭权殿后，整队走出校门，口唱校歌，并放万字鞭炮送行。

当夜我的学生徐君、谭君便到去汉口的小轮上占了两个位子，未到天明，就要我们上船。我们一行廿六人离开了长沙。我们到上海在聂府及俞府小住，拟去庐山。那时巴师与顾贾二位先生已在上海，但英国的领事，不许他们去庐山，我与约农去庐山稍为休养。不幸巴师因见学校惨遭封闭，中国又紊乱异常，心脏病突发，等我与约农赶到上海，她不幸已亡故，她一生为艺芳计，竟未见其恢复，可悲可恸！她的墓地在上海法界^①八仙桥。

---

① 法界，即法国租界区。

到长沙

袁若霞

在一九三八年开始的日子，我到了长沙。

好几年的旅次生活，在长江、黄河，或是太平洋上，留下些印迹，而对于素所倾慕的长沙，却总在倾慕中，得不到见面的机缘。

铁骆驼载我驰了一天，从南昌到长沙三百七十公里的长途就很易从始点到了终点。

年来的家居粉笔生活，窒息了一颗喜欢行动的心，我终于乘着机遇，重新踏上旅途，第一次到了长沙，让胸膈里的气息，好好输换一下。我来看看长沙的战时状态、文化界和许多朋友。

在国内的队伍、文坛，湖南人是占着重要的位置，无论质与量上，都有着可观的记载，即自己个人的朋友，以省别的界域而论，也占着第一的数量。这样，湖南的社会形态是应该具有他的特殊点的，尤其代表湖南的长沙，该明显地告诉每个外来的人。

到长沙的前几日正在动乱中过去，看朋友或是接洽事务，一天到晚不得安静，预备写的一点东西是一个字也没写出来。近几天却病下来，一个人住在旅馆最冷静的楼角里，和许多人家的家神灵牌做伴，这生活的日子曾给予多感触的年轻人一些凄凉的感觉，而自己，额上的痕迹已写下过去更深的经历，也知道未来还有许多将会从身上碾过去，便不怎么奇异，而且，却在细细咀嚼这种时间的滋味。

长沙给我的印象，并不很简单，它有好地方，却不能整个的那样，我发现长沙接受新的力量迅速，也看到它对旧的扬弃的迟慢。

长沙文化界的活跃，比南昌是进步多了！江西老表们应该勉力的（江西与湖南才可以称老表，据说有典故，我不负责，借用一下）。长沙抗敌后援会的成绩，许多刊物的出现，各报纸副刊的贡献，都比南昌高明得多。

长沙的市面却缺少战时状态，整天喧嚣，热闹。八角亭一带行人一天到晚走不开交，每家娱乐场所挤满着观众，每家吃食馆、浴室，多得有在门外等候的人，旅馆公寓尽是有闲者，他们躲在屋里谈天或哼流行的曲子。

这里固然多有优秀的中华儿女、民族的斗士，可是上海北平的公子小姐，依然到这里做了旅行的公子小姐，他们不知想到自己的故国与家乡被敌人在如何地蹂躏啊！

长沙生活的水准高是意中的事，商人的经济学是会给经济者以真实的报告。在一班资产的逃亡者，不会发生若何打击，而对于更多数人，都有着相当的威胁，自己便是一个，虽然对长沙应该多住几天，好生观察一下。

我匆匆地来，又要匆匆地去，在长沙，我应该留下点什么，纪念这一次的动行，纪念我多年倾慕的长沙。

在病症轻微的病榻上，一个深夜的旅馆楼角，外面汽车偶尔拖过一两声。我在睡不安的辗转中，燃起洋烛，把被袄当书桌，我顾不了精神的损害，在稿纸上我消磨了两小时以上的时间。

第一次到长沙，第一次在长沙拿起笔杆，我是不愿再看一遍自己写出了什么。

星城记游

第三辑

资湘漫录（节选）

舒新城

岳麓山

长沙的都市生活虽然不是我所愿过，但我的第二故乡岳麓山却永久在我脑中留下了很好的印象。我每去长沙，都得去拜访它一次。这次当我接到父亲的电报的时候，就计划去拜访它，只因去时匆匆不能如愿。到家看了父亲的第一夜，那巍然屹立山巅的禹王碑，和隐居山麓的爱晚亭，以及白鹤泉、岳麓宫的种种胜境，和十四年前在高师肄业的种种生活，就一一盘旋于脑际；十余日来，更是常常想念它。故昨晚决定今日下午起行的时候，便打算上午去岳麓游览。

岳麓虽在对河，但离我所寓的东门有十余里，上山下山也有十余里，平常的游览者大概要费一日的工夫。我因下午四时须上车，而同学周仲篪、杨柏荣、余砥吾、马叔泉诸君又约定下午二时宴叙，时间既甚短促，只有早去之一法，所以昨晚即约定周君于今晨在我的寓所聚齐动身。到时周君果然携其十一岁的儿子清一来了！

我们由南门外渡河，在途中虽然催促着车夫快走，但到岳麓岸上的牌楼口已是九时了。今日是星期日，由城内来的游览者照例是络绎于途的，不过此时却寥寥可数，除去我们三人外，只有住在岳麓书院之湖南大学男女学生数人徘徊于途中。所谓真正的游人，还不曾来到。

岳麓山面对湘江，山峰不过千数尺，并不算高，只因在湘江平原中是一座唯我独尊的高山，而且岳麓书院为历史上有名的遗迹，所以其名甚扬，游人也因而特多。然而我之爱岳麓，却不在乎山之高，也不在乎书院的历史之久，而在它的乡村风味和幽静的丛林。

岳麓书院

岳麓书院（即现在之湖南大学）是建筑在山麓正中的一个幽谷，三面都有山围抱，只有正面朝着湘江水，水陆洲的田园和长沙城的街市，均一望在目。这里与长沙城既有两道河的隔绝，城市的种种，当然不能侵入，而校门以外尽属田垄，附近居民甚少，概属农民。要购备一点最常用的日用物品，不去城里，便得在离此五里的溁湾市。它的地址不是一般之人所谓城而乡，乃是完全的乡村。学生在那里求学，真是世外桃源的羲皇上人，除了报纸杂志上的消息，足以刺激他们，使他们平静的心能有所波动而外，其余什么都难得卷入他们脑中扰乱他们的心思。这种"象牙之塔"里面养成的书生，是否可以适合现代复杂社会的需要，自然是一个可以研究的问题。但是农家子的我，却很欢喜过这种乡村式的生活。所以二十年来漂泊地寄居了数省，但始终不曾得着一个比岳麓还更惬我意的地方。

乡村的生活，固然是我所深好，但是我受了一些新式教育，又不能完全安于乡村生活（乡村最苦的是不易得新书画报看）。住在岳麓的人的物质生活，固然可以全为农村式，但他的精神食粮，又可由城市输入。这种乡而城的地方，实是我理想中的妙境。而院后的爱晚亭和枫树林更足以使我留恋！

我们由牌楼口循故道而行（民国六年为葬黄兴、蔡锷，曾于道旁修有马路，但破坏不堪），书院的故址，仍然和十四年前一样，从中途的自卑亭后，赫然在山谷中隐约现于我们的面前。不过左边一群工厂式的房屋，其中并屹立着一座大烟囱，据说是大学的工科；右边的屈子祠，正在改建洋楼，据说是为大学文科而设备：这些是我们十四年前所不曾想到，也是我七年前所不曾见过。至于其他如院右的孔庙、院前的赫曦台，以及院内正厅中朱熹所书的"忠孝廉节""整齐严肃"的见方大字石碑，乃至于院外饮食店的聚和福，都和十四年前没有两样。

过自卑亭上山，本来有一条大路。我们为节省时间计，而且要瞻望我们母校的风范，便走捷径由校中穿过。好在校中的房屋如故，道路是我们所熟悉的，既不需人引导，也不畏人干涉。所以竟从校门直趋礼堂，入饭厅，出厨房达爱晚亭。

爱晚亭

爱晚亭是在离院后数十步的池塘上边的一小丘上面，是一座石建的方亭，是朱熹讲学时常游憩的地方。亭后围着满山茂密的枫林；亭旁有一泓泉水，从乱石中潺潺流出。因为它向西，所以一到下午晚炊烟腾的时候，太阳从山后映射到枫林中，漏出一道一道的霞光，春绿、夏蓝、秋红、冬黄，将人浴于其中而使之顿然忘机。到秋末冬初，枫叶将全山映成赤色，益以晚霞的红光，更鲜艳皎洁，动人春思。将晚的胜景，实不是语言所能形容。所以历史上的学者，凡属到过岳麓的，都会在此地有所留恋。十四年前我们于课余之暇，也常到亭中闲坐，静听枫林的天籁，仰观白云的变化。七年前，虽曾来此一次，但时间是夏天，看不见鲜红的枫叶，只觉盛暑之下清气逼人而已。

今日我们到此，正是九时半，晚景的奇观，当然不能映入我们的眼帘，但红叶的红光，却已由东升的太阳引射得我们满目通红。亭中的石桌、石凳，以及石桌四围的刻字还依然是十余年前的故物，只不过亭外的石栏，破碎了几处，显出一些颓败的气象而已。

清一真是一个好学的好孩子，对于他所不明白的什么东西都得追问根由，看见墙壁上的字迹，也得抄录下来。亭中的石桌四面都刻有题记，他看见了，也一字一字地抄下。这亭是清宣统三年由程颂万补葺，一面刻"放鹤"两大字，一面刻他刻石之因缘，又两则刻张南轩、钱南园的诗两首，而名之曰二南诗刻。二南两诗，很能道出此地景物的特点。兹抄给你一看。

张南轩先生《清风峡》诗：

> 扶疏古木蠹危梯，开始如今几摄提。
> 还有石桥容客座，仰看兰若与云齐。
> 风生阴壑方鸣籁，日烈尘寰正望霓。
> 从此上山君努力，瘦藤今日得同携。

钱南园先生《九日岳麓》诗：

> 雨歇江平政亦闲，相寻故事一登山。
>
> 红荬黄菊有深味，碧涧丹崖俱净颜。
>
> 北海碑看落照里，南轩座接清风间。
>
> 归欤且住穷幽兴，细数林鸦几队还。

我们因为时间的关系，在爱晚亭把诗抄完，就从红叶峡（仿南轩之清风峡）中循石级而上。道中古木参天，幽邃异常，除了偶然倦归的林鸦，踏着树枝，振动树叶，将林间寂静的空气略为波动而外，一切的声音都不会听得。我们三人也不约而同地屏息前进。但不到半山，终于为红叶所引诱而各走向山中去寻觅，我们的屏息，也为着寻得红叶满襟的欢呼声所破坏了。约里余走尽红叶峡，山间一伟大的建筑物陡现于我们的面前，此即所谓万寿宫。我们于禅堂的钟声中，穿过该寺，直趋山腰之白鹤泉。泉由石隙渗出，清洌而甘。从前有石亭护之，现则仅存井口外乱石一堆而已。由此右上，至蔡锷墓，亦荒芜不堪。再折回左向经石印书屋直趋山巅之云麓宫。

云麓宫

云麓宫是庵不是寺，里面住的是道人。后舍正对湘江处，设有茶座可资游人休憩。座上东望，可将长沙城中的全景收于眼底。江水大时，并可听得江声。清同治癸亥，有位黄道让先生，刻了一副对联说"西南云气来衡岳，日夜江声下洞庭"，很能领略此间胜景。在高师时之国文老师吴凤先生墨题"对云绝顶犹为麓，求道安心即是宫"一联，将"云麓宫"三字嵌入，而带着哲理了！

这里的道人护守此宫已数十年，我们当学生时，他们已须发斑白，道貌岸然，现在则龙钟得不能行动，与之谈往事亦不能作答，恐不久将归道山了。

烈士墓

我们到此已将十一时，故坐憩未久，即匆匆下山。至印心石屋循蔡（锷）黄（兴）国葬时所修之马路而行。这马路，我记得是民国六年所修的，当时也未曾不是其直如矢的康庄，但是到现在，则路上的乱石，好似劈开的生石榴，都一粒一粒地竖起来在那里等候行人的脚去践踏。那时的山上虽也有若干坟墓，但都在森林之中，而且是很古的；坟上野草环生，行人经过其间，也不觉得有什么异感。自六年蔡黄国葬而后，烈士也跟着内乱的时间而增加。到现在，几于每个峰、每个谷中都有烈士的墓。这些烈士初葬的时候，自然是要很轰轰烈烈地广辟道路、高筑墓室。但是烈士的躯壳入土而后，这些工作也都随之而消减，而且所谓烈士都是由政治所造成，而中国的政治又是这样的变化多端：今日的同志，明日可成敌人，今日的革命元勋，明日又可成为反动的领袖；从事政治的，固然有很多的机会做烈士，同时做了烈士以后有很多的机会做反动分子。所以许多烈士的坟墓——尤其是墓碑——常在"建"与"毁"的波涛中度日子；就是蔡、黄两先生的墓碑也常被人毁坏。这样的现象，他省是否如此，我以所见不广，不敢妄加判断，但仅就这岳麓山的烈士坟墓而论，已觉得它能将中国社会的全部现象映显无余。且不问他们的"建"与"毁"所费的民膏民脂如何，而这破馒头似的新坟旧冢，将那天然美的景物破坏得成为山崩水泄的裂痕一般，已够煞风景。不知地下的烈士们是否也对于我们这些游人有同情之感？

佛塔

我们从云麓宫下山，行经半山道旁有一座葫芦式的石塔，高及三丈，径达丈余，三面刻有似英文字母的斗大石字，据说是某高级军官皈依佛家的某老师为弟子，所有的军机大事，都得由他指示，部下的僚属以及军士也大半受他们的洗礼，这塔是这军官遵照他的老师的意旨为阵亡军人而修的。旁边还有屋一椽，由守塔者居之。塔是石建，尚巍然矗立如故，房屋则略似某军官渐渐"泰去否来"而现倾斜之象了！

为着要赶二时之宴，所以由云麓宫至牌楼口，足不停步。在途中与周君漫谈往事，自然所感万端，而最使我伤感者，要算先民遗迹之日就颓败。爱晚亭之石栏，白鹤泉之石亭，七年前固整齐如故，现在一则破败不堪，一则仅留遗址。即如由岳麓书院后门去爱晚亭之道亦几于不能立足。以年用数十万元之湖南大学立于其间，对于此种遗迹尚不能修葺保存，岂其经济力之不逮，毋乃太不注意于先民之文化遗迹罢！

再动荡[*]

郭沫若

一、在长沙

长沙，这个屈原流浪过的地方，贾谊哭泣过的地方，我在北伐时曾经短期间工作过的地方，隔了十二年我又来了。

北伐当年的老朋友们呢？大抵都不在了。郭亮被砍了头，夏曦病死了，好些人在北边打仗……我所访问的对象，是在办着《抗战日报》的田寿昌。

寿昌是在抗战发生、"八一三"以后才得到自由的。"八一三"以后，他从南京迁到上海，和我曾经聚首过一个时期。我同他和夏衍，有好几次一道上前线，对抗敌将领们打过气。在上海未成为孤岛之前，他先回到了长沙，赤手空拳干起一个小型的日报来了。

---

[*]本文节选自《洪波曲》。

报馆在一家电影院的前楼。虽然当中有一间很宽敞的大厅房，但仅作为过道或吃饭的地方。大家都集中在东头的一间长条房间里，这间房间是值得同情地被偏劳了。空间小，人手多，办公室、会客室，都是它在兼差。在一壁还堆了几个被卷，不用说，它在晚上又在担当寝室的任务了。

虽然是在上午，在一般的报馆里应该是清闲的时候，这儿已经聚集了不少的人。有的在高谈阔论，有的在打扎包裹。寿昌却坐在面街的窗下，挥笔如闪电地在赶写文稿。

寿昌热烈地欢迎着我，他向我说的头一句话便是：啊，你来得恰好，今天中午我们正打算去吃"李合盛"。

这"李合盛"是神交已久了。它是长沙的一家有名的老教门馆子，据说门面坐场一点也不讲究，然而所做的菜是好得不能形容。寿昌在好多年以前就向我推荐过：假如到了长沙，一定请我去吃"李合盛"。

寿昌替我把一房间的人都介绍了，其中有廖沫沙，有音乐家张曙，有寿昌的两位弟弟三爷、五爷，大公子海男，一位舅舅，还有一位电影明星胡萍，一位女记者熊岳兰，等等。

"好，我们就走，吃'李合盛'去，大家一齐去！"寿昌挥着手这样叫着。

于是乎我们便被浩浩荡荡的队伍所簇拥，向着李合盛进军。

就像一对凯旋将军一样，寿昌和我，肩并肩地，走在最前头。我一面走着，一面才把我的来意向他说明。我说，我是为避难而来，我不想进政治部，打算到南洋去募款，来干我们的文化工作。

寿昌开始沉默了一会儿，接着便表示了不同的意见。他认为我走的是分裂路线，是逃避，是退撄。他说："我们正在号召团结，应该要拿出诚意来。"事实上在今天也不能不利用政治上的关系，不然，一切工作都不容易做通。

我略略含着反驳地回答了这么一句："看来，你的政治性实在比我强得多。"

二、五伦之一

街头有不少卖地瓜的，湖南人叫作凉薯，广东人叫作砂果，这东西似乎只出产于四川、湖南、广东这三个省份。这是我小时候爱吃的东西，已经有很多年没有见过了。

我很高兴，便花了两毛钱买了两大串，准备提到李合盛去，作为食后的果品。

在街头走了一会儿，果然名不虚传地在一条相当杂沓的背街上，瞻仰到了那神交已久的老店。它老的贵庚，怕已经有一百岁的高龄了。居然是有楼的，但好像连背都驼了。

上了楼，时间还早，楼座都还是空的。

寿昌大约是怕我会幻灭或者藐视，他又开始作着义务宣传：停不一会儿你便可以看到，这儿的座位是要候补的呢。

事实上我一点也没有幻灭，更何敢藐视。我在那似乎有点微微动摇的楼板上走着，倒在凛栗地起着敬老的念头。

在一间楼房里满满坐了两大圆桌，桌面宽，筷子长，汤匙大，充分发挥着湖南席面的三大特色。

菜上桌了，除牛肉、牛百叶之外，也有鱼，也有鸡，好像也没吃出什么特别的味道，但同样也在发挥着湖南菜的三大特色：咸、辣、多。寿昌是喜欢吃牛百叶的，尽管分量已经够多，而他一叫就是双份。

来客倒的确不少，当我们吃得快要终席的时候，楼上楼下都坐满了人，就在我们的一间房门口，已经有好些人在那里候补着了。

寿昌指着这样的盛况给我说："你看，怎么样？名不虚传？"

"果然是名不虚传。"我这样说着，但我正剥食着地瓜，那雪白的地瓜心已经进了我的口里："啊，你们这儿的地瓜真好！又甜又嫩！"

"你喜欢这东西吗？"

"我小时候顶喜欢吃，民国二年离开四川以后，只有十二年前在广州吃过。但广东的，渣滓很多，四川的，也没有这么甜、这么嫩。"

"你喜欢吃，那就好了，这一向正是吃凉薯的时候。"

走出李合盛的时候，迎头碰着两位朋友，一位是曹如璧，另一位是他的夫人梁淑德，他们是到报馆去得到消息赶来的。曹如璧，我在上海见过，他的夫人是第一次见面，据说是岭南教会学校出身，在担任着长沙妇女协会的秘书。但这位夫人身材矮小，在栗色的圆脸上架着一副相当深度的眼镜，看起来倒还像一位女学生。

寿昌和他们商量了一下，他把淑德特别拉了过来，向着我说："淑德是我们顶好的朋友，他们住在南门外留芳岭，房间宽敞，地方清静。淑德愿意招待你去住。我相信，你一定会住得很适意的。"

在外表看来，好像超脱一切的寿昌，他对于我的关心，竟这样周到。他既使我享用了名肴名果，又为我解决了住宿的问题。

我在心里着实感谢着他。无怪啊，古时候的人要把朋友算作五伦之一了。

三、留芳岭

留芳岭！这不知道是什么时代的什么诗人所命的名，不仅字面大有诗趣，而且对于实际也尽致地发挥了美化的本领。在这儿的周围并没有什么"芳"，也没有什么"岭"，只是一簇常见的类似贫民窟的城市尾巴。但在那当中却耸立着一座不太高明的中西合璧式的新建筑，那便是曹如璧夫妇的住居了。

是有楼的一列三间的砖房。他们只赁居着楼下的靠北的一边。一间前房很宏大，一间后房较小。前房作着客厅，后房作着寝室。他俩在客厅的靠后一隔替我安下了一尊床，还从友人处借了一部屏风来间隔着了。地方的确是宽敞，清静，更加上主人的殷勤，使我相信着，谁也会住得很适意。

就在这留芳岭，第二天我会见了徐特立老先生。

徐特老当时也由延安回到了长沙，我早就听见好些年轻朋友说，徐老的精神很好，一点也不老，他一作报告便可以作三四个钟头。

可惜我不是画家，不能把这样的一位好老人画出。老人是矮个子，但那么结实，穿着一身延安制的灰布棉军服。巴旦杏的脸那么红润，一对眼睛那么有神，一嘴稀疏的胡子那么坦白，嘴里几个缺牙那么含笑，一头斑白的长发那么纷披。这不就是"诚实"本身的形象化吗？

这位老人一出现在前厅，但奇妙的却又有另外一位老人和幽灵一样地浮现了出来。那便是反动派的商山四皓之一的吴稚晖。那个庞大、臃肿、肮脏、龌龊的"虚伪"的形象化！假使有谁肯把这两位老人画在一道，那就会成为对比法的一项最好的教材。

老人使我特别高兴，出乎意外地他竟赞成我到南洋去。他说："替反动派做宣传，绝对不可干。我还替你提出个具体的步骤。你假如弄到钱，最好是在衡山附近办个西南学院，来推进青年的革命教育。那样才是根本的办法。"

老教育家斩截地对我这样说，声音是那么刚健，像乡里老百姓说话的那样，而又那么振聋发聩。我顿时起了一个幻想：西南学院一成立，就推戴这位老教育家做院长，不就会形成一个革命青年的理想园地吗？

然而后来的事实证明，特老也还是太乐观了一点。在反动派的天地里面，哪里会容得你来干革命教育呢？这固然是后事，但也有不太后的事可以证明。特老住在长沙其实并不那么自由，在他的后面经常有特种尾巴。在其后不久，他竟至长沙也不能住，只好北上了。

留芳岭哟！到底是哪一位诗人替你取下了这样好的一个名号？

四、不平衡的天秤

在长沙，我实在是有点忧郁。

时局在大动荡，我的心境在别种意义上也在大动荡。

我自己实在是不愿意再当冯妇，经过徐特老的一番话，在这一倾向上，又加上了一个有重量的分铜。

但一般的朋友们也在相对的一个倾向上加上重量。

　　武汉方面的朋友不断地有函电来催促，有的是劝勉，有的是严词责备。

　　陈诚也有几次简短的电报来，还通过黄琪翔和其他的人，表示了他一定要请我回去，一切的问题都可以当面商量，甚至于这样说：要等我回去，三厅才开始组织。假如我不回去，三厅就尽它虚悬在那儿。

　　黄琪翔在传达这些意见之外，不断地来过好几次信，他的措辞有时候严烈到这样：你假如要再开玩笑，那大家都不把你当成朋友了。将来的历史也不会容恕你的！

　　但是，一切的工作果能有推动的希望吗？南京、上海的情形可不必说了，广州、武汉的情形也可不必说了，眼前的长沙又是怎样呢？一切不都是同样地包而不办，办而无法，而且还在粉饰太平吗？

　　那时的湖南主席是张治中，和平教会的晏阳初正揽得火热。他们要办什么乡村教育，设什么模范县。我自己实在叨光得很，有一晚是在主席官邸的夜宴上同席，就由于张的介绍，才第一次和我们贵同乡见面。想不到那位寡白得有点像尼姑的"川老鼠"，他竟有那样大的抱负：他能改良农村，使湖南的老百姓们都穿上皮鞋！

　　可惜日本人也太爱开玩笑，时而也要开几架飞机来空袭空袭这个太平盛世的桃源。最初一次（大概是二月十号）炸了长沙车站，等飞机跑了，房子烧了，然后才放出警报。

　　自从有了这一次的"马后屁"之后，长沙也就开始"积极防空"起来了。每条街上在街边隔不十来家铺面便建立一座"防空室"。那是用木板建筑的，可有一人高，在顶上堆一层沙袋。这样就说是在"防空"了。长沙的市民倒给了这些新建筑一个很合理的利用——临时茅房。

还有更悲惨的悲剧逼到眼前来了！

《抗战日报》本身不就是一个悲剧？尽管靠着寿昌和其他的朋友们在那儿苦撑，然而事实上是在干着"无米之炊"。白报纸成问题，印刷费成问题，就是同人们的伙食费都是七拼八凑地勉强敷衍的，薪水更是说不上了。津贴请不到，管制却不请自来。为了团结，大家都得忍气吞声。

悲剧的最高潮是出现在我到长沙后的一星期左右。一位报馆同事的家里就因为生活困难，发生了一件母子自杀的悲剧。

这是谁的罪呢？热诚爱国的文化人不仅被逼得贫病交迫，更甚而家破人亡，这到底是谁的罪呢？

罪犯们都有一双血手，但在这双血手上时时又戴上一双白手套。谁能够安心地去和他们握手？

我的心境，是放在一个不平衡的天秤上的，我实在没有办法控制着它，使它不动荡，不再动荡。

五、使酒骂座

寿昌的耐性，我实在是佩服。他的处境应该比我艰难得多，却尽了他最大的努力，来鼓舞我，安慰我。

他号召过长沙文化界为我召集了一次规模相当大的欢迎会，又时而动员朋友请我吃饭，请我讲演，请我写字，更时而陪我去听湘戏，进咖啡馆，游岳麓山。我凭吊过黄兴墓、蔡锷墓，也凭吊过屈子庙、贾太傅（谊）祠，都是他自去或请朋友做向导，陪同我去的。

有一次，他拉我去拜访过胡萍的家。那实在是可怜的家！家在贫民窟里，内部也很不整洁。明星在生病，明星的老母亲也在生病，只有一位七八岁的小弟弟招待着我们。这也应该算得是一个悲剧吧？

报馆的楼下就有一座咖啡店，每到夜间，大家的紧张工作告了一个段落之后，便到那儿去，喝一杯咖啡或一两杯酒。有时候是合伙，有时候是我请他们。听说，胡萍就是那座咖啡店的女招待出身，因此那儿的女招待员们似乎都有些自负：仿佛每一位的将来都有成为电影明星的希望。

寿昌是这儿的北辰，只要他一进门，真真是"居其所而众星拱之"，女招待们都要来簇拥着他，把希望的眼光投注在他身上。

那儿有卤鸡翅膀，寿昌顶爱吃，去一次总要吃它十好几只，但我自己却照常喜欢吃我的凉薯。

有一次，就在那咖啡店的门口，我又买了两毛钱的凉薯，准备分给大家吃，之后，再带些回留芳岭去。平常买两毛钱凉薯，分量是很多的，但这一次却少得可怜了。我便向那卖凉薯的老人质问：

"为什么今天两毛钱的凉薯这么少呢？"

那老人很闲泰地补足分量，笑着说："我是怕你拿不动呢。"

惹得站在一旁的寿昌大笑起来，他以后还把这件小插话，作为幽默的材料，告诉过很多的人。

寿昌这样鼓励我，安慰我，实在是费尽了很大的苦心，但我却万分不应该，我有一次很对不住他，也对不住很多朋友。

那是一天星期的晚上，我托寿昌在一位朋友家里备了两桌便饭，准备大家痛快一下。朋友们买了好几瓶虎骨酒。我自己是容易冲动的人，一时控制不住，便对两大圆桌的友人，每一个人都干了一杯。

虎骨酒，看起来，吃起来，都有点像五加皮。是不是真正有老虎的骨灰在里面，老虎的骨灰究竟有怎样的作用，我不知道。但那酒着实很厉害，把两个席面敬完了之后，我醉了。接着我对在座的每一个人都批评起来，而且由批评而斥责，愈来愈猛，终竟完全失掉了知觉。

第二天清早醒来，发觉自己是睡在报馆的西首房里，三爷和海男在照拂着我。我问到晚上的情形，他们开始不肯说，但到后来还是三爷告诉了我。

他说我骂了一切的人，指着男的骂为男政客，指着女的骂为女政客。骂大家都在玩花头，一点也不落地生根，眼睛只看上层，不看下层。他又说，我也骂了自己，打了自己三下重实的耳光，连连骂自己是政客，政客，混账的政客！

三爷和海男都隐隐在得意，他们说："我们倒很好，并没有挨骂。"

六、入地狱

立群留在武汉，差不多三天两头地总有一封信来，或直接，或间接地，通知我一些消息。起初她本来进行着去北边读书的事情，后来又被朋友们把她留着，不教她走了。隔了十天左右的来信说：不久她也要到长沙来。我正期待着，但接着的第二封信，却又说不能来了，还要缓几天。每次的来信，差不多都要提到大家的意思，要我无论怎样不要太性急地离开长沙南下。

我离开了立群，是精神上另一种意义的苦闷。她能快来，我自然很乐意；慢来，我也只好耐心地等了。

二月，转瞬已是二十六号，我离开武汉已经二十天了。这一天的上午，我从留芳岭的寓所走出，在大路边，正想雇一部洋车，坐进城去找寿昌，忽然看见寿昌坐在一部洋车上迎面而来。寿昌一看见我，顿足停车，向着我喊："武汉的朋友来了！"

寿昌跳下了车，我才发现被他挡着的后一部车上坐着立群。我禁不住心子急跳，同时我也看见立群的脸忽然涨得通红，把头埋下去了。

一同折回到寓所。立群带来了很多信，有周公的，还有其他的人的。

立群从口头告诉了我：陈诚对周公有了明白的表示，要我立刻回去，一切事情都可以商量。又说：副厅长的人选也不成问题了，那位刘健群惹出了什么桃红事件，已经跑到重庆去了。

立群没有表示她自己的意见，但我看她把我留在武汉的行李一件也没有带来，毫无疑问，她也是赞成我赶快回去的。

我迟疑着也没有立即表示意见。

寿昌在一旁催促："这还有什么值得考虑的呢？我不入地狱，谁入地狱！朋友们都在地狱门口等着，难道你一个人还要留在天堂里吗？"

"那么，你是愿意入地狱了？"

"当然，不会让你一个人受罪！"

"好吧，"我决了心这样回答，"我们就去受罪吧。不过，我的问题很简单，说走随时都可以走。你呢？现在就要看你了。"

寿昌大笑起来，掉头对着立群说："不辱使命！毕竟还是女性的力量大，爱情的力量大呵！"

立群又涨红了一次脸，又把头埋下去了。

商量的结果，寿昌要求给他一两天的余裕，让他把《抗战日报》交代清楚，并且还准备邀一两位朋友同去。就这样我们便决定乘二十八号的早车，一道去武汉。

当天晚上寿昌又邀约了好些人去吃一次李合盛。立群却和我一样，也爱吃湖南的地瓜。她是生在北京，在上海待了几年的人，地瓜不仅没有吃过，并且没有见过。立群说：这真是平民化的食品，外皮像番薯而能够自由用手剥，内容真像地梨①。

第二天的天气很好，我同立群两人过江，尽兴地游了一次岳麓山。住了二十天，我居然成了一个老长沙了。贾谊在这儿偏要哭，怕还是想做官的心太切了吧。我要走了，倒觉得长沙很值得留恋：这儿仿佛是一个乐园呢。

乘上二十八号的早车。同行的是寿昌、三爷、张曙。也有不少的朋友在车站上送行。

在《义勇军进行曲》的歌声中，火车开动了。

---

① 地梨，即荸荠。

衡湘四日游记

凌叔华

今年春天几个湖南朋友说："现在游南岳不难了，已经有公共汽车直到山脚呢。"当时听了，我心动一动，可是想到还得乘火车到长沙，到长沙还得下栈房种种麻烦，就不敢往下想了。

直到秋天，一日兰子说他们后日便到长沙省亲兼游南岳。我也没顾得问可否带我同去，立刻便说："我跟你们去。"在中国游一处山水，向来是件大事，尤其是女子，旅行有种种困难，这不能怪我抓到一个机会不肯放手呵。

两日后，我居然同他们到了通湘门车站，那里简陋得只像一个小站，将来粤汉路完成，这车站便得重行建设了吧。

火车在下午四时开了。车上设备，倒还整洁。车行时左右颠簸，有如行于海洋中，兰子晕了，只好躺下不动。据说枕木是前几年就声明该换的了，直到如今还是将就下去。中国事常是如此，有什么法子！

近暮，我们各人叫了一份饭，菜弄得似乎比平汉津浦路讲究，大约是南方人比较注意饮食，故能如此。

此时窗外景物，亦与前两时不同。一望尽是阡陌分明的稻田，附近有蜿蜒起伏的小山丘。山上苍翠的长林、碧绿的丰草，与武昌附近的童山濯濯、赤地连天的荒凉样子，迥然不同。端六说："这看得出已进了湖南界，到了长沙，更要不同呢。"

近来因国难严重，使人常想起古代爱国志士。所说夜里过汨罗江，就想起来凭吊凭吊屈原。夜里有一次似乎听见火车过大桥声，大约是过汨罗，我急起趴在窗口看看，只是一片白茫茫的水，接并灰暗的云天，两岸短树摇风，景物凄凉极了，想到"风萧萧兮易水寒"之句，不觉代屈原抱屈，不如荆轲死得爽快。现在我们需要荆轲也许过于屈原吧？

次晨七时前一刻，茶房来催起，说八时准可到长沙了。

想到端六的话，赶紧看赏窗景。这里真是田畴整洁，阡陌分明呵。时已交冬令，水田还是长着青青的稻子，可见土地腴美得天独厚了。金澄澄的朝阳，洒在近处的松林上，美极了。清碧的溪流，常绕着绿阴阴的竹林，竹林左右，又常见竹篱茅舍。门前有红衣小儿嬉戏，雪白鸭子浮水，黑狗看家，牧童引着黄牛在青绿的山坡吃草。这样好的早晨，点缀着这种鲜明的颜色，我真想摇头朗诵"无怀氏之民欤？葛天氏之民欤？"了！

田间有男妇多人工作，男人多以青布裹头，女的间以蓝花布包头，据说这也是湖南人特色。此种包头，由来已久，二十年来，城里妇女都戴包头，直到近年才不大见，年长的还是用，因为已成习惯，脱了便会伤风。

不一会儿，粉墙瓦房渐渐多了，正八时到了车站。我们跟了袁先生派来接车的人出了站，坐上人力车。

近车站是新修的马路，颇为宽大平坦，惜商业不见旺盛，只有饮食杂货小商店而已。最大的路，亦名中山路，商业亦不佳，只有国货陈列所门面大。

到了袁宅，袁先生告诉我们下午两点可以动身上衡山了。谈了一会儿去的手续，我们便上街买食物，带到山上吃。

八角亭据说是长沙最繁盛的一条街。门面辉煌的大绸缎庄有五六间，南货食品店、鞋店、洋货店、书纸店等应有尽有，唯一快人意者即洋货店不如上海汉口之触目皆是。街道多铺白石板，较武昌的平坦整齐。行人熙来攘往，络绎不绝。有钱人不如汉口的穿着时髦，劳动阶级则一律着湖南青布，虽不华美，都是十分整洁，这是唯一令人钦敬的事，在中国今日算是最好现象之一了。

我们到了九如斋，这是一个出名的食品店，据说最好的日子可做上千元的买卖，只牛肉干一项，每日卖出百余斤，我起先不大相信，一个省会的食品店有如此买卖，但是望了半小时，看顾客来得频繁，应接不暇的情景，便不能不信了。

从八角亭出来，走了几条繁盛街市，米面、豆豉、酱油等大商店栉比林立。大约在中国只有广州可以比上长沙，其余省会都不可同日而语了。

下午二时半，乘人力车去汽车站（即火车站处），此行因有十余人，所以包了一辆公共汽车。我们上了汽车，风驰电掣地开到城外汽车道上。

公共汽车据说有了不到一年，车身大都崭新的。座位是顺列的，都还舒适。车夫穿了青呢制服，上佩金纽扣及金丝缝，与火车的站长服装相似，看上去比中国别的地方的汽车夫体面多了。

汽车公路很是平坦，路旁每隔二里，便有计路碑一块，上写二里四里等，行人感便。

路之两旁尽是水田。从前人说："两湖熟，天下足。"在我记忆里，除了江南富饶地带如无锡等外，别处实未见有如许多的水田。

路上先是隐约望到湘水，似一条白练围绕半边长沙，江上帆樯烟树，以及蜿蜒不绝的黛色峰岚，看去却是绝妙的王摩诘淡彩长卷。

山回路转，不知不觉已向着湘水进行，一点半钟光景，已到湘水江岸。我们下了汽车，乘了摆渡的小火轮渡到对面湘潭。

湘水是碧油油的清可见底，使人想到笑笑词的"城上著斐亭，城下临湘水，泼墨揉尽画不成，暮色翻成紫"。水的油碧是不易用颜色表现的，因是透明体，着色易失之过火，且天光水色，顷刻千变，更加不易捉到一定色调。湘水的碧，更是不易描画。

不到一刻钟，已到对岸。那是湘潭的市外，只有几个小饮食铺。我们走到汽车站，买了到衡山县的车票，又上汽车，这汽车是直到衡山县的。车也同先时的一般整洁。

这次每过一站，都有整齐的瓦房席棚及穿制服的站长，另外还有妇人小孩卖香烛及鸡蛋、橘子、点心，等等。我们买了些橘子，一角钱可买到八个，大约是附近的出产。

汽车走不多时，已经走进山里去。一望前后左右都是山围着，这是已到衡山山脉了。山上有青青的松杉，有殷红的霜树，山脚多是水田，因为刚收割过，田里多有澈艳的清水，倒映着青山红树的影子。是时已近黄昏，炊烟散在空中，四山是这般杳杳沉寂，虽然坐在轧轧不断响的汽车里，似乎静到吹落一片叶子都会听见，一个人回到自然的怀抱里，是应当享受到这种静穆吧？

　　大家似乎也有同样感觉，都不声不响地望着窗外，在四围山色中默默走了近百里路。在从前步行近百里的山路，该是怎样疲乏有趣呢？

　　试想一群信心虔诚的人，口中念着佛号，手里举着高香，在这薄暮的山中，抬头一望南岳山顶直入云霄，四围是这般神秘的沉寂，"思之思之，神明通之"，在这时神佛显灵，想是应有的事了吧。《新约》上说"信的人有福了"，拿来这样解释就对了。我常想，不信宗教的人，大约与生平没喝醉过一次的人相似。清醒的人是享受不到一种神秘陶醉意境的。

　　六点半光景，到了衡山县车站。工人来挑了我们的行李，大家徒步走向山脚下第一个大禅林祝圣寺。天已黑了，隐约可辨路径。

　　走了一刻钟，到了一处周围有小店铺的村子里。街中有一座很大的古庙，就是祝圣寺。据说这庙差不多为香会的人设立。香会时，来客多宿于此。我们走向前拍山门，拍了多一会儿，才有和尚来，问明白方肯开半扇大门，让我们进去。据说因为近年世界不甚好，所以山门是常关的。

　　祝圣寺的建筑，是以招待香客为目的，除了两座宝殿及两偏殿外，后有两进大厅及客堂，都是给香客下榻的。我们被引到最后一层客堂去，中间是一敞厅，陈设一如俗家规模，两旁是卧房，内有板床、布帐、被褥，看去尚可用。洋油灯、面盆、厕所都还应有尽有。

　　饭是红米饭。和尚道歉说未能备白米待客，我们倒是都很爱这种米，山寺食黄粱，确是另有风味。

　　饭后前厅作法事。我自从十年前听过给清姊打醮念的经咒，那音调至今未忘，只需听一会儿，就要下泪，尤其是昏夜的时候。

听过念经，进卧房时，套房的老尼姑来同我们说话，原来她是送一个徒弟来火葬的，方才是为她念经呢。看到她面如黄蜡的神色，房内油灯又给风吹得半明半灭，更觉得夜寒浸骨了。

夜里想到死去的熟人以及聊斋的山精妖鬼等故事，总睡不着，良久才蒙眬欲睡，忽然前殿撞钟声阵阵吹来，恼人清醒，"夜半钟声到客船"，不是都像寒山寺那般有诗意的！

天方亮，大家都起来了，小知客送进洗脸水及糖果茶水来。从前在西京也有这饭前的一道糖茶，看来大约是古风吧。

早饭后已过八点，我们便到前殿闲看。外国人常说中国宗教真是大同得很，一个庙里，常常供着各种各类的偶像，例如既供财神关帝，同时又供吕祖观音。这座庙宇也如此供了种种神佛。我想与其说他们宗教不同，不如说他们是职业式的宗教。这是因为和尚要靠施主吃饭。施主有种种人物，愿望也不一样，他们要观音送子，要吕祖治病，又要财神送财，和尚们是迎合这种需要设立庙宇的。

由此间种种陈设看来，香火还好。殿里有各样应时的神，也有各种应时的佛。最新式的是另有一所庙子。设备如学校讲堂，据说是为和尚上经课用的，这在北方庙宇还未见有此种设备。

早饭后忽见兰子、端六与袁老先生祝寿，我方恍然他们登南岳的目的。

大约近九时，山轿来了，轿是竹椅做的，上有青布遮阳罩子。在这样初冬，阳光至为可爱，所以大家都一致叫取下罩子来。竹椅颇不易坐好，常左右倾斜且易滑落下来，下山时须用力扶紧椅臂。

上轿后，经过一条小街道，便入圣帝庙。这是山上第一大庙，以前祭岳典礼，在此举行。文武官员百姓，皆会于此，所以规模特别壮丽。

因为要赶到山顶吃中饭，没有下轿来细赏，走过庙中夹道，只见苍松翠柏，掩护着金碧辉煌的宫阙，树林中百鸟争鸣，恍如仙境。

出圣帝庙不到半里，便有一极大山涧，绕着几座山麓顺流而下，水声潺潺，清人心目。这里一望多是经人工做过的水田，收过稻子，还留着根。四面是郁郁青青的山峦，道旁时有各样山花旖旎地开着。我同袁家小妹下轿步行，摘下一枝映山红，沐浴着温暖的日光，欣赏着水声山色，不知不觉走了四五里路。

这一处可以算是全山最幽美的所在，那林峦耸翠，涧溪清越有些像日光神桥，溪流似比神桥宽阔，林木则不如那里幽深，假如他日我有力买山居住，这里倒是理想天地。

经过无数的水田曲径，宛转上了山道，走不多时，便到百步云梯了。云梯是一块很长很长的青石刻成的。乍望上去，似乎甚高，但走上顶后，不过上了两层楼一样。梯子斜得很平稳，同来的七十老翁也步履自如地上去了。据说在香会时，许多许愿还愿的善男信女，是一步一叩首爬上这云梯的。

梯顶有观音小庵一座，香火荒凉，大约早成轿夫休息用茶水的地方了。

休息过，大家沿着山路向上走，我也上了轿，以免落后。

路上看见沿山腰开辟马路之处甚多，有几处正在开山炸石，看见颇饶古趣的老树与莓苔斑斓的奇石忽然被斧子劈开，未免有焚琴煮鹤的感觉。我希望山里工程师，是个多少懂得爱护风景的才好，若不然，一座名山，经一次建设，便要减色，这岂不是得不偿失吗？

不知是否因爱惜古树奇石的心情所致，走在新筑铺了黄沙的宽阔道路上，总觉索然无趣，路上念着昔人题倪云林画的名句"山不清奇水不流"，忽然了悟倪画的平淡无奇是建立在"清""淡""远"三字上，他捉住这种情调，就把平凡遮上一层纱幕，那便是诗人的幻境了。

在崇山峻岭里，不想大痴与黄鹤山樵，却想起平林疏远的云林子，却是不常有的心情。以画理论，这七十二峰的层层衔接，高下错落自然之致，刻画也怕没有如此恰合。于此我们可以略见疏中有密、密中有疏的画工微妙，能够会心眼前风物的，中国山水的气韵，也可以意会到了。

转了几座山腰，遥见山坡长松成林，林下古寺红墙，自然入画。轿夫说到半山亭了。我们下轿入庙观览。修路工程师住于此，他邀袁先生等入室饮茶。我们遂即出外游览。庙址并不大，香火尚好，和尚也不多，山门倒是堂皇可观。

工程师说，省政府拨了九万元开辟上山大路，计兴工已近一载。山上的路，大略修好，现只剩山下的未修，明年夏天一定可以完工了。又说新路虽宽大，尚不能行汽车，一因会开上高山的汽车夫不易找到，一因轿夫会因汽车而失业，所以山轿还得坐。将来路修好，山上游人日多，建筑一些避暑房子，可与牯岭比美云。

我们出半山亭，再上五六里路，转到一石坡，上有古柏十余株，中有新建半西式石屋一座，下轿上前看，方知是郑侯书院。相传李泌贫贱时，常在坡上读书。有一高僧知其非凡人，煨芋给他吃。地下倒有石匾煨芋处及郑侯书堂两个，乃清初人写，字迹挺秀异常。新刻在石屋之匾实望尘莫及，但事实上一则高踞凌人，一则委之泥沙，郑侯有知，当也太息吧。石屋两旁有一副对联："三万轴书卷无存，入室追思名宰相；九千丈云山不改，凭栏细认古烟霞。"大约从先书堂内存有不少书卷，不知哪一回浩劫，竟一卷不留了。我们趴在玻璃窗上往内张看，屋内陈设是西式，中间有小图书楼一层，两旁是卧室，内有洋镜台及桌椅，听说这是某巨公所营的别墅。在中国名胜地方常有大人物的金屋，不知这石屋是不是！

我因为要多走路，看着大家起轿走了，独自走下坡来，随手画了书堂山景，心下才觉惘然。往年在日本，游过不少山水胜地，例如京都各大寺院，奈良，法隆寺，日光山，等等——有古迹的地方不下百多处，可是从未见有一处已给达官显宦占据的。古迹保存真是无微不至，倒如法隆寺之壁画，相传是唐代人画的，怕风雨寒暑的侵蚀，一年只开看两次。山上一株树，一片石，若经古名人摩挲过的，都照原样标出来保护。房子呢，只有因其旧样修补一下，向来没有拆了另起别的仍作为古迹的。反看中国呢，总是今人胜古人，只要是有声有势的人物，他可以左右地方一切事，读书堂的改头换面，已算侥幸，有些地方，简直给你一个不理会一切的永占。中国人自诩是古文明的国家，请问有几处古文明保留下来呢？

路上忽然晴朗起来，去南天门的路，差不多都是新修的大路。山上渐渐不见树木，草也大半枯黄了，赤赭的山峦衬着杏黄的砂路，这是关全的沙碛图色调，令人觉到荒凉景象，幸亏太阳出来晒着，还不十分寒冷。再上一二里便见高坡上的石屋，这是已到南天门了。

听到"南天门"三字，常令人想起京剧主仆二人在风雪中爬山越岭的凄凉景况。这里的南天门，倒也有些相仿佛，四面都是高山，尤以面前来的路是崎岖的。一面是层峦叠嶂，黛紫生寒，一面是削石枯草，飞鸟绝迹的荒境。

坡上有座石庙，屋顶是铁做的瓦，倒也祠神供佛，略有香火。轿夫停下来喝水，我们分散了看山探庙等候他们。

由南天门出来，新路极为平坦，路宽可并六七人行走，但是上山转没有窄窄石梯有味，走了两条路，已觉平淡无趣，到底上轿坐着走了。

距南天门不远，山上有一大块黑灰色岩石，形如猫伏，据说这就是太狮岩，以其像狮子也。岩下有小庙，大家走到岩石前看，倒一点看不出像猫或狮子了。

由此西下，有一处古松六七株伴着几块大岩石，石下有洞，内供观音，有女尼供奉。此间木石，颇具画趣，可惜大家不肯多停，只在观音泉喝了点清凉的泉水，便匆匆地去了。

到上封寺的道路，都是新修的。轿夫走起来倒是省力气，可是他们说如果马路好，他们的买卖是怕要吃亏的。在路上常常看到石块铺的旧路，石级距离很少，差不多平了，走起来也不怎样吃力，可惜现在许多石梯都截断了修马路，有些竟无来由地把石梯拆了，把石级块子凌乱堆着。其实从前南岳之所以显得高过许多山，大约有一多半是因为这些从山下便筑起的千万段石梯子的缘故，有几处石级直达山顶，我们现在望起来，还可以想象当年"石磴梯云"是怎样有趣呢。我不明白为什么一定得把石梯拆了修马路，二者并行有何不可？在城市地方，可以说因为地窄地皮贵，不能不拆旧改新，以便行路，山上地皮是不必计较的。石梯是本山一大古迹，尤不该拆。在中国今日的建设，无论大小，总要兼带着一种大大的毁坏，结果常常是建设未见成功，毁坏倒是实现了。这石梯算是其中很小的一个例子了。

约十二时半，已到上封寺，大家说已到山顶了，我似乎不相信，因为只走了三四个钟头，还是慢慢走的，便上到极峰，那会是出名的南岳吗？

天也晴了，云雾也没有，山顶也不见得比山下寒冷。忽然想起一星期前报载蒋总司令到山顶忽然云开了，从人就说这是韩昌黎后见云开的第一人，如果真确，那我们不是成了第二人了吗？我问轿夫是否山上常有云遮看不见下边。他们回答顶爽快："常常不好天，我们上山还不摔死了吗？"正说完这话，袁先生上山来，有人笑说："你老先生好日子，又是云开的好天！"

大家下了轿，走上更高一层的祝融宫，那里供的是祝融神，大约取意是南方属火，故南岳帝当是火神了。祝融宫是大石块筑成的，屋顶铺瓦是铁的，以防风高吹去。宫之建筑，朴实无华，颇有古风，宫内香火甚盛，神前陈设亦颇不凡。庙址不过五六丈宽大，大石块颇多，远望有伏龙卧虎之致，气象宏壮。

在祝融宫下望群山，至为大观，山外有山，岭外有岭，层层错综地叠着，四五层、五六层不等，山色是一层淡比一层，近的笨重如大象，如伏狮，如大水牛，远的薄如纱绢，淡如烟雾，透如琉璃。古人作画，说五墨并用，若指这山峰颜色，还是不够。衡山据说有七十二峰，此刻看来恐怕不止此数。我一边看山，口里却改唐句咏道："天外千峰画不成。"

在山顶徘徊时，居然吟了一首诗，末二句记得是"七十二峰齐俯首，依稀仙乐动天风"。十年不作诗了，偶成两句，倒是值得纪念的。

昨夜祝圣寺已派人来上封寺通知我们今日中午来庙用饭，所以我们到就有饭给我们吃了。饭虽不丰，却香得很。大家因为多走了路，又吃了一天素，似乎都有鲁智深口中淡得慌的情味，牛肉干及熏鸡、熏田鸡的包一打开，大家都赶紧伸出手来，也不管和尚们愿意不愿意了。

饭后送了香资，大家一拥出庙。上封寺规模甚小，大殿只有一尊神，梁柱栏杆都不雕饰，倒显得古雅出尘。像西湖天竺的大庙，装点得画栋朱梁，金碧辉煌的，在这样富丽的环境下，硬要一个活人不想红尘，这是如何矛盾的设计呵！

山顶想因风高，树木极少，草已枯黄了。我找到一枝浅紫色、上边有白绒毛的野菊，嗅之有奇香，这是在寒冷的山巅独有的花。

下山时，轿夫走原路回去，看过的地方也不停了，所以走得很快。天阴下来，大家有些疲倦了，都加了衣默默在轿里休息。

大约走了两个钟头，到了百步云梯，有些人下轿走下去。我自己走了三四里才上轿，到了一条五色枫林的山坡上，我想下来走路，轿夫怕赶不上竟不睬我，我决定下次再来，一定不坐轿了。

那山坡也不知名，枫树虽不老，却是丹黄青紫配合得非常匀称。最妙的是千百株枫树外还有一片黄澄澄的夕阳。这与故宫博物院所藏的那幅有名的五代人画的丹枫图色调相仿佛。我们可以改古句为"名画本天成，妙手偶得之"了。

到了圣帝庙，天尚未黑，我们赶紧下来看。大殿建筑极为壮丽。殿内有七十二根四五丈高的石柱，石是完整的，出在本山。湖南人都说这石的完整似乎专为建庙而生，真是奇迹。殿之宽大，略同北平之太和殿，殿堂外有白石雕栏围绕正殿，在栏杆上有石刻什锦花卉禽兽画一块，雕工很不错，画技亦不俗，约略数一数，竟有一百四十六种，栏杆上端，各有小石狮一只，姿势亦各不同，可惜未及细察一番。阶上亦有浮刻龙一条，刻工不亚于北平宫殿的御阶，我想再上衡山时，当设法把这些雕刻印刷出来，这种工作，是可以代表华南大部分艺术的。

殿中陈设并不多，只神座前有照例供祭祀的器皿。以前的督抚，每年秋季都要代表皇帝来南岳上祭，祭仪是在这庙内举行。

我们在院中转了一个圈，看了几座御碑亭，已是天黑。大家急着要走，庙门尚未瞻仰，令人未免怏怏。

回庙后，我们照例开发轿资。轿夫声势赫赫，不肯接受，在客堂中高踞喧哗，把给我们喝的茶水都喝干了，还是不去。女人都躲到房内暂避势焰，和尚也不管，他们吵了半点钟，见没有人睬，嗒然一哄而去。这倒是我们生长在北方的人猜想不到的。

我偶然记起庙前挂有县府代定轿夫工资价目的牌子，问曾来多次的某夫人。她说："牌子只是牌子上的规矩，他们不管的。"中国事向来是公例之外有私例，公款之外有私款，这又何必大惊小怪呢。靠力气吃饭的朋友倒是服从私例多，每见违了公例，大家无话，错了私例，那是要打破脑袋方能泄愤的。今天轿子是照私例，堵了他们的嘴。

晚饭后，看前厅和尚打醮做佛事。据说这是一个财主给他父母消灾积寿念的一堂经。我们看大和尚坐在高坛上念经念得头筋红涨，小和尚在坛下累得眼都睁不开，嘴里却不敢念迟一句经咒。大约足足念过两点钟，财主还未见出来，有钱人见神佛都有架子。据说做这种佛事，得先洗过澡，还不能吃夜饭。这倒不是要斋戒沐浴，却因沐浴后精神焕发，肚中空虚，嗓音才能嘹亮。

后来财主进来跪献一道香，九叩首之后，祈福消灾责任算是交给和尚们，不见再出来了。

因为今日汽车在清早八时半来接我们出山，大家都起得早。早饭后大家跟庙中当家去花园游览并参观佛堂。

花园似乎占庙址五分之三大。有三四丈高的竹林，有七八株青翠欲滴的大梧桐，有丹红的老枫树，互相掩映，景物幽丽可爱。园之西，是历代大和尚的墓地，收拾得极其清雅。有一个公墓，据说是尼姑的。昨日来火化的尼姑骨灰，已装小坛埋于地下。这样不及方丈之土，底下已有数百人的骨灰了。其实我们不出家人也可效法，一个人死了还要占一块活人有用的地皮，徒留一个土馒头在世上有什么意思！

园之高坡是两所禅堂，堂外竹石清幽，令人觉到"禅堂花木深"的诗趣。堂内四周放铺草编的长凳。有六七十年老的和尚在上面敲木鱼念佛，念毕瞑目打坐。

禅堂之西，有一小院。院中有天竹及白石小盆景，清静极了。堂内供观音及百家祖先及长生禄位。

某君自云家中地方浅窄，无处可供祖先神位，拟供此间。他问和尚，只需十余元，便可永远享受香火，据云不但是怕做若敖之鬼的人来自己供一块长生禄位，有些怕子孙麻烦的也来参加。近年来有因家中不便供香火的而来供祖先于此的也很多。这是佛家方便之门，大家都赞说法善意美。我看是难得他们收拾得这地方这样好。

因昨日回时已傍黑了，未及一看南岳宫，心中未免抱憾，由花园出来，我同兰紫姊妹步行前去。

　　南岳宫正门是一座新修的白石牌楼式的石门，那是何键题名的。在近年新修的庙门中，还算不俗，不过不能与里边的宫殿相衬。由白石门往内张望，苍翠的杉柏林中，有两棵丹色的枫树翘立两旁，三面是旧朱色的宫墙围绕着，正面是白石雕栏护着一座黄琉璃瓦顶的殿堂，这是宋元人的仙山楼阁图的色调，可惜没有工夫细细玩赏。

　　下山仍走旧路，许多人都疲乏了，看了朱丹的霜树与奇突的峰峦都不啧啧惊赞了。到了中午路过湘潭，因为那是有名繁盛的大镇，我们决定停下来游览。

　　湘潭汽车站离繁盛街市稍远，若坐人力车去，得用一两个钟头方到。我们想了想，还是由湘潭过了湘水到溁口，再由溁口乘汽车到湘潭街市对岸，渡水过湘潭来。

　　湘潭的市街可与普通省会相比，如酱园、米店、豆豉店等都是规模很大的，酒楼茶馆亦应有尽有。街道都铺平整的长石条，走了半点钟街市，没有遇见乞丐，这是值得记下来的。

　　我们找到一处饭馆吃中饭。地方尚属宽敞干净。我们入门便吩咐少放辣子，开出菜来，碗碟内红绿的却都是辣椒。我下了几箸，已经眼鼻淌水，抬头看看他们湖南人，以为他们必不如我的狼狈了。谁知桌上人没有一个不面红流汗，一边却很得意地吃着。嗜好是愉快的，我想。

　　饭后已近三时，我们匆匆渡水上汽车去。

　　回到长沙城内已是上灯时候了。

天心阁的小客栈里[*]

叶　紫

　　十六年（1927 年）底冬初十月，因为父亲和姊姊的遭难，我单身从故乡流亡出来，到长沙天心阁侧面的一家小客栈中搭住了。那时我的心境的悲伤和愤慨，是很难形容得出来的。因为贪图便宜，客栈的主人便给了我一间非常阴暗的、潮霉的屋子。那屋子后面的窗门，靠着天心阁的城垣，终年不能望见一丝天空和日月。我一进去，就像埋在活的墓场中似的，一连埋了八个整天。

　　天老下着雨。因为不能出去，除吃饭外，我就只能终天地伴着一盏小洋油灯过日子。窗外的雨点，从古旧的城墙砖上滴下来，均匀地敲打着。狂风呼啸着，盘旋着，不时从城墙的狭巷里偷偷地爬进来，使室内更加增加了阴森、寒冷的气息。

　　一到夜间，我就几乎惊惧得不能成梦。我记得最厉害的是第七夜——那刚刚是我父亲死难的百日（也许还是什么其他的乡俗

节气吧），通宵我都不曾合一合眼睛。我望着灯光的一跳一跳的火焰，听着隔壁的钟声，呼吸着那刺心的、阴寒的空气，心中战栗着！并且想着父亲和姊姊临难时的悲惨的情形，我不知道如何是好！……而尤其是自己的路途呢？交岔着在我的面前的，应该走哪一条呢？……母亲呢？……其他的家中人又都漂流到什么地方去了呢？

窗外的狭巷中的风雨，趁着夜的沉静而更加疯狂起来。灯光从垂死的挣扎中摇晃着，放射着最后的一线光芒，而终于幻灭了！屋子里突然地伸手看不见自己的拳头。

我偷偷地爬起来了，摸着穿着鞋子，伤心地在黑暗中来回地走动着。一阵沙声的、战栗的夜的叫卖，夹杂于风雨声中，波传过来了。听着——那就像一种耐不住饥寒的凄苦的创痛的哀号一般。

"结——麻花——哪！……"

"油炸——豆——腐啊！……"

随后，我站着靠着床边，怀着一种哀怜的、焦灼的心情，听了一会儿。突然地，我的隔壁一家药店，又开始喧腾起来了！

时钟高声地敲了一下。

我不能忍耐地再躺将下来，横身将被窝蒙住着。我想，我或者已经得了病了。因为我的头痛得厉害，而且还看见屋子里有许多灿烂的金光！

隔壁的人声渐渐地由腾而鼎沸！钟声、风雨的呼声和夜的叫卖，都被他的喧声遮拦着。我打了一个翻身，闭上眼睛，耳朵便更加听得清楚了。

"拍！呜唉唉——呜唉唉——拍——拍……"

一种突然的鞭声和畜类的悲鸣将我惊悸着！我想，人们一定是在鞭赶一头畜生工作或进牢笼吧！然而我错了，那鞭声并不只一声两声，而悲鸣也渐渐地变成锐声的号叫！

黑暗的，阴森的空气，骤然紧张了起来。人们的粗暴而凶残的叫骂和鞭挞，骡子（那时候我不知道是怎样地确定那被打的是一头骡子）的垂死的挣扎和哀号，一阵阵的，都由风声中传开去。

全客栈的人们大都惊醒了，发出一种喃喃的梦呓似的骂詈。有的已经爬起来，不安地在室中来回地走动！……

我死死地用被窝包蒙着头颅很久很久，一直到这些声音都逐渐地消沉之后。于是，旧有的焦愁和悲愤，又都重新涌了上来。房子里——黑暗；外边——黑暗！骡子大概已经被他们鞭死了。而风雨却仍然在悲号，流眼泪！……我深深地感到：展开在我的面前的艰难的前路，就恰如这黑暗的怕人的长夜一般：马上，我就要变成——甚至还不如——一个饥寒无归宿的，深宵的叫卖者，或者一头无代价地牺牲的骡子。要是自己不马上振作起来，不迅速地提起向人生搏战的巨大的勇气——从这黑暗的长夜中冲锋出去，我将会得到一个怎样的结果呢？

父亲和姊姊临难时的悲惨的情形，又重新显现出来了。从窗外的狭巷的雨声之中，透过来了一丝丝黎明的光亮。我沉痛地咬着牙关地想，并且决定：

"天明，我就要离开这里——这黑暗的阴森的长夜！并且要提起更大的勇气来，搏战地，去踏上父亲和姊姊们曾经走过的艰难的棘途，去追寻和开拓那新的光明的路道！……"

湘垣半载记

老 向

去年①八月二十七日来到长沙，掐头去尾，算来已有半个年头儿了。这半年中，除了平教会的办公室我是熟悉的，对于长沙，尤其是人物方面，可以说认识的很少，这原因很简单，个人在乡下住得惯，对城市则发生的兴趣少些。现在所要记的只是个人的印象之类，于长沙的本身是好是坏无大关系。

一、酷热与蚊虫

刚来到长沙，正赶上秋暑炙人。昼夜热成一片，坐卧汗出如浆；书不能看，信也不能写，终日里光脚赤背，只穿一条短裤在小院里打磨旋，找风游，像个野人似的。有人说晚稻未熟，正喜欢这毒热的天气，我恨不得立刻变成晚稻。

① 指 1938 年。

天热人苦，蚊虫却大得其意。长沙的蚊子颇可观，比北平的要大一倍。黑质白章，利口长翼，不分明暗，随时乱飞，随处乱钻，打个哈欠都得提防它们飞进口来，而且是"童叟无欺"，遇人就咬，连那嗡嗡的警告都不给。有时三四个蚊子落在胳臂上，打死一个，其余的仍然是"好血我自吸之"，悍然不顾。一个小动物"蠢不畏死"，教这号称万物之灵的人们竟是"束手无策"。蚊帐是不可免的，而且即使在白天也最好是"帷幕低垂"，不用上钩。蚊子是有缝儿就钻，钻进一只去也够麻烦的。写字桌下，餐柜前后，都得燃上蚊香示"敬"，而后才能"远之"。友人一个女孩子从河北定县来，天天去捉蚊子装在玻璃瓶中当小蜻蜓看。

蚊子之外，还有一种类似苍蝇的牛虻，更加凶恶。任你穿着几层衣服，总也比不上牛皮厚。它们吸惯了牛血，人又怎么受得了！一不留神被它们刺着，皮肤突变红肿，痒而且痛。

二、天旱与苦雨

天热，而又两个月没落几次雨，旱象是十分显著了。湘江中分水陆洲，洲西面的一股已经干得断流，东股也仅只剩了浅水一线。大批的树排没法子再往下漂，木材立刻涨了价；煤船不得不停航，电灯公司也马上缩短供给电力的时间，主妇们也不能不在燃料上打算盘。差强人意的是友邦的两条炮舰悄悄地退出去了怕搁浅，望起来不似以前那么碍眼；舰中废炭沉在江底层沙中，招致了若干贫儿提筐携铲地去发掘。

天干物燥，相应而生的火灾连绵不断。据报纸上的统计，去年一年的火灾共有四十八次，损失财产六十余万元，单是一个十月就占去了八次，损失估计二十万。当然，火灾并不能说直接起因于天旱。可是江水太远，井水太浅，火势一起不得不听其蔓延，就需要天旱负责了。有人说长沙应该装设自来水厂，是的，我也说应该。

旱稍失势，紧接着雨季来了。雨季，更觉愁人。

秋冬两季，干要干得到家，雨要雨得彻底，这大概是我所见的长沙气候了。天气暖，细雨潺潺；冷风一吹，也许变为冰雾，檐前淅淅零零，紧紧慢慢，一连不十天就半月。无怪乎树上的小麻雀都没精打采，窗前几树芭蕉叶破梗残，勉强地活着。在北方有句农谚是"二八月响雷，遍地出贼"，在长沙却未必适用，因为这里似乎不分季节，随时可以响雷，真要出贼恐怕出得太多了。据说孔夫子一闻"迅雷"，就会惊得变色，若在长沙的腊月间看见电光四射，霹雳一声，不知他老先生吓成什么景象。

雨天要出门，立刻就得想到油鞋雨衣这一大套，在我是不习惯的。不出门，被困在水帘洞中，谈天没有朋友，喝酒没有伴儿，在一间纵横不到五尺的小房间乱喊乱跳，简直像个疯子。现在我才明白为什么贾太傅一到长沙便会抑郁而死。有几次我闷极了，便幻想着屈大夫的投江，恐怕也是被雨逼得无可如何。

"冬日可爱"这句话，以前我总以为是冬季酷寒，太阳照着便可以暖些。在长沙则是冬季太阳太少见了，所以可爱。有时三五天也不定，太阳从云缝儿里露一面，立刻便又缩回去。假如有三天是暴晴，便说不定哪个福人来到长沙。

三、湘江与岳麓

长沙最教人流连的要算湘江与岳麓。

一个城市能依山傍水，长沙的位置可以说是理想的。

北平的三海，南京的秦淮，虽然都是沙漠中的绿洲，但是三海那么渺小，秦淮那么污秽，而且又都只能够供少数人游览，远没有湘江这么浩浩荡荡，有悠久的历史，有交通的利便，有风景的点缀。由北门到南门一段江岸，都是各路船只的码头。多少旅客，多少工人在那里上上下下，湘江充分地发挥了它的效能。由北门沿江而下，傍岸新开的马路，新栽的小树。再过相当年份，可以看到绿荫成行，浅草一路。市民们在工作之余，可以坐在树荫下的石凳上，遥望烟波浩渺，风帆往来；城市烦嚣，得到一个忘掉的地方。所怕的慢慢会有一般风雅之士，又要修茶楼，写联语，备画舫，闹声歌，掩蔽了现在的朴素美。

江心有一个水陆洲，把江水分成了两股。由长沙望过去，那小洲恰似海中的一个孤岛。黄花绿树，仿佛是与世隔离的仙地。外人审美的程度颇不差，日美的领事馆都建筑这洲上。

由长沙渡过湘江便是岳麓。南岳高峰七十二，岳麓山是起码的一个峰。逼近城市，又附名山之骥尾，所以只要不是雨天，游人总是很多。

带着行李游山，提着食盒游山，或是坐着轿子游山都是游山的贵族，并不是游山的上乘。为了锻炼身体而游山，如同做什么登高比赛之类是游山的别义，而不是游山的正宗。那么，登岳麓山是标准的游山了。靠近城市，一般市民都能够上去玩玩是一；山不太深，"能得浮生半日闲"的，都可以缓步从容地逛一圈是二；

又不太高，走上去并不教人精疲力竭是三。立在云麓宫俯视湘江蜿蜒，长沙尘烟，也自有飘然凌云的味道。如果不愿登高，山脚下有的是竹篱茅舍，流水人家，闲步一回，也足以使你忘却城市烦嚣，得一些野趣。至于山上的什么碑什么亭，"见景不如听景"，倒不一定非看不可。

长沙并没有一座像样的公园，但是有了湘江岳麓；有了这样朴素自然的公园，长沙市民也算是"得天独厚"了。

四、神圣的车夫

人力车不是一种进步的交通工具，但是我们中国的各大都市，似乎是无处无之。乍到一个生地方，坐不起汽车而又不能自搬行李如我这一流人，首先不能不劳动洋车夫。洋车夫多半是无大知识的老百姓，而性格的表现则各地颇不同。北平的过于和气，上海的过于狡猾，长沙的独有一种"岸然自尊"，劳工神圣的气概。

给人印象最深的是，长沙的车夫永远一步一步，缓缓地前进。如果意在参观街道，"安车当步"实在比疾走如飞的方便得多。但若有"急于星火"的紧事，最好是自己开快步的好些。因为你要是催促车夫加速度，冬季他便说："个样冷的天气，跑出一身汗来不合算。"夏天他又说："天气个样热，何事能跑哪！"事实上，长沙除了新开的一条中山路，都是狭窄的街道，要跑也跑不开。

街上的车夫多半是良善的，虽然不快走，但是勒索人的时候并不多，就是勒索也还不至于太出乎情理。车站和码头上的脚夫就不然了，多半竟是天不怕地不怕，理直气壮地向主顾痛敲。以前如上海如汉口，都是旅客长叹行路难的标准地方，现在听说都已大有改善，这行路难的标准似乎应该让给长沙了。以火车东站而论，人挤人、人摞人的买票现象，仍然存在。我所认识的朋友们，没有谁不曾在车站上丢过东西。墙上明明写着"行李一件脚力四分"，脚夫却硬说"那是写错了，规矩是每件一角"。路警处理这类争端多半是不处理，听其自然变化自然结束，充其量也只取一种调和的态度，对脚夫不敢得罪。在这种环境之中，脚夫的任意勒索，似乎不能教脚夫负责。

无论劳工如何神圣，有紧急事而嫌车夫慢，出了车钱而不大甘心，应是人情所许。然而长沙的车夫始终不肯自认为奴隶牛马这一点，是最值得赞美的。他们若是不情愿地受了警察的指挥，必定高呼大喊以鸣不平。他们永远以自己的力气作行动的标准，绝不揣摩乘客的心理，更不逢迎乘客的意旨，说话永远站在自己的立场上立论。他们做的虽是牛马的工作，却时时保持着独立的人格。

五、长沙的迷信

迷信并非长沙所专有，更不是平民所专有，这是需要先说明白的。

到长沙不到三天，正赶上鬼节。在河北，这一天也要上坟祭祖，也焚一些冥钱之类。长沙的风俗是把祖宗接到家中，纸钱烧得也特别繁重。每一个空场里都是焚纸如山，几天家里烟火不断。商店密集的街巷，不便大举焚烧，各家则有一个专人把纸一张张地拿起来烧，直待把盈筐的纸烧完了为止。有人说"慎终追远"可以使"民德归厚"，这不能算作迷信。

长沙多巫师似乎是由来已久了。祭神、驱鬼、祈祷、消灾，都是巫师的专业。治病、产子又是巫师的兼差。所以街上随处可以看到"道教某寓""排教某寓"的招牌。一个朋友的房东号称大学毕业生，儿子病了也不请大夫而请巫师。自己还说这是心理治疗不是迷信，不时不节忽然这一家燃烛焚香，大放起鞭炮来了，忽然一个巫师敲着两块小板子唱起来了，连四邻都不大清楚他是为了什么。最有趣的是火灾之后，未烧的祭神，感谢保佑，请了巫师来唱；被烧的也请巫师，也祭神，大概是承认大神烧得应该吧！

每次走到街上，总会看到几个人捧着一把瓷壶，壶嘴上燃着一炷香。据说那是求来的神水，预备回去煎国药。

喊魂垫桥要算是最轰动人的事件，也最足以看出一般人的迷信程度。据说桥柱之下，必须垫以人魂才能稳固。与长沙相邻的湘潭县正建铁桥，派了多少巫师到长沙来喊魂。魂被喊去，人就得死，所以捉住了喊魂的，也便不肯轻饶轻放。报上关于殴毙喊魂者的新闻，时常披露。现在摘落两段，以见"风声鹤唳"的急情：

喊魂垫桥，望城乡三次殴毙人命

河西望城乡（长沙）因误信喊魂垫桥谣言，该管二区十六保居民在纱厂后二郎庙，及十二保居民唐二癞子等在黄泥岭，先后殴毙两命……兹该区六保铁石岭地方又以同一事件，打死人命闻。缘该地有小儿戴四伢子于废历除夕刚晚之际，往境内田禾庙上香送灯，瞥见庙中藏一不认识男子，骇得出外狂呼，比惊动村人纷纷往见，陡集二三百人之多，当

133

于该男子身畔搜出腐乳罐一个，上封黄纸，并画有符箓，咸认必系喊魂者，人众鼓噪不暇细问，一声吆喝，竟执梭标将庙中所藏男子杀死，即挖一土坑掩埋……喊魂命案，新康镇又发生一处：

> 长沙新康镇高砂脊地方，于本年废历正月十六日发生误会喊魂垫桥，打死一过路行人，私将尸体掩埋。……缘该地自误传有人喊魂，一班愚民，咸惴惴不安。废历正月十六日下午，忽有一短衣男子徐行田中，好事者认为形迹可疑，呼其停步。该男子又恐遇着喊魂者，不顾而走。呼伊者怂气，故作危词，大喊来了喊魂的。群众惊闻，赶执锄头扁担奔拢。该男子见人多，骇得飞跑。嗣观众追近，乃大声声明伊名"陈满滴水"住湘潭小东门，因为邻人所雇，来此寻人，要求众勿误会。不料人多鼓噪，且有指"寻人"即系喊魂，不由分剖，一拥而上。……

此外如"长沙仁义乡活埋星相家"，因为在他身上搜出麻衣相和铜尺之类，便硬指他是喊魂的。看一个小贩在箩里装着一只公鸡，便也犯了嫌疑，遭了毒手，直弄得闾阎不宁，行人绝迹，长沙县政府觉得愚民迷信，牢不可破，乃出一六字布告辟谣：

> 近代科学进步，发明月异日新。湘黔建筑铁桥，诚为福国利民。相传喊魂垫桥，自属虚诞非真。居民缺乏常识，谣言到处繁兴。据报各区各处，迭见殴伤多人。责成乡保晓谕，并派员警逡巡。倘再造谣扰害，拿办决不徇情。特此剀切布告，其各一体凛遵。

诚然一般人实在太愚昧了。然那还得"以观后效"。

应该写的还很多，因《谈风》的篇幅关系，姑止于此，不过，还有一件非顺便先提一下不可的，长沙"国"字号的机关似乎特别惹人注意，例如国货陈列馆是长沙最堂皇的建筑。国术馆省有省立，县有县立，四省运动会中，何馆长耘樵还亲自表演过一套国术叫醉八仙，上好下甚，湖南的国术是很有名的。此外如国医有专科学校，国药满街都是。最有成绩的是国故研究，国粹的保存，何健在三中全会提出来的读经一案便是例子。还有，长沙街悬挂国旗市上一样高低，整齐美观，远非他处所能及。

由北平乍到长沙，街上不见友邦的眼药广告，报上不见韩人贩毒的新闻，一般青年都是受过军事训练的，走起路来雄赳赳的，或者更足以表示湖南的"国"字精神吧！

湘中梦痕

阳　光

近来常常做梦。……只有在梦中，我才得翱翔于寥廓的天地之间：天心阁、岳麓山……尤其长沙景物，湘地风光，历历如在目前。

我于是更喜欢做梦了……

我更将找寻梦中旧境！

先说湖南的省会：在民国二十七年的春天，我到了长沙。长沙那时还是平静的。只是这古城，充塞了各地投奔来的流浪者。长沙贸易之盛比不上汉口，繁华及不上广州。不过位居粤汉铁路要冲，靠近沅江，地位不失其重要。封建的气味十分浓重，但人民却纯朴可亲！

长沙的气候不见得好，时常下雨，牛毛雨的一种。雨伞的形式固天下皆同，而雨鞋视各地而异，长沙还不是套鞋的世界——在雨天。他们普遍地穿着"高跟木鞋"，方法记得是套在鞋子上的，下江人永远穿不惯，他们的"托托"之声，奏成了雨天的乐曲。最有趣的是：黄包车夫脚踏高跟木鞋，手撑雨伞，大踱其方步。你假使在上海或其他的商埠乘惯快的，催他拉得快些，车夫会立刻停下车子说："先生，你走吧！"爽气得不要你一个铜子。相反，包车夫拉着黑得发亮的包车，主人踏着车上的铃，叮当作响，其快步可以打破全国纪录。读过张天翼先生《华威先生》的读者，一定会忆起"忙人华威"坐着包车，横冲直撞，如入无人之境。其地方背景就在长沙。那时候张天翼先生正旅居长沙，以观察之深刻，描写之动人，"华威"跳到纸上，成为活生生的人了。

在上海，旅馆或称客栈、旅社……长沙称之为"商号"，你说商号应该是一爿商店，他们会说客店也是一种生意。普通内地的客店，除房间、茶水、床铺外，行李旅客自备，长沙不能例外。我曾经住过县政府隔壁的一家"福庆商号"，每日大洋四角，供给床铺，更有一日三餐可吃。谚云："两湖熟，天下足！"湖南是产米的省份，长沙人吃的是饭。他们煮饭的方法，先下米在水中煮滚后，捞起蒸熟，粒粒硬爽。江南流浪的老年人，往往食不下咽。湖南本地人，更有习惯，吃剩了饭，丢掉饭碗离饭桌而走。吃饭吃剩得最多的是"做生意女人"。他们开玩笑说："江南人流浪各地，是因为把饭吃完了。"他们留的是"余福"！说起"福"，直到现在，我还不曾忘记：长沙的街头、檐下、墙头、门上……都有雕型的、瓦器的、剪贴的蝙蝠的踪迹，以取得好口彩！四毛钱借床铺，吃三顿饭，这好像白头宫女诉说天宝遗事呢！

湖南的口音比较硬性，没有是"冒得"，好的是"要得"，有时候我们坐好了一桌预备吃饭，谈天说地，忽然一声吆喝："碗到，碗到！"吓大家一跳。原来茶房拿了菜碗上菜了。湖南话讲得慢，还不难懂。湖南人的个性，也和说话一样硬朗。说干就干，没有"是是否否"的娘娘腔。这种性格，湘西人更显得突出，"一言不合，拔刀相见"，不是假话。长沙不能代表整个湘省，部分的当然能够"略窥"。道地的湖南人，头上包着黑色的纱巾，男女学生保持着俭朴的风气，一律黑布制服，新的有一重光彩，这是由人工用光滑的石头磨光的。落后的方法，江南一带，恐怕久已失传了。长沙的学生，参加社会活动的不少，大概继承过去的革命传统吧！

说到吃，有多少东西，至今令我神往。一种辣椒牛肉，干香，辣得有味，一毛钱买上十多块，可以下酒，可以过泡饭吃，就是一卷在手，嘴里嚼嚼，别有风味。凉薯形若甘薯，皮松脆可剥，雪白绝嫩，有药味，汁多，一二分钱可买一大个。郭鼎堂先生到长沙来，举手尽数枚。一次去饭店吃清炖牛肉，店名已忘了，馆是教门，喊一盆干切牛肉，清炖牛肉及牛筋，酥且肥腴，汤清见底，吃得醉眼蒙眬，心底拜服：口味之佳，全国不作第二家想！可惜一小碟槟榔，苦于未加咀嚼，白白放弃，如今引以为憾！

长沙可供游览的地方不多：城外有个花园，没有去过。皇仓坪的中山堂、青年会，能听演讲，打弹子……岳麓山在长沙对岸，山下是国立湖南大学，建筑富丽堂皇，研究学术的空气异常浓厚。山上有黄克强、蔡松坡两位将军之墓，革命元老，令人敬仰不已。民众俱乐部里有报纸、乒乓台、高尔夫、图书馆，我也常去。天心阁是依城墙建筑的，沿石级而上，能鸟瞰长沙全市，泡一杯龙井，消磨光阴的不少。王鲁彦先生的一篇《柚子》，经鲁迅先生编入"新文学大系"，序言上说："颇为当时湖南的作者不满，而能诉出忧愤之情！"写作时适属军阀时代，杀头是事实，看杀头也是事实，小说背景长沙浏阳门外，距天心阁不远，那里现在是累累土馒头了。

"文士苦穷",在长沙如果不当编辑,写写稿子的作者,饿死无疑。当地的报纸,有《湖南商报》《大公报》等,副刊收外稿,稿费节上算账,有没有还是问题。后来有三张报纸在此出版,以《闲话扬州》得罪江北同乡的易君左主编《国民日报》,程沧波编《中央日报》,田老大主持小张报纸。《国民》与《中央》算有稿费,千字一元左右。田老大的报纸,不支稿费。每周有诗歌社诗刊发刊,执笔的有力扬、常任侠、孙望、黎亮耕等诸家,出过一次纪念屈原特刊。负责者孙望,赔邮票,贴车钱,送稿子,校对,一丝不苟,现出书生本色。其中力扬的诗写得最好。诗的作风上,和以前广州蒲风、雷石榆等不同。诗歌社唯一的成绩,是邀汉口穆木天先生等,集成一个诗集《五月》出版,特载有瞿秋白先生的译诗《茨岗》。当时长沙的文化人,来往者殊夥,朱自清、丰子恺,都到过;张天翼,且住过相当时候。茅盾先生在银宫大戏院演说,提出文艺上的反差不多运动,主张描写自己熟悉的事物。郭鼎堂先生一次演讲,弄得青年会礼堂窗槛上都躲足了人。他从考据学的见地论述时局,片断的笑声,不时地由听众座中透出来。长沙本有开明书店等数家,加上上海杂志公司、生活书店的新设,文化的食粮还算不见缺乏。湘戏没有见识过。丁绒和湘绣确是名贵非凡,绣出的虎、狮、花、鸟,生动得很。当时洋价一元六千文,市上有当二十文的铜元流通,鲜肉每斤九百六十文。——自然,以上种种,在今日看来,也还是白头宫女口中的天宝遗事罢了。

后汉古迹捞刀河

匹　夫

我不知道，我爱河，仿佛如同一位天涯流浪者，在阴森晚上，爱幽美的月亮一样。

河，温柔的河流。琅琅的涛声，细细的波纹，会给我一个重大的启示，使我知道生命力的伟大，当他彻夜川流不歇的时候，经过了万叠重山，经过了千百丛林，他，还不会停歇他的生命力，所以，我每望河，就如一位革命者，崇拜他的领袖一样，内心里，起了无限的钦敬与拜服。前几天，我曾从湘流河岸到捞刀河，虽然，这只有十五华里的短短过程，但那悠悠的水流，又掀动我万种的情绪，在一个仲夏晨阳，披着光芒金甲，从水平线上升起来的时候。

我别离湘江，怕莫是五年以前的事了，五年以前，我乘着扁舟，去到回雁峰上，但不久乃赋归来，这次，又暂离他，虽没有一点黯然销魂的情景，然而，对面麓山的倩影，不是令人在留恋吧，直到船在草潮门外解缆了，一声汽笛，机音轧轧地摇动起来，我站在船头，又开始探讨河的神秘。

140

平浪宫过后，电灯北厂又过了，左岸的纺纱厂的烟囱里，喷出浓郁的黑烟来，在黑烟中，不知卖掉多少人的青春，更不知用尽多少人的血力，才蔚然成就湖湘这一个生产的大厂。现在，烟囱里，又开始喷出黑烟来了，意思是报告关心的人，纺纱厂，已恢复往日的状态。南风，吹到船头，令人感觉有无限的舒服，帆船上舟子的歌声，是那么动人心曲，我所以爱河，是它最够伟大了，你看河上，不是包罗宇宙间最伟大的物与力吧。一会儿，新河飞机场，又经过了，在寂静的机场上，没有看见一架飞机的迹影，使我很感觉我国航空建设的依然落后，像这样的一个华南重镇，没有几只铁鸟作战时的准备，那么，假若是异国飞机来到，岂不是任所欲为吗？华北的风云，也日趋于紧急了，七百年故都文物，在敌人的炮火之下，将成为瓦砾，成为灰土。我想二十世纪的世界，是铁鸟的世界，人，不过是天地间待死的罪囚而已。船，经过了青山，经过了田陌，经过了落刀嘴，就到了我的目的地——捞刀河岸。

捞刀河，是长沙县东北乡通湖南省会的孔道，河面是狭窄的，有一座铁桥，可以从陆路到达长沙市，不过，因水路轮船的迅速，往来的人，都舍彼而就此了。从捞刀河水路再上去，就是罗汉庄与水渡河，轮船开到水渡河为止，每天来往有两次。我是初次到捞刀河的，在旁人以为这呆板的河流，当难受人们的注视。然而，我却在捞刀河岸，站立了两小时，用目光审视这河流的特色，他没有湘江的庞大，但他那瘦弱的身躯，足像一位乡下姑娘的苗条身段。人，是最爱时髦的，也许这位乡下姑娘久经人置之脑后了吧，因为她的私自饮泣呢。

捞刀河，有一条小街，有几十个门面，岸边有一个高觉寺，现在做了私立同心小学校与社会军训队部，我想那里商店的生意，当然是不顶大好的，国为它隔长沙市太近，比起新康靖港，当然有天壤之别了。捞刀河，最多的，是轿夫，据他们说有三百几十人，一个这么渺小的口岸，要维持这许多人的生活，是一件多么难的事，所以，当你每到捞刀河岸的时候，就可听到一些"先生，要轿子吧"的弱小呼号，刺进你的耳朵，这是目前社会最难解决的大题目，很值得社会学者的检讨。

那天，我到捞刀河，恰巧是那里社会军训毕业日，他们在铁路坪内，搭了一个高台，聘请百合戏班，预备演戏。这时，捞刀河也随着热闹起来了，在附近十余里内的男女，都络绎不绝地参加这次盛会。本来，社会军训，在我国，还是破天荒第一次，毕业典礼，应如何地隆重呢！不过，我很叹息那班军训毕业生的精神，有的太萎靡不振，当军人，是要雄壮激昂的，若太颓丧，怎么能够捍卫祖国呢。

何况，捞刀河，还是后汉一个最著名的古迹，在汉室微弱不振、诸侯各自割据的时候，刘备起来勤王，派关云长攻打长沙，这里，就是他青龙刀捞起的所在。后汉关公，于我国历史上，是很负盛名的，他那为国抗敌成仁取义的壮心，很可为后人的效法，所以我愿祝捞刀河社会军训者，莫遗忘这页史迹，继续关夫子的雄风再干。

最后，捞刀河，终又与我话别了，在生活圈子的旋转里，我又回到湘江，但是，那瘦弱的细流，怎够使我一日忘记。

七月十七日归来写

妙高峰的夏

陈明哲

到处嚷着热，这夏天，人们都希望找一个凉爽的地方去躲躲，在长沙，每当黄昏之后，天心阁、国术俱乐部，变成了人们唯一的纳凉处——然而，这些地方，我觉得并不是避暑的福地。

"妙高峰"，这是一个极美丽、极伟大的地方。老方也曾在《游路上的风光》里说："游路好比是纯洁无瑕的村姑，没有半点俗气……游路上的风景线，我认为最美丽的要算妙高峰。"

诚然，游路上的风景线，最美丽的要算是妙高峰——根本，假如游路没有妙高峰，我敢说没有了灵魂！

妙高峰，是在游路的尽头，是游路的最高处，也可说，是全市的最高峰，因为她比天心阁还要高出若干，但是，她却不是高耸入云的峰峦，而只不过是静静地高据在城南一角的一座土山。

夏天，这土山——妙高峰——不论是黄昏、晚上、早晨或者正午，她那一样的美丽、凉爽，夏的炎威，从不会侵入，所以，她是够得上颂为长沙唯一避暑的福地。

太阳沉到了麓山背后，人们便开始走向凉爽的地方。从蜿蜒的游路，乘风而来，慢慢地踱上这峰头，残阳自麓山反映着，于是西天红的、橙的、黄的混合着构成一种不可形容的、没有名词的、美艳的颜色。

风儿阵阵地吹来，衣服啪啪地响，像会要跑掉，一天来，身体感受着的热，都赶去了，顿觉得凉快起来，如同才吃下一杯冰激凌似的，坐憩在草地上，而感觉"清风徐来，胸襟顿爽"。

呜——火车呼呼地来了，走在与游路平行的铁路上，人们都站在一边来，目送他走到峰脚下，走到老龙潭上——慢慢地走到看不见了。

铁路的两旁，尽是些木屋，炊烟从木屋的小烟窗里袅袅地飘出，门口，有些女人和老婆子在挥着扇儿，坐着乘凉，潭里一群孩子在洗冷水澡，对面山上，满满的尽是石碑和青冢，有一部分挖掉了，露出橙黄的新土，树已带着暗绿了。

回转身，暮色里整个的长沙摄入了眼帘，鸽笼似的房子，高高低低地、密密地排列得不见些缝——游路就好像替这两个境地画的天然界线。

湘江，带子样地绕着长沙的一部，风帆隐约地浮在上面，麓山渐渐地模糊了。

路上、亭上、桥上，一堆堆的，布满了，都拿着蒲扇，穿着薄衫，快意地领受着软软的拍人的清风，小贩的叫卖声、游人的谈话声，织成了交响曲。

黑暗爬上了天空，路灯吐着微弱的光，摊担的灯也闪着微弱的光，纳凉的人渐渐地加多了，小贩们更使劲地喊，有时火柴一闪，一支哈德门燃上了，某个游人的口边多了一点星星的火，卖香烟的贩子又做上了三个铜板生意。

黑暗更深些时，月亮泻着银样的光，照遍了大地，每个人便拖着一个影——美呵，这妙高峰，这夏夜！

站到峰巅，城外这工业区，高高的烟囱矗立在黑暗里，列在眼前有点怕人。麓山更黑黑的只一堆，望着似乎含有一些神秘。河面，异国的兵舰，耀出骄傲，辉煌的灯光。这样的境地，又不禁使人触景生情，想到北国的沦亡、华北的锦绣河山、国防、内河……

夜更深了，人们渐渐地离开了她，归去找甜蜜的梦，风依然软软地吹。

清晨淡淡的天幔上，微微地有了浅浅的鹅黄，接着层层的白云渲染了殷红的色彩，朝霞中钻出了千万条灿烂的金线——一轮血红的旭日踽踽地升起了。这是日出的美景呵！

趁这良辰，捧着书，坐在最高处的亭子里，风习习地吹拂着，人也飘飘然的，身体不感觉热，心便静了，书上的字一个个地看到了眼里，记到了心里。

偶或，三两乡农推着小车打这儿过，黄黑的脸，露着苦笑，抹干汗，休憩一会儿，又将开始走了。

——将由这高的岭上下去么？当心，不要……

——嘻！谢谢，不会的！

车影不见了，声音也弱了，太阳又开始布炎威。

南园，各样的树，伸出长长的枝，披满了繁茂的绿叶，把太阳遮住，树下阴凉地，周遭非常寂静，三个亭子，各具有特殊的形态。徘徊在园里，感觉这境地异样的美丽、幽逸。

——起来！不愿做亡国奴的人们！

　　远处，几个暑期体育训练员练习归来了，一路传来雄壮的歌声，潇湘一览楼门开了，于是又来一个交响乐，茶杯声、倒茶声、叫声、笑声、口琴、胡琴、笛子、国语、英语……

　　南轩图书馆，它是经过了十年惨淡的经营而蜚声湖湘的。巍峨的建筑里，阅书室、阅报室、领书处、藏书库……都包括一起了，四面空旷的草地，高大的树木，构成极好的环境，阴阴的，没有一点热，很容易地，度过一个长的夏日。

　　城南十景之一的卷云亭，高耸在云霄，遥对着麓山，宁静地、轩昂地立在这峰上，登临远眺，湘江、麓山、烟囱、屋顶……整个的长沙，像一张照片清楚地悬在眼前，于是一切的东西都觉得渺小了，自己像已羽化，而感激到妙高峰伟大的赐予了。

　　竟日，软软的风吹拂着"妙高峰"，夏的炎威永侵不入这美丽伟大的妙高峰！——她是够得上颂为长沙唯一避暑的福地！

一九三七年夏于妙高峰

定王台的荒凉景象

佚　名

　　定王台经过了千多年的风雨剥蚀，现已经呈现得十分苍老了。

　　几株谷皮树杂在槐树之间，她们自生自灭地长着，十分冷淡，也十分憔悴。她们虽则也想到过能够在一个如此的主人荫庇之下是怎样荣幸的事，可是那终究是从前的事了，沧海桑田，世间多变，她们的主人，已不如从前之被人重视了。

　　定王是汉景帝的儿子，为唐姬所生。本来景帝的老婆是陈姬，陈姬无出，就以自己的侍儿唐姬进，承老天保佑，怀了定王，定王长大后，封在长沙，将母亲接来同居，以叙天伦，而定王生性孝顺，凡唐姬所欲者，必设法求之。母亲死后，即葬于浏城外，可惜年代太久，墓址已不可寻。一个驯服的儿子，一旦离开了母亲，自然难舍，便筑台望母，名为望母台，每于风雨之夕，登台望母，以表孝思，而每次下台，都是泪珠儿挂满腮边。后人因感其孝德，乃筑定王台，至今春秋祭祀不衰，前年何主席重修望母台的时候，还写了一轴"大孝垂型"的横匾，纪念定王。所以现在的台址虽有荒凉的色彩，而得何主席如此润饰，自然增辉不少了。

定王虽似乎已经被人遗忘了，可是他高尚的灵魂，却为民众做了不少的事，因为现在有四十九、五十、五十一、五十二四班义务学校和湖南民众教育馆的分馆设在那里，附近的贫儿，都能沐定王之恩，安心地读书。记者去访问的时候，已经是六点多钟了，而楼上还有琅琅书声，仔细观察，还是几个义校的学生，在留校读书。这么晚了，先生们还是很认真地陪着他们，这种办学精神，实在难得。

更上一层楼，已经到了民众教育馆分馆，两张条桌平列室中，右边有报架，几种报纸，被风吹得卷曲飞舞，有点令人想到七月半烧包的样子。

分馆的负责人杜耀玑先生，正在清点图书，一本一本地仔细检查，那种对事件毫不放松的态度，正表现他的精细，杜先生年纪虽近四十，却还有点少年气概。

图书馆有六七千本书籍，除了供给当地人士来馆阅读以外，还设有书车两架，每日要工人巡行四处，借人阅读，我们常常说中国没有进步，这就是一个大大的进步。以前做民众工作的人，完全是做官，既不熟悉民众的生活情形，更无所谓"深入民众"。现在，处处都能为民众着想，就是备有图书借给人家看，还生怕他路太远了，不能来看，便打发人送上门去。你们想一想，从前有没有这种事？

巡行文库每日可以借出书籍三四十本，借书时并无任何手续，只要你愿意看，就让你借去，借书时约定一个交还的日期，到期还书，绝没有收不回的毛病，不过借出去的书，以小说为最多，而小说中又有不少七侠五义、小五义之类的东西。近年来受剑侠小说影响的儿童特别多，而政府所办的图书馆还以这种书籍求人供读，未免有点那个。

除了图书之外，还设有代写处、问字处。我常常说："生在后一代的人总是幸福的。"譬如现在学校里的童子军，到外面去露营，自炊自食，一切工作，也都操在自己，这是多有独立精神的事，又是多快乐的事；以前的人，连做梦也想不到这种幸福。又如参加运动会，以前的运动服装等都要自备，现在多由团体发给。

早几年不认得字的人，要找谁写封信，不知要费去多少唇舌，现在却设立机关，代人写字了。你想这给予民众的是一个怎样重大的方便呢！

现在的图书馆处，就是以前的望母楼，我们凭窗而望，只有几株随风舞动的绿树和伸在眼前的义校女教员的房子的一角，再向前面一点，便是一道高巍的白粉墙，望母的事，似乎只能在云乡缥缈之间去体会想象而已。从前望母台是一个怎样荒凉的地方，现在却屋宇鳞比了。时代是进化的，一切事业又何尝不是进化的呢？

走下楼来，已经燃了电灯，黄色的灯光，照在红色神帐上，显得十分严肃、凄清，定王的主位，孤零零地躲在神帐里面。丹墀前的楹柱上，本来挂有一副木质对联，可是现在只留有"无暇吊汉景十三王"的对边了。神殿前堆满一架架黝黑的《曾文正公全集》等书的木刻版，现在正在印刷。这个木版是属于中山图书馆的。

除了木版之外，还有许多零碎的东西，直一片横一片地抛掷着，现出十分零落凄伤的样子来。传说定王的后裔曾经流落而成庶民，幸而有光武帝刘秀为他们争光，重整帝业；不知这凋败的古迹，是不是还有人为之重修，以复旧观？

走出神殿，月亮已经出来了，照得这冷清的地方更显得澄清。"烟月不知人事改，夜阑还照深宫！"沧桑的变易无常，昔日的定王看见今日的冷落，该是怎样伤心啊！

天心阁的脚下几个好镜头

佚　名

　　如果你把天心阁当作一位轻盈婉约的女人，那么，她下面的景致，就是那女人一双赤裸雪白的天然足。

　　东轩西轩的玲珑楼阁，就活像那女人一对秋水样媚人的双眸，中轩的幽雅雕梁，就活像那女人一副春柳般淡妆的身段，在那里，也不知留恋过多少登临的游人，于春朝、夏夜、秋初、冬暮的时候，所以，把天心阁比作一位绝色的女人，我想是很恰当的，因为她有点风流少妇的媚态，可是，游人总是忽视天心阁下面的那些佳妙镜头，这也如同欣赏一位名姝，而忘记了她那双肉感的赤脚。

　　南国的炎风，带来了一阵闷死人的暑气，把长沙笼罩在一种窒息的氛围里，白天，一轮红日挂在天空，好像是我们的善邻，在山海关前，轰着强有力的巨炮，人真苦闷得要死了。好容易才等得西山日落黄昏到来，一个个，走马路，游公园，上天心阁，享受初夏晚风所赐予人们的一点凉意，所以这几日晚上，天心阁

151

游人是很拥挤的，但他们都没有发现那下面还有一线歇凉的好地。

当你从天心阁下一排红色的围墙侧面上来，走过二十几步以后，就可看到右角有一条平坦的黄泥路，两旁栽着些青葱的碧树，深灰色的城墙砖，一块一块，带着老态龙钟的形色，他是一位深知世故者，曾看过多少宦海的风波、人事的兴亡、家国的盛衰、英雄的成败，直到现在，他默然了，在夕阳中，在夜月下，一声不语，长静睡着，让青苔遮盖了他的面皮，不看都市一班人的奸巧、虚伪、阴狠、罪恶。树荫下的黄昏是美丽的，何况更加天心阁的淡妆，衬出那金碧辉煌的景色，愈加可爱。我是一个崇拜史蒂文森、罗伯特、卢易时，主张单独散步者，因为身旁有人，就会打断那自由的鉴赏。城墙是很曲折的，转个弯后就到了烈女墓。

烈女墓，是在南大马路对照，有一线石级，可以上下吊古的游人，墓碑写着三个篆字，石栏内，就是那烈女归宿的所在。热天，有慈善堂派来的讲书者，放张桌子，点盏油灯，作一二小时的人心劝导。本来，在烈女墓，讲善者是绝妙的，不过，据说目前的人心日趋于下了，我想这定会辜负那讲书先生的一片婆心与善意。现在晚上烈女墓是冷落了，由那黯淡的碑文就知道烈女墓的憔悴，人生的真义就是这样吧，如今我们不需要预备为千古后人歌颂的烈女，需要一班为民族为国家花木兰、秦良玉样的巾帼英雄，因为我们要与侵略敌人作一次轰轰烈烈的民族战，那么，她们将来的光荣，一定比这烈女墓来得雄壮、伟大。

洋泥砌的电灯柱过后，再转一个弯就看见一个广坪了，这是辟给一班体育家的练习篮球所，左右尽头竖着两块木牌、两个球网，面积虽没有协操坪篮球场的大，设备虽没有青年会健身房的美，但每天喊 pass 的声音，常在游人的耳边溜过。早上，还有一班人，在练习太极拳、八段绵，这是民族复兴的气象，"东亚病夫"的绰号，我们也要洗去了。广坪右面，有一座十九师阵亡将士纪念碑，从这里，还有一条斜直的道路，通国耻纪念亭下，铁丝的围篱，保护着几十株碧绿的大树，这是个清幽的地方，夏夜，有些爱侣，总是跨进内面，谈心款曲，手电光的射临，不知惊碎了多少人的春意，还有些人，拿起口琴，在内面，奏些《凤求凰》的曲子，挑动了少女的情怀，挑动了姑娘的心曲。万物是被陶醉了，除开马路上几声汽车的狂吼外，谁还有一点声气呢，我说音的快感，在任何文艺之上，不然，一首马赛歌，何能激起全法兰西民族，为祖国而战。我是最爱听歌曲的，大街上收音机所发出来的音乐，我是时常驻足倾听，并且，还深愿天心阁负责者，学沪粤的公园，在树梢装几个发音筒，转播一些表现民族精神的曲子，那游人当更感激不浅。

丛林一过了，就是个三岔路口，一面通公园的东门，一面有座十六师阵亡将士纪念碑，通公园的北门，从纪念碑右转，就到了儿童健康公园，在公园外的北角高冈，有座五三纪念亭，是从前抗日会所建立的，内面有块石碑，叙述"五三"惨案的始末，很为详尽，游人走到此地，没有不悲愤填膺的。"五三"惨案以后，"九一八"又把祖国的地图染红了，其他如内外蒙古的一元化、华北五省的特殊化，给我们是何等的大威胁。朋友，要复仇，要雪耻，就在今日，不然，五三纪念亭，也要流泪了。上亭有两条路，左边为气象测候所，白洋漆的木篱，绕着青茵的绿草，风向仪，不住地转动，乡下人往往看了是莫名其妙的，内中还有百叶箱、测云器、雨量计、日照球各一具，以备测量气候的变迁。在长沙，除高农有一个外，就只有此一处，可是，游人总是忽视这气候设备的，往往总是望动物园走去。

　　动物园，位在天心阁下的北端，规模是很狭小的，里面除有一个矮人和几只猴子、松鼠、孔雀、五脚牛以外，并没有稀奇的野兽，比起故都海上的动物园，自不能同日而语。把动物桎梏在一个牢笼，供人们赏玩，这是件多残酷的事，故诗人朱湘曾说过"从前时候，人不怕老虎，老虎也不会咬人"，我想在上古，真的怕莫有这一日，后来，人太残酷了，野兽就起来反抗，可是，弱小的，不依然还是在铁蹄下呻吟吧。

闲游云灵寺

佚　名

云灵寺，它坐落在长沙第十区的一个小小村庄——桃花冲里的东方，别名又叫作桃花庵，是一座有名的古刹。

它——云灵寺——像是个失了时代性的古典派诗人，只静静地躺在那儿沉思，欲创造一部伟大的作品来。而它那圣洁的身心，丝毫没有娇柔伪饰的色彩。

前几天，我抽了个空儿，回家一趟，顺便从桃花冲里经过，访一访云灵寺的风光。

呵呵！我别了一两年的云灵，今天我又投到你的怀里了！

我缓缓地走到云灵寺头，中门已紧紧地闭着，门楣上的"云灵古寺"四个大字，独个儿在发痴。我从侧门踏了进去，禁不住惊疑起来，一切都陌生似的——怎么一个人也没有看见？岂非皆已逃之夭夭了吧？这样的好场所，谁肯舍掉它呢？我沉静了一会儿。墙角窗棂，满布着许多的蛛网；丹墀中，也生了乱草绿苔，间或夹杂些客秋的败叶。唉！我叹了一口气，昔日暮鼓晨钟，谈

155

经说法的深机色相，到今朝，为何剩了这萧条冷落的"样子"？难免不有"今昔之感"咧！

走进中堂，上殿端坐着如来大乘，两旁悄悄地陪立着十八罗汉，张牙露齿，眼睛凸出，怪可怕的。菩萨的身上，蒙了厚厚的灰尘，耗子也从中间来往，营巢产子，或许也是有的。

我在四周走来走去，作一度的巡礼，欲皈依其锡飞杯渡的元道。忽然，从后房中传出咳嗽的声音；我呆立了，凝视着那个所在。顷刻间，走出一位须发斑白的老头子，身着袈裟，伛偻策杖，蹒跚地走了出来。我看他那骷髅似的身躯，有如秋潭老蛟，疑心他是鬼怪！是妖精！我害怕了，这一次可糟糕啦！但事实至此，横竖进退维谷，便硬着胆子，走近了旁边，学着佛家初见的惯例，"阿弥陀佛"叫了一声。我首先问着他："方丈请问法名？"

"避俗为善！"

"请问先生从何而来？"他问。

"从长沙而来，特意拜访上方。"

"不敢当！不敢当！"

于是，他邀了我到后房寒暄，叫一个十二三岁的小沙弥烹茗。我亦开了话匣。

"为善大师！春秋几十？"

"痴长八旬，从八岁便已出家的。"

我听了他这一番话，倒为之拜倒了，像司马长卿害消渴疾的那一流人物，是不能够做到的。

"慈室现有多少和尚？"

"仅只有我和他两人在此住禅，每天燃香膜拜而已。"他指着正在端茶的小沙弥说。

我怀疑起来，这样大的寺观，仅两个人住守难道不怕鬼打吗？不怕偷儿吗？我煞有介事地问他："上方这样大，仅只有方丈一人住守，难道不怕偷儿吗？"

"不！不！哪会有这样的事情，我们的佛菩萨老爷高坐在上堂哩！"

我笑了一笑。

"上方从前有十来桌的人吃饭，为何……"我没有说出来。

他好像已懂得我的话似的，便信口说："说起这些，真有点伤心，待我原原委委地说吧。前两年光霞在此为大和尚，肆意建筑，以逞胸怀，将一大堆的钱，用些于造屋子方面，拉些放在荷包里头。共浪费两三千块钱，而这两三千块钱，将从何处来呢？没有法子，只好今日向佃户加佃，明日向佃户苛租，以致积银一天一天地加重，而寺中的生活，也一天一天地困窘。客岁不是在新正那里卖掉了十八石田嘛，卖给一个姓李的科长，有六七千元的代价，才偿清了一些债户，敝寺仅有几十石田，现在既卖了一十八石，所剩尚有若干？加之，每年还有什么祠庙产……捐款，试问一大批的和尚在此有什么东西可吃呢？当真念经饱腹吗……"

为善大师说到此，他那如风干后橙子皮似的面庞上，已有晶莹的泪珠。他倚着禅杖站立着："先生！我们去看光霞和尚所经营的房子吧！"

他走头，做我的向导，折而向南，经两间经堂，过几个天井，再过一条甬道，便到了那里。

"先生！你看这是多么的富丽堂皇。"我一看，果然话不空谈，如一些洋房子式的，结构轩敞宏大。他再带我上楼，楼上的确也不错，布置也精致，壁上挂了些剥蚀的字画。

"先生！这个好地方，热天可以避暑，冬天又不酷寒，只有他一人享受这种清福，分得我们一点企想也没有。即他吃的一切，比我们都要好。"

"光霞和尚现在到何处去了？"我问。

"他现在的住址，我不知道，他的荷包里已装得满满的，何必再要出家，去年他因吞款子的事情，被别人控诉了，并且，遭有缧绁之灾，佃户等人，个个称快，先生你知道不？"

"我不曾听过。"

他接着又说："后来他因与文某有知交，才将他保了出了囹圄，但他的威风已大大地挫了。"

我望着为善大师说了这些话，略有愤慨的表情，以手捻着腮下的胡须默想。

在楼上勾留了一刻，便又转到后面的院子里，藤萝野蔓，漫地攀爬，显然已好久未经人工的修理了。还有假山水沼点缀其间，假山有些坍塌了，沼里的水，清可鉴发，不时有两只青蛙戏弄水藻，我想，这多半是洗"俗"之池吧。

院子后一座峭直的山，满植着松柏，嘤嘤的山鸟，叫得怪好听的，据为善大师说，此山是这寺的来龙，他那风水的眼光，指手画脚，何处转头，何处脱穴……如何如何的逼真，而我只"洗耳恭听"，其实不知龙脉在啥地方，也不晓得龙脉是些什么家伙。

我看了这幽雅深邃的情景，不觉"流连忘返"了，使心中生了莫名的感想。

太阳已渐渐地沉入西山的一翼支脉之下，暮色行将笼罩下来，我拜别了为善大师，匆匆踏上归途。

巧夺天工的容园

佚 名

　　春天，风一起，大地便酥软了，阴浓的树木，娇艳的花草卷覆着世界的缺陷。

　　市民们，卷踞在都市的角落里，打打牌，扯扯谈，风从窗户间袭进来，吹入他们的心。他们的心是荡漾的，有点愁，似乎又有一点活跃。

　　市外总是寥廓的吧？于是他们都想出游。

　　包围在长沙附近的有一块美丽的土地，以使他们心旷神怡的，一块是岳麓山，一块是容园。

　　容园，从前叫作桃园，是何主席的别墅，也可以说是何主席"思政"的地方，现在开放了以供市民游览，大约也是与民同乐之意。

　　容园建筑在小吴门外，离城约有两里之遥，那里，有奇艳的花，有丛茂的树，有精致的小舍，碧静的池沼，同时也有各种奇异的禽兽，那花木，那树林，那小舍，那池沼，那奇异的禽兽，布置得很有丘壑，叫游人们"读"了，似乎都有一点"巧夺天工"之感。可是，实际上，据说都是出于广雅校长陈熹先生的手笔与心裁。

由小吴门外用七分钱乘公共汽车在十几分钟可以达到，马路两旁的"有心栽柳"已快要成荫了。

头门，随着时代进化富丽堂皇，古色古香的宫殿式的建筑。

头门内空坪从前都是一些杂花，现在是一片如茵的绿草地。

满园都可以开放，唯有正中那三间西式中国洋房没有开放，里面布置得很精雅，据说那便是何主席自己游憩之所，游人打那儿经过，颇有点栏外行人之感。

左边，都是桃林，桃花已经萎谢，满园都是阴森森的，连小径都不方便看见日光，桃丛中有一口塘，水色碧惨的，仿佛一个哲学家的脑髓，看着桃林，看着池沼，你不会忘情"柳塘春水漫，花坞夕阳迟"那一联名句吧？何况池中还有一对灰色的鹤伸着颈项在供给你一点诗材！

桃林的对面，有一个小茶肆，名字叫什么，碧茵室，陈设非常雅致，点心也颇丰富，足下"肚子"（长沙腔）饿了，腿子倦了，顶好到那儿休息休息，喝点茶，吃点面食水果，价钱并不贵，只要你袋子里有一个"大拾"便够摆架子。

园右，比较花头多，有点"小桥流水人家"的景象，路径也宽阔一点，最令人流连的第一要算是那几丛竹林中的小径，第二要算是土堆上那几个亭子，第三要算是笼中那两只灵活的猴子，行在竹林的小径上，你会呻着："我亦有亭深竹里，也思归去听秋声。"站在亭子中望着园里的幽静设备，望着园外那广阔的田野，你一定说："有这样幽静的环境才可以养成一种廉明的人格，有这样广阔的平原才可以养成一种阔大的胸襟。"看见猴子，那种机警的动作你未始也不想恩及禽兽吧！

　　游的人，以学生占最多数，几个小学校都在这里作短足旅行。其余如红红绿绿的小姐太太、着长短制服的公务员、大腹便便的商人亦为数不少。

玉泉山杂写

佚　名

一

　　写下"玉泉山"三个字，心儿就一阵跳，我要是说菩萨的坏话呢，又怕遭雷打，我要是说菩萨的好话，天哪！我的良心怎么会允许呢？

　　玉泉山的生意真好，在长沙，无论哪家菩萨店，都没有如此香火之盛，每逢初一十五，那些善男信女，跪拜于菩萨之前，更是多得不可数计，尤可怪者，摩登太太、西装老爷也卜吉凶祸福于香炉之前，所以每与方丈或借神谋生的人谈及，他们都说："你们读书人不信菩萨，为什么许多学问最好的人又礼经拜佛呢？"这样一来倒使我无话可说，而玉泉山之香烟缭绕，恐怕这也是一大原因吧！所谓菩萨，是被一切人认为慈善的，所以庙的四周，遍悬"慈航普度""有求必应""恩同再造"等歌功颂德的匾额，骨子里菩萨之危害社会，一般愚民不容易知道，而表面上看，菩萨确有善心，因为以玉泉山一庙之微，而间接或直接养活的人，在四五百以上，你留神观察，玉泉街、黄泥街一带，专售香烛钱纸以方便敬神者的店子，在二十家以上，而摆在庙坪里的香烟摊、水果摊、米粉摊，又逾数十起，更有许多手艺落后、年龄老大被理发店挤出来而无处谋生的剃头匠，也有七八个，至于和尚、看庙的人、发签的人，多哉多哉。这许多人，设使没有玉泉山，他们到哪里去谋生，他们睡在床上，午夜思维，不感谢菩萨又感谢谁？

还有，菩萨不仅暗中保佑这些人，菩萨的慈悲心肠，更可怜那些无家可归的汉子，那些汉子也许是了不起的角色，我们虽不知道，菩萨老早洞若观火了，我们看《水浒传》的时候，不是常常看见武松睡在山神庙，林冲歇在土地庙吗？那些好汉，菩萨必得保佑，因此，每到黄昏，有些面目肮脏、身形怪异的角色躺在神殿前，或缩在香案下，那些角色虽被我们认作"造粪机""害群马"，而菩萨也许把他们看作武松、林冲之流，暗中助佑呢！

次之，又有一种人是混迹玉泉山的，什么人，积贼、小偷、拉车人、黄泥贩卖者、无所事事的流氓。他们也蒙菩萨的福，把这里做了一个既不抽头又无危险的赌场，下午七八点钟，他们就开始这种工作：从蜡台上抽出两支蜡烛，插在麻石缝里，用手揩净石上的灰尘，席地而坐，从衣袋里掏出四粒骰子，你两百我三百地赌起来，真够神气！押了以后还要卖，一个眼睛尖、喉咙大的孩子报骰，"天子七""红同九""逼十"真是响彻云霄，好不热闹，他们直要赌到十一二点才散，虽每次的输赢不过几角，即过瘾则一也。

最后一种人便要说到叫花子，叫花子以前真多得吓人，如今警察局把叫花子捉到收容所关起来，以肃市容，所以减少，然而爱自由为人类的天性，谁又愿意走到像牢狱一样的收容所去而不在街上东讨西乞呢！有人说"尝了三年叫花子的生活，就是皇帝也不愿意做了"，以此可知叫花亦有叫花之乐，所以他们对于警察先生的拘捕未免有所规避，那么玉泉山，也仍然有叫花婆、叫花仔出没其间。

在庙里讨钱，较之在旁的地方讨钱当然容易些，其原因十分简单，因为每个敬菩萨向菩萨求签问卦的人，都是有求于菩萨，希望菩萨保佑的人，而叫花子偏偏明白这种心理，开口便说"太太小姐讨个发财钱，菩萨保佑你"，那些人听了这种话，心是非常凉快的，纵然不愿意，也要看在菩萨面上，掏出一个铜板给他，叫花子自然是得其所哉地去了。

此处的叫花子较跑街的有所不同，跑街的人多是无家可归的流浪者，而混迹此处者，并不一定要叫花子才能生活，而是叫花子得几个钱时可以帮助家庭的生活，所以他们的样子并不觉得特讨厌。

二

从黄泥街老远老远就看见"生万家佛"四个字，字体娟秀，当是名家手笔，这是横搁在玉泉山右侧门上的石匾，进去，屋梁口挂满盘香，而香炉里也烟雾缭绕，人面亦为之不清，敬神的人，点了香烛，跪在神坛前，诚心诚意地摇签问卦，偶尔有一根签从签筒里窜出来，便以为是神之所赐，欢欢喜喜跑到兑签处花四个铜板去兑一张签语，签语多是四句，句皆七字，有七言绝诗的神气，然语多庸俗，识字的人，自己看了自己明白，不识字的人，却要再花两个铜板请庙前的测字先生指点指点，敬神的工作于焉完毕。

香炉之后，有古老的格门，"紫竹林中"的横匾挂在门上，被烟熏得墨黑，要走拢去，才知道是光绪二十九年的遗物，格门之内，就光线愁惨，阴森可怕，而一层一层的匾额，也横斜倚卧，灰尘及寸，老鼠屎一粒粒好像豆子，间常也掉几粒下来，打在头上，要不是敬神的人很多，真有些令人生畏了。神殿堂中，有长及一丈宽达两尺的铜烛台，烛台之内，围有短栅，栅内要不是常有烛光，真会一点都不看见了。神台上左有金童，右有玉女，而观音大士则藏在一层一层的红绫帐内，未露半点神容。若有若无地被人侍奉敬仰，也许正是神之所以为神吧！

一条甬道通过神殿，展至庙井，无数求茶求水的人，都在这里舀水，每至热天，握着长柄勺喝水的人，都因这是神水，喝了无灾无难而更多。庙井右边，有幸佛殿，观音老母的庙里为什么总有幸佛，这件事情，我倒不十分清楚。

越过庙井，有一间小房子贴了一张长沙市第一坊第二保办公处的纸条，由这张纸条，令我莫名其妙地想到一所小学，于是左折而进，有观音岩，岩前为屏风所障，仅有佛首之半，越出屏外，大概是观音神像了，神像的对面，就是我所记起的玉泉小学的教室，这个学校，有四级八班，现任校长为胡楚翘先生，胡先生办学很有经验，所以学校日有起色，学生也达两百人，这个学校，可以说完全是玉泉山经营的，学校的一切开支，都由庙方负责，而每年在三千以外，但庙方哪有如许钱财呢？他们的庙产全部开支尚感不足时，即以香资弥补，所谓香资，便是那些善心的太太感谢菩萨的心意，这个数目并不少，大概除了补足学校的支出和庙方工人支出以外，还可年余三四百元，这三四百元，据说作为年修（每年修庙一次），而内部的执事人员，却没有半个薪水，这种帮助菩萨做善事的人，实在也很难得，有些人说"信菩萨的人完全是装假"，我则以为"既装假便已成真"，如果能时时装假，不是时时是真吗？所以信菩萨的人，也无可厚非。

这个庙据说已有数百年的历史，起先并无现在的正殿，是后来才扩充的，庙里最讲究的是森严，所以处处阴暗，而有时管理欠周，卫生方面更少注意，因此住房壁上，还贴着"请勿小便"的条子，要是戏台左右，真臭得令人掩鼻。

庙方的执事，有坐办、总监等名目，而所有的人，皆由值年指挥，值年是由各种有关玉泉山的佛教会团的会员推举，凡会员皆有当选值年的权利，值年的任期一年，不能连任，值年掌管庙产并一切杂务，会员皆有监督之权，所以虽常有借值年之势而中饱的人，但终难逃众目，所以贪污的事较少于政治舞台的伟人。

庙方遇有行善的机会，便做做好事，譬如每到年节，贫苦无依的人，可以在这里得到一升半升米渣，以获一饱，而每遇灾害，他们也怀着善意，漠不相关地念经诵佛，或继续拜签打醮的工作，其行虽愚，其心实在可嘉。

庙宇之坏，并不是坏在本身，而是许多傻子以为菩萨万能，一切都委之菩萨，我以为庙要是废便由它废，让它少害死几个人，则庙宇于社会也未始没有好处。

长沙哟，再见！

郭沫若

春天渐渐苏醒了。

在长沙不知不觉地便滞留了二十二天，认识了不少的友人，吃过了不少的凉薯，游过了三次岳麓山，在渐渐地知道了长沙的好处、不想离开的时候，偏在今天我便要和长沙离别了。

古人说：长沙乃卑湿之地。不错，从岳麓山俯瞰的时候，长沙的确是卑。在街上没有太阳而且下雨的时候，长沙的确是湿。但我在长沙滞留的这二十二天，却是晴天多雨天少，长沙所给予我的印象，并不怎么忧郁。

可不是么？那平淡而有疏落之趣的水陆洲，怕是长沙的最好的特征吧。无论从湘水两岸平看，无论从岳麓山顶俯瞰，那横在湘水中的一只长艇，特别令人醒目。清寒的水气，潇疏的落木，淡淡地点缀着，"潇湘"二字中所含的雅趣，俨然为它所独占了。或者也怕是时季使然吧。假使是在春夏两季之交，绿叶成荫的时候，或许感触又有两样吧。

春天渐渐苏醒了，在渐渐知道了长沙的好处，不想离开的时候，偏在今晚就要离开长沙。

但我在离开长沙之前，却有一个类似无情的告别。

我此去是往武汉的，虽然相隔并不远，但我在最近的时期之内却希望不要再到长沙。

我希望我在年内能够到南京、上海，或者杭州，或者是济南，或者是北平，能够离开长沙愈远便愈好。

待到国难解除了，假使自己尚未成为炮灰，我一定要再到长沙来多吃凉薯。率性就卜居在我所喜欢的水陆洲，怕也是人生的大幸事吧。

春天渐渐苏醒了，我同南来的燕子一样，又要飞向北边。长沙哟，再见！

一九三八年二月二十八日在警报中草此

抗战之城

第四辑

长沙大火[*]

郭沫若

一、撤退——再撤退

搞文化工作的人，平常摇动笔杆和嘴唇的时候，似乎也还能头头是道，但临到艰剧的时候，却是捉襟见肘了。

三厅的从长沙撤退便给予了我们一个很深刻的教训。

首先是我自己毫无应变的才干。平时一切事务上的工作都是靠着朋友们执行的，到了变时，朋友们不能应付，那我就更加束手无策了。

照现在说来，当时就待在长沙，不撤退也未尝不可以，为什么要那样"庸人自扰"呢？但在当时却谁也不能预料到敌人的行径。敌人在十号占领了岳阳之后，他如要长驱直入，谁也是不能阻挡的。长沙不是连警察都已经撤退了吗？

---

*本文节选自《洪波曲》。

我们的撤退本来是预定的程序，比起任何中央机关来，已经要算是最后的了。十号起交涉火车，没有办法；交涉公路车，也没有办法。十一号清早，张治中本来答应我们可拨六辆卡车备用，然而一直等到半夜，完全成了画饼。于是便不能不下最后决心，自己想办法了。

幸好周副部长在长沙，他知道了我们的困难，才连夜连晚地亲自督率着，制订了一个撤退的计划。

他把人员分成了两部分。一部分的人走路，步行到湘潭。另一部分的人可以到车站上去候火车，据传十二号有火车开出。

行李也分成了两部分。笨重的公物由火车运，轻松的由卡车运。私人行李，每人只准带两件，一律由卡车运。卡车，这时我们又有两部了。在十一号我临时买了一部破卡车，虽然又哑又瞎，但机器还能用，还可以在公路上滚动。在这之外，又把八路军办事处的一部借来帮忙半天。就靠着这三辆卡车，在长沙与下摄司之间，来回搬运，到搬完为止。火车行李由坐火车的人押运，卡车行李由各单位留下负责的人押运。

出发是第二天清早。这一天是孙中山的诞辰，我们在操场上还举行了一个纪念会。周副部长讲了话，并趁着这个机会替走路的人详细地给了行军的指示。他要大家特别注意，因为敌机可能来空袭。行军时不可密接，要保持着相当的间隔，须时时照管空中，万一发现敌机，便须得迅速散开。

周公的计划很周到，指示非常细密，我这里只能记得一个梗概。经他这一部署和指引，纷乱如麻的局面立地生出了条理来，浑混一团的大家的脑筋也立地生出了澄清的感觉。

我对于周公向来是心悦诚服的。他思考事物的周密有如水银泻地，处理问题的敏捷有如电火行空，而他一切都以献身的精神应付，就好像永不疲劳。他可以几天几夜不眠不休，你看他似乎疲劳了，然而一和工作接触，他的全部心身便和上了发条的一样，有条有理地又发挥着规律性的紧张，发出和谐而有力的律吕。

纪念的仪式完毕了。走路的由田寿昌领队，坐火车的由范寿康领队，各自分头出发。行李的处理，由洪深做总提调，并尽可能与两队的人员保持联络。我和少数的人如张肩重、张曙也留在最后，帮忙照料一切。

照道理，我们的撤退，应该可以做到有条不紊的理想的地步了。

二、"风平浪静"

三部卡车在公路上来回搬运，各各来回走了四次左右，天已经黑下来了。

周公在清早给了大家指示之后，还时常到水风井来查看情形。他看到一切是照着计划在进行，行李已经运走了四分之三，在火车站候车的人们虽然还没有动身，但晚上准有车可以出发，他是感觉着可以放心的。九点钟左右，他还同陈诚、张治中们通了电话，探问前方的敌情，都说没有什么动静。特别是张治中，他所说的话，周公还照样转告了我们。

——张文白说："风平浪静，风平浪静！"他接连说了两个"风平浪静"呢。今晚上大概不会出什么岔子了，文白还邀我到他那边去闲谈。

探听了前方的消息，周公算更加放心了。他已经两晚上没有睡觉了。他告别了我们，要回办事处去好好地休息一夜，明天清早动身。

夜境的确是风平浪静的，我们的人是快要走光了，行李也剩不了许多了。忙了一整天的局面，看看是到了终场的时候。长沙师范的校舍毕竟还是宽大。

市面也一样风平浪静。虽然警察撤走了，但在戒严期中，街上早就连人影都没有了。一小部分的党政次要们清早在教育会坪举行总理诞辰纪念大会，原宣布在晚上要火炬游行的，但也没有影响。大概准备没有周到，停止了吧？

肚子饿起来了，清早吃了一顿早粥之后，伙夫们已经跟着出发。中午在街头胡乱吃了一些东西搪塞着，但没有考虑到晚上的事。到了晚上来，却什么也买不到了。

洪深是有准备的。他从外表看来好像是一位粗线条的人，做起工作来很紧张，也很能敢作敢为，不怕得罪朋友，但他同时也很仔细，在猛勇冲锋的时候，好像同时连退路也是考虑到了的。周公这次把他挑选来作为撤退计划的执行人，真要算是适材适所了。他尽管忙了一天，却早买了烧饼来在那儿当晚饭吃。

肚子饿，看着洪老夫子拿着烧饼在啃，似乎比受电刑还要难受。自己感觉着能力实在太差，不仅没有本事照顾别人，竟连自己的衣食住行都照顾不周到了。文化人的可怜相哟！

是要想个办法才行，我悄悄走向那邻接着操场的大厨房去，想找些残羹剩饭来缓和一下肚子里的内乱。

厨房里的电灯还是辉煌着的。但我一进门，立刻便看见了张曙。他已在那儿向碗柜里搜查了。

——什么东西也没有！真是收拾得好干净呢！张曙向我发着

失望的声音。

我也进行着再搜查：假使有些米，我们也可以自己煮些粥吃的。嘴里说着，心里也有些自负：日本生活前后过了二十年，烧火煮饭的这点本领还有。

所有的缸罐都看完了，除掉水缸里还剩着些水之外，一颗米粒、一片菜叶都找不到。伙夫们真是了不起。简直是坚壁清野啦。

但可万幸呵，最后我有了一个大发现！我发现在一只大木桶的底子上还剩下些清早吃剩的残粥。出发时太迫促了，吃了饭没有洗桶。这真是天上掉下来的"曼那"①了。

当然，也还得讲讲卫生，张曙把残粥刮进锅里，我便在灶下生火。

总得有点盐味才行呀，但连盐的残屑也没有。

——呵，皇天不负苦心人！张曙忽然大声叫出，原来他从碗柜顶上一些陈年的废积里面找出了一牙盐姜，那湖南的名物，切得像云母一样的盐姜。姜的本来的红色都已经翻黄了。张曙把来洗干净了，劈了一半给我。

啊，那滚热的稀饭和多么鲜味的盐姜呀！

三、良心的苛责

十二点钟的时候，张曙把放映队第三队的大部分行李押走了。行李就只剩下第三队的一小部分和第四队的全部，另外还有一大

---

① 曼那，《旧约·出埃及记》中所说的天降的食物，原文作 Manna，据推测可能是一种菌类。

桶汽油，只消再来一趟卡车便可以运完了。

这时候，行李已经完全搬出街头。张肩重在外面看守，洪深在里面守着电话，我则时而跑进跑出地两头照看。在火车站候车的人时常有电话来，等了一天，火车都还没有开。但军事上并没有什么消息。

戒严着的、连人影都没有的街头，渐渐有些异样了。有些穿蓝布制服的警备队三五成群地出现。奇妙的是有的人提着洋油桶，有的人又提着小火炉，身上都挂着步枪。在我们搬行李上车的时候，这样的人已经来催过我们。——快点吧，是不是快完了？我们问他们是做什么的？他们不作声，又各自走开了。

一点钟后，立在操场上看见市内有两三处起火，敌人进了城吗？但又听不出枪炮声。洪深所守护的电话失掉了作用，和四处的通话都不灵了。我又到街头去看。这时三五成群的警备队更多了。有的气势汹汹走来干涉我们，问我们是什么机关，有的更不管三七二十一，拿着枪托去撞各家人家的门。我更走出大街去看，三五成群的警备队每隔十家光景便是一队。一样的装束，一样背着枪，提着洋油桶和小火炉。街头的火已经更多了。天心阁都燃起来了。天心阁是长沙城内最高的地方，那儿一起火，便好像是举起了烽火的一样，全城的火柱接一连二地升上。三五成群者更加活跃起来，撞门的撞门，开桶的开桶，都在准备放火。

——你们到底是做什么的？我大胆地喝问着。

——奉命放火！那些人异口同声地回答。

——敌人进了城吗？

——早就杀过汨罗了！

火头愈来愈多，我赶回学校去，洪深也从校内走到街头来了。

我们估计，两部卡车在几分钟内便可以回来，火车站上的人是须得去把他们救出的。我和张肩重便坐上小汽车想赶到车站去叫等车的人赶快回水风井，以便搭卡车逃难。

然而火势齐头爆发，一霎时满城都是大火。通向车站的街道，两边夹成了火巷。我要司机往前冲去，司机几乎要骂起我来了。

——冲！你想做肉弹子！这瓦斯怎经得起大火里一烘，你的车子还不炸？

谁有办法呢？一街都是火海，一街都是人海，一街都是车子海！

放火的人似乎很有计划地为逃难者开了一条路，有那么一条街却没有放火，人和车子就像流水归了槽一样都涌向这儿。车子便立地陷入了重围，只能进，不能退。进，也是像蜗牛一样，慢慢在地面上梭动着。

——糟糕！车站上的人怎么办呢？洪老夫子呢？周公和八路军办事处的人们呢？我就这样各自先走了？

坐在车子上不断地受着良心的苛责。

沿途的情景真是惨目。公路上拥塞着逃难的人，拖儿带女，扛箱抬柜，哭的，叫的，骂的，裹着被条的，背着老年人的，负着伤的，怀着胎的，士兵，难民，杂乱成一片。喇叭不断地在叫，车子不断地在撞，狼狈的情形真是没有方法可以形容。

这样撞了一个半夜，在天亮的时候车子撞到了湘河边上，过河就是下摄司了。河上只有一架渡筏在渡车，连夜不停地。我们的车子接上去的时候是第二百七十九部。

自己是逃出来了，但就好像临阵脱逃，犯了一次大罪的一样，心里老是受着苛责。

周公究竟怎样了呢？洪深怎样了呢？车站上的人怎样了呢？那里面是有乃超和鹿地亘的。假使他们有了什么短长，我为什么却只顾到了我自己？……

四、第三次狼狈

靠着张肩重的奔走，和押运行李先到下摄司的人接上了头。

接着和周公、洪深也陆续见面了。

周公是同叶剑英一道逃出的。八路军办事处已经疏散就绪了，剩下周公和剑英两人打算静静地休息一夜。他们太疲劳了，睡得很熟。在大火中被闹醒了，想从大门出来，停在门外的小汽车却不见了。再折回后门时，后门附近也着了火，两个人两手各提着一只重要的提箱，便从大火中冲出，走到半路上才搭上了我们的一部卡车。

洪深是乘着那部又哑又瞎的破卡车逃出的，剩下的行李已经来不及装车了。他乘在破卡车上，据他说：一手提着铅桶，一手拿着个手电筒，时而打打电筒代替头灯，时而敲敲铅桶代替喇叭。开到半途，卡车抛了锚，便把它丢掉，走路赶来了。

周公十分愤慨。他向来是开朗愉快的脸色，对于任何人，处于任何难局，都绰有余裕的恢宏的风度，在这一次，的确是表示着怒不可遏的神气。汽车不见了，还是小事；长沙烧成那样，不知道烧死了多少伤兵、多少难民，而敌情怎样却是一点也不清楚。这些，我相信，就是使得他不能不愤慨的原因。

他把处理三厅的意见向张肩重指示了一番，于是又拉着我和剑英两人乘着卡车，折回长沙去，想探看一下究竟。

公路上的车子跑完了，逃难的人还在路旁拖着疲倦的脚，但也没有初出长沙时像水破闸门一样的拥挤了。铁路上有一串列车被两个车头拖着，像恐龙的角鳍那样，车外都载满着人，在慢慢地爬。

我们折回到离长沙不远的一段高地上，那儿是有一座关帝庙的，大火正在加紧燃烧。长沙全城笼在一丛火烟里，那火烟的威势好像要把整个的天宇都吞灭。

——看来，敌人是没有进长沙的。周公感慨着说：假如敌人是进了长沙，那一定要穷追的，不会全没有动静。……

再前进也探看不出个所以然来，我们又乘上卡车折回了。沿途收拾了不少三厅的掉队的人。我们发觉，我们的撤退计划的另一部分也意外地失败了。

这一部分的失败，领队的寿昌是不能推卸责任的。

寿昌是长沙人，平时的生活很重纪律，能走路更是有名。

他自加入三厅后，始终都穿军装，马裤上套一双长筒马靴。在厅里每天一清早起来便率领着第六处和附属队的朋友们做早操，早操后再开始办公。对于他的军装和早操，有好些过惯了浪漫生活的朋友在背后还说过一些闲话。

其实能这样整军经武，作为一个文化人，用以矫正文弱的积习，倒是值得称赞的。因此在撤出长沙时把步行的队伍让他领率，大家都觉得他能胜任。临行时他的气宇很轩昂，也充分表示着他有胜任的自觉。

然而文化人的积习毕竟太深，尽管有全身的戎装和马靴也管勒不住。孙中山诞辰那一天，天气很好。队伍一出城，一和大自然的风光接触，于是文人气习便解脱了羁绊。据说，沿途都在游山玩水，遇到有什么风景好的地方，便停下来流连流连，或绕道去迁就迁就。有的人又喜欢照相，第六处的摄影同志随处在拍照，以留纪念。就这样，一个队伍弄得五零四散了。

这一失败，严格地说，比大火中的狼狈还要厉害。有好些走散了的人，或者跑进了湘潭城，或者待在沿途的农家里，费了九牛二虎之力，一直到了第三天，才把他们收集齐了。

坐火车的一批是十三日的晚上才到达下摄司的，他们的遭遇又是另一种狼狈的情形。

据乃超告诉我，火车是在大火当中才开出来的。开车的时候有好些伤兵在车站上打滚儿，想爬上车，但没有办法搭载。车由两个车头拖着，爬得很慢，有的地方两边两岸都是火，车就从那火巷中爬出。坐在车上的人，只好把头埋着，连脸都炘得不能忍耐了。一车子的炮弹和汽油，幸亏没有爆炸。长沙车站丢满了东西，我们的笨重公物，不用说也全丢掉了。

五、收容和整顿

十四日那一天就停在下摄司，费了整天的工夫从事人员的收容和行李的整顿。

这一天的工作也全靠着周公的指挥和调度，从再度的混乱中又整理出了一个眉目。

我们的确是打了一次大败仗，不是败于敌人，而是败于自己。

洪深是受了嘉奖的，他有应变之才，能胜任繁剧。周公又指定他作为计划的执行人。他执行得也颇有快刀斩乱麻的风味。当其整顿行李的时候，他把各处科的好些公物一火而焚了。私人的行李也限制极严，决不容许超过两件，也决不容许超过斤两。后来有好些人批评他、怨恨他，说他毁弃了不少重要的东西。甚至于还有人这样说：那样的整理法，谁又整理不来？但这些闲话都不过是哥伦布的鸡蛋而已。

要在事后来说话，人人都可以做诸葛亮。你尽可以说，连从长沙撤退这件事，整个都是多事。因为敌人根本没有进长沙。但在当时谁能预料呢？当时的情势，一切都是天变地异。敌人要来，随时都可以长驱直入。因此，当机立断，正是当时的要求。假如有聪明的朋友，能在这失败中得到了学习的机会，那倒会是获益不浅的了。

当天也是晴天，时而有敌机飞来侦察，我们的人员便散布在田野里，看着眼前的公路上进行着宏大的车辆展览。真是各种各样的车子都有。小汽车、卡车、炮车、坦克车、指挥车、装甲车，平时所不容易见到的东西都展开在眼前。有载探照灯的，有载高射炮的，也有载着沙发椅的，殷殷洪洪，烈烈轰轰，把公路地皮碾进了心骨，黄尘一直蒙上了公路树的树顶。

为什么敌机不来轰炸？这倒是一件怪事啦。——事情是后来才知道的，在大火后四天，敌人方面没有关于长沙的情报。四天之后，我们去从事长沙善后，他的广播才又开始提到长沙。从这来推测，大约在大火当中敌人的情报网也被烧掉了。这，或许要算是不幸中之一幸吧。

关于周公的汽车，在这儿有一段小小的插话。

在大火中以为失掉了车子，事实上并没有失掉，而是在车上睡觉的司机，一觉醒来看见满城大火，他怕汽油爆炸，便死命开走了。开走后没有办法开回，便只好逃跑了出来。

这真是一部数奇的汽车，在前我们同赴南岳的时候被碰坏一次，这回在大火中受了虚惊，停在下摄司，就在十四日的晚上又真真正正被人偷走了。——偷车的是后勤部的人，偷到了桂林，后来在桂林才被查出。

十五日全体人员到达衡山，和原驻衡山的三厅人员合流。

在衡山住了一夜。十六日的清早在一座很宏阔的庙宇里整队，准备向衡阳出发。这个庙原是第二厅驻扎过的地方，二厅已经撤往衡阳。庙的名字我记不起了，只记得庙前很空阔，有一条宽大的溪水横流，庙里住的是道士。当我们在那儿聚集着等待整队的时候，老道士一人捧了一个小皮箱来献给我。据说是在防空室里捡到的，恐怕是二厅丢下的东西。

我们把小皮箱打开来看了，的确是二厅遗留下来的。那内容的重要可以说是二厅和二厅厅长的全部生命——二厅的关防、官章、厅长杜心如的私章、密码电报若干种、军委会的电报用纸及其他。丢掉了这样重要的东西，假如是在清朝当年是会丢掉脑袋的。衡山隔长沙那么远，而二厅的狼狈情形，竟到了这样的地步。这些东西，后来我们到了衡阳的时候，当然都奉还了。不过我还可以保证，他们一定会把密码电报大大地改编过一道。

整队向衡阳依然是由于交通工具不够，要一部分人走路。在这一次的领队原已决定由黄埔二期的尹伯休来担任，不幸地迟了刻，于是临时又改由洪深担任了。这一次便再没有掉队的情形。受了名誉处分的伯休，是有一半功劳的。他自告奋勇去打前站，打尖宿营，都做得井井有条，真可以说"失败是成功之母"。

六、长沙善后

放火烧长沙，是国民党人在蒋介石指使下所搞的一大功德。他们是想建立一次奇勋，模仿库图索夫的火烧莫斯科，来它一个火烧长沙市。只可惜日本人开玩笑，没有出场来演拿破仑。撒下了一大摊烂污，烧了百多万户人家，更烧死了未有统计的伤病员和老弱病废的市民，到底谁来负责呢？

在行政上的处分是——十八日枪毙了三个人，警备司令酆悌，警备第二团团长徐崑，公安局长文重孚。

长沙人不了解真实情况，颇埋怨省主席张文白。事后有人做了一副对联和匾额来讥讽他，流传得很广。匾额是"张皇失措"，对联是"治湘有方，五大政策一把火；中心何忍，三个人头十万元"。在这里面把"张治中"三个字嵌进去了。"五大政策"记不清楚；"十万元"是国民政府对长沙市民的抚恤金。少得太可怜了。

然而冤有头，债有主，埋怨张文白是找错了对头。张文白和其他的人只是执行了蒋介石的命令而已。据我们后来所得到的确实消息，张文白在十二日上午九时，曾接到蒋介石的密电，要他把长沙全城焚毁。因此关于长沙大火的责任应该由蒋介石来负，连"三个人头"认真说都是冤枉了的。

行政处分只在平息人民的怒气，对于满目疮痍并没有丝毫的裨补。警察是跑光了，省政府的高级人员跑到了沅陵。于是长沙善后这一工作却又意外地落到我们三厅的头上。

十六日我们到达衡阳三塘之后，十七日便奉到命令，要三厅派人火速赴长沙从事善后。这一工作，周公又指派了洪深，要他带领若干得力的人员和两个抗剧队在当晚便赶赴长沙。当大家上卡车的时候，田寿昌自告奋勇，临时参加了。洪与田是大火后最初入长沙的人，掩埋死尸，抚慰居民，安插伤病，恢复交通，实在做了不少的工作。由于工作繁忙，人手不够，十九日又由乃超和我另外带了一批人去支援。这时候的善后办事处是设在财政厅里面的。当我到长沙后的第三天，省政府的各厅才有人从沅陵回来参加工作。民政厅长陶履谦、财政厅长尹任先、建设厅长余籍传、教育厅长朱经农，来财政厅拜会我们。我们倒也感觉到有种说不出的情绪。

陈诚和周公都到长沙来过。陈诚是很得意的，长沙善后由他的"部下"来做了一个开端，当然替他增光不少。周公看见大家做得井井有条，也很愉快。我自己很明白：这些完全是在长沙大火中被他短期训练出来的学生，经过了几天的艰苦锻炼，他的学生们是有些进步了。

流离的人逐渐回来了，从废墟中再建长沙的勇气已被鼓舞了起来，以后的工作便不在我们的范围内了。那得让人民的创造力去自谋发挥；而为了减少摩擦，也得早让那些党老爷们去部署他们的威福。

长沙经过大火，大概烧去了十分之八九，而有趣的是我们住过的水风井却没有烧掉。长沙师范里面我们还存着一大桶汽油，竟依然无恙。这大约是我们走得迟，放火队被阻碍了的缘故吧？

我们是二十六日回三塘的。在这之前，我应平江张发奎之邀，曾偕乃超、寿昌二人去访问过他一次。那是二十四日的事。当晚由张做向导，同去看过一次杨森。那位多子将军送了我们好几根茶树根子的手杖。他谈到地方上有些迷信观音的人在酝酿反战运动，也谈到一些下级政工人员不守纪律，专做特工，一遇紧急，便先行逃跑。仿佛抗战不力就只有那些迷信的地主和特务的政工那样，我们也姑妄听之而已。

但两位将军和我一样都有点奇怪：为什么日本人却停止了进攻？

烽火连天的日子（节选）

茅　盾

十月十日[①]中午，我们到达长沙，达人和她的侄女小胖（这是她的小名）已在车站等候。我们又乘黄包车来到长沙城外白鹅塘一号达人的家，黄子通穿着一件直贡呢的袍子，迎出房来，看风度，一点不像是在外国吃了七年面包的洋博士。寒暄之后，黄子通就问：你们是坐黄包车来的吧，多少车钱？我说了一个数。他叫道，看，又给他们敲竹杠了。接着他就介绍长沙黄包车的特点：身穿长袍，漫天要价，拉车不跑。的确，我们坐上黄包车后车夫并不跑，而是一步一步地走，而且都穿着长袍。子通说，所以长沙的黄包车除了老年人和带行李的旅客，没有人坐。

我把话引到孩子们上学的问题。达人说，长沙的中学是男女分校，我们已经替你们联系了两个，都是名牌中学，亚男去周南女中，阿桑上岳云中学。小胖又对两个学校作了补充介绍。她是

---

① 指 1937 年 10 月 10 日。

185

燕京大学的学生，"流亡"到长沙，暂时在湖南大学借读，等平、津的大学迁来长沙后，她再回校。她对长沙各中学的情形比较熟悉。我说，那么明天我们就去报名。达人道：急什么，休息两天再去吧。我的女儿插嘴道：不是学校已经开学了吗？还是早点去好，免得功课愈脱愈多。又问：还要考试吗？小胖说：大概要考一下。黄子通说：我们已经托人对学校讲过，所谓考试也是做个样子。小胖说：还是准备一下好，周南是比较认真的。

第二天，女儿要作考试的准备，儿子却不愿准备，就由我陪他去岳云中学。果然很顺利，由教务主任问了阿桑几个问题，再让他写一篇作文，就算录取了。这时却发生了一件意想不到的事引起了一点虚惊。在教务主任已经同意我们去办入学手续时，走进来一个剃和尚头的中年男子，他得知我的儿子是新来的学生后，突然指着阿桑的头用浓重的湖南方言说道：这不行！我被弄得莫名其妙。他见我不理会，又一叠声道：这不行！这不行！幸亏教务主任插进来解释道：这位是体育教员，他说令郎的头发不合规定，这里的学生一律剃光头。我看了看儿子的满头黑发，也顾不得征求儿子的同意，连忙说：这个好办，我们现在就去理发馆剃掉。那位体育教员一摆手道：不用去理发馆，学校就能剃，现在就剃。说着一转身就出了门，几分钟后领来一个提着白布小包的理发师。于是我的儿子就在那间办公室里剃起头来，而体育教员站在旁边看着。等到剃光头发，他在我儿子的光头上拍了一下，说了声"好！"就出门扬长而去。后来听孩子说，这位体育教员是行伍出身，大老粗，是训育主任带来的人，而训育主任照例是省党部派来的。

周南女中不同，认认真真考了亚男一上午，这是在我们到达长沙的第四天。不过亚男的功课向来很好，果然下一天学校就通知录取了。当我带着孩子联系学校的时候，达人为孩子们买了棉胎，缝了被褥。第六天一早，我就把亚男也送进了学校。我嘱咐孩子：每周给妈妈写一封信，星期天到黄先生家里去玩。

回到白鹅塘一号，我对黄子通夫妇说：这几天打扰你们了，明天我就回去了。子通跳起来道：这不行，无论如何不行，我已与湖大讲好，请你去湖大做一次讲演，消息已经传出去了，只是这几天看你忙，还没有对你说，你明天就要走，这怎么行！你就是看在我的面子上也要再留几天。我说：实在不敢多耽搁了，我担心上海战局发生变化；不过湖大的讲演我一定去，你看什么时间好？黄子通说：我这就去学校商量，说完拿起雨伞就走了。长沙是个多雨的城市，据说一年有三分之二的日子有雨，我这次到长沙，就没有见过晴天。从黄子通的寓所到岳麓山下的湖南大学要走半个多小时，还要渡过湘江，平时黄子通是坐包车代步，而且那位黄包车夫经他和达人的训练已能"健步如飞"而不再"踱方步"。但今天不是上课的日子，车夫不在，子通就只好自己冒雨走去了。快开晚饭时，他兴冲冲地回来了，进门就喊：办成了，后天下午两点。

黄子通的寓所是独门独院，里面有一栋木结构的二层楼房，子通夫妇住在楼上，楼下住着子通的弟弟（也是一位洋博士）和女仆等。院子另一头是房东家。房子很宽敞。次日下午，我正在楼上子通的书房里准备讲演的提纲，忽听楼下的女仆在叫："沈先生有客。"一会儿达人走上来对我说，一位姓徐的老先生要见你。我走下楼，看见一位皓首老人，两眼炯炯有神。我不认识他，正想发问，他已站起来自我介绍道：我是徐特立。噢，原来是大名鼎鼎的红色教育家！我紧握他的手问：听说您在陕北呀？他说，才回湖南几天，在这里筹备中共驻长沙的办事处[①]，我十分激动，因为徐老是我在抗日战争开始后第一个接触到的以公开身份活动的共产党人，而这样身份的同志已有十年不见了。我们一见如故地畅谈起来：国共合作问题，战争形势，以及到长沙的观感。他问我：你对长沙有什么印象？我说：这几天光顾了孩子上学的事，没有留心观察，但有这样的印象：战争的烽火似乎尚未照亮这里的死水塘，仅仅是积年沉渣泛起几个气泡，染上了一层抗战的色彩。譬如前天我带孩子顺路游览了市内的动物园，使人吃惊的是，在一个铁笼子里竟然关着一个疯子，任游人观赏！真是人畜不分了！徐老说：是呀，何健的十年统治已把湖南变成了地狱！但愿这场战争的烈火能把所有的污垢烧个干净。徐老还谈到文学，极力称赞我的短篇小说《大鼻子的故事》。谈了一小时，我送徐老出大门，临别时我问他：您怎么知道我到了长沙而且住在这里的？徐老微笑道：我有"耳报神"。

湖南大学的讲演如期举行了，听众不少，但我已记不得讲的什么题目了。

1938年1月3日我们到了广州。本来我们不打算在广州逗留，也不想惊动别人，可是在车站上一打听，北上的车票三天之内的都已售完，无奈，只好去找夏衍。夏衍在上海撤退后即来广州复刊《救亡日报》，继续担任主编。他答应帮我买车票，又要我为《救亡日报》写文章。我说，我"脱离"抗战有三个月了，实在无话可说，还是等我到长沙之后再给你写吧。但经不住他的软磨，

---

① 指八路军驻湘通讯处。

最后还是写了一篇杂文《还不够非常》，就我在内地几个城市所见的"和平"景象发一点感想。

过了两天，一个年轻的广东人叶文津给我送来了两张8号的车票。1月8日，又靠叶文津的帮助，我和德沚总算挤上了北上的列车，并且还占到了两个座位。车准时开出南站，可是刚到西站就停下了，说是前面有障碍。这一等就是一天。许多广州旅客都回城里去了，只有我们这样的外江佬仍死守在车厢里。幸而傍晚车又开了，一路上走走停停，挨到12号总算到达长沙。

我们仍寄住在黄子通家里，两个孩子已放寒假，就住在一起。现在需要研究下一步的行动，是带着孩子全家去武汉，还是我一个人先去探一探路？陈达人一家还有德沚都赞成后一方案。达人说：我和德沚有五年不见面了，我是不让她走的。德沚则要求我在汉口先把房子找到。"我们住得起旅馆吗？"她反问我。黄子通的意见是：快过阴历年了，你们旅途上也劳累了，在这里休息几天，等过了年沈先生再去汉口打前站。最后一致通过子通的方案。

既然要在长沙逗留半月之久，我就把生活从"战时"状态改变为"平时"状态——写文章、访友和观察社会。长沙在这三个月中有了触目的变化：大街两侧的墙上贴了大幅的抗战标语和宣传画；打着小旗的女学生募捐队不仅在街上走，而且挨户拜访长沙的深宅大院；书摊上摆着《毛泽东传》《朱德传》这一类的小册子，而且销路很好；挂着棍子的伤兵满街游荡，连宪兵都怕他们三分，戏园子里的观众他们占了三成；敌人飞机来过一次，放过两次空袭警报，因而挖防空洞大为兴盛，除了政府向老百姓收了300万防空捐外，官绅家里都掘了深坑；此外，抗日救亡工作也开展起来，国民党党部的官老爷又摇身一变而为"抗战官"。最后这一条，我未亲眼看见，而是听张天翼讲的。

张天翼是湖南湘乡人，抗战开始，他也像其他许多作家那样"落叶归根"，回了老家。他到长沙已经两个月，参加了当地的一些抗日救亡工作。他和我谈了不少长沙的趣闻逸事，其中就有那样的国民党"抗战官"。我告诉他，生活书店要我去编文学杂志，希望他能为创刊号写点东西，最好是短篇小说，现在大家都写报告文学，小说写得少了，而要办好一个文学刊物，没有小说是不行的。

我在长沙见到的朋友，除了张天翼，还有田汉、孙伏园、王鲁彦、廖沫沙、黄源、常任侠等。田汉和廖沫沙在编长沙新出版的《抗战日报》。16日，以他们这些"外来户"为核心的长沙文艺界还为我举行了一次欢迎茶话会，徐特立也参加了。徐老在茶话会上的即席讲话，有几句给了我深刻的印象，他不赞成青年们离开湖南到陕北去，他认为目前在湖南工作比去陕北更重要。后来，我在写《你往哪里跑？》(即《第一阶段的故事》)的《楔子》的时候，就把徐老这个观点写了进去。

我在长沙还遇到了许杰和朱自清。朱自清是随清华大学迁来长沙的。我们曾渡湘江到岳麓山聚会了一次，还游览了爱晚亭。

在长沙小住时，曾应长沙文化界之请在"银宫"作了一次公开讲演。在讲演的下一天，有一个20多岁的青年来找我，说是昨天听了我的讲演，才打听到我的住址的。他爱好文学，想聆听我的教诲。我以为他是想问问写作方面的问题，或者拿出他的习作让我批改（这是一般的青年文学爱好者常常要求我的）。谁料不是，他与我纵谈了文艺上的诸多问题，从外国的谈到中国的，从古典的谈到现代的，所提的问题很有见地，尤其他对当前的战时文艺发表了甚为精辟的意见。他思路敏捷，许多观点很能与我一致。我不禁惊讶于这个青年人的才气。他觉得抗战以来文艺刊物太少了。我就告诉他，我有意思办一刊物，但须先到汉口去一次才能决定，如果办成了，希望他能支持。他告诉我他是湖南人，但在北平上的大学，抗战开始，才与新婚的夫人回到长沙，现在母亲和姐姐还在北平。他的名字叫李南桌。

在长沙逗留期间，我写了五篇文章，三篇是还《救亡日报》的笔债，一篇是为《少年先锋》创刊号而作，另一篇是我得知钱亦石病逝上海后写的悼念文。《少年先锋》是宋云彬在汉口办的一个儿童刊物，他写信请我担任挂名的主编（另外三个主编是叶圣陶、楼适夷和宋云彬），并且要我为创刊号写一篇文章。

给《救亡日报》的三篇文章，一篇是赞扬当时在文坛上十分活跃的诗歌运动，认为"就文艺的各部门而言，诗歌最能深入广大的民众。这一文艺的武器现在已开始发挥它的威力，它一定还要向前猛进"。我认为当前新诗歌的特点有三：一是步步接近大众化；二是并不注意技巧而技巧自在其中；三是抒情与叙事熔冶为一，不复能分。这篇文章题目叫《这时代的诗歌》，是我在路过广州时读了蒲风、林焕平、黄宁婴、雷石榆等人写的七八本诗集而发的感想。

另一篇投给《救亡日报》的文章叫《第二阶段》，文中我对"第一阶段"的抗战文化工作提出了一些带原则性的意见。文章说："我觉得过去我们把抗战时期文化工作的范围太限于'抗战'，太把题目看死了；我们歌颂我们将士的英勇，我们指斥敌人的凶暴，我们揭发敌人内部的矛盾，掀露出它的'泥腿'来，我们又解说何以我们必得最后的胜利，——我们做得很多，而且很好，但是太粘了'抗战'二字'死做'，现在有人慨叹于抗战刊物内容之'差不多'，我觉得这'差不多'的病源未始不在太粘住了题目。"文章又说："文化工作的部门是众多的，有些部门的性质，似乎离抗战的需要很远，如果固执地要求此等部门的专门研究者以其所学来服务于抗战，未免为难。时代要求我们把力量贡献于抗战，但这并非说除了直接拥护抗战的工作而外，其他的文化工作就成为多余；直接工作而外，尚有间接者在；即使连间接也不是，但既属文化工作，则虽不切于目前的急需，自有存在的价值。抗战即使延长十年八年，终有结束的一天，而超时代的永久性的学术研究，则将为民族永远实用而享受。我们需要多数文化人从事于目前工作——抢救民族的危亡，但我们也需要有少数的文化人——专门家，埋头于将来的永久的事业。"这篇文章是有感于当时接触到的不少大学教授的烦恼而写的，这些教授虽有满腔报国的热忱，却又为自己所学的专长报国无门而痛苦。

在长沙的日子里

钱军匋

　　"八一三"一声炮响，日寇便大举进攻上海。当时我住在日寇登陆的虹口唐山路，正好首当其冲。这一带的居民都纷纷向苏州河南岸撤退，我当然也是其中之一。不久我就回到了老家浙江的屠甸，住不多时，金山卫日寇又报登陆，在这种情况下，估计故乡的沦陷不出一个月，到那时我们只好再想法他迁。

　　一个天气极其沉闷的傍晚，我们就上了仅有的一艘船，直奔湖州而去。夜色里的风声水声送我们到了袁家汇，住不到一星期，日寇的炮火又向这里扑过来了，破墙上的砖瓦都在炮声中颤抖，我们只得再卷起铺盖，向梅溪、郭吴村一站站撤退，到了安徽的广德，只见广德城里是一盆大火，烧得正旺！我们在一位农民家中的空屋里住了一夜，竟被一批蒙面盗抢劫了，我的棉袍也被抢走。第二天起来，天寒没有衣穿，便向同行的张女士借得女式服装穿上，外面还加上她的女式大衣，战战兢兢地在茫茫的阡陌间拼命赶路。步行了一整天，到了歙县，找到了亲戚，承他好意，送一袭棉袍给我御寒，因为他的身体比我长大得多，棉袍也长大了好些，很不合身，只好临时把袖管卷起缝短，下摆也太长了，翻起来折转缝短，穿着不伦不类的装束再向后面撤退。经过景德镇、鄱阳，想到南昌投同学缪天瑞，渡过了鄱阳湖到达南昌，不料缪天瑞先一天已回温州。没有办法，再租汽车转到长沙。上了汽车之后，途中又有许多惊险的事情苦恼着我们，经过万载、浏阳，天下起大雨来，一直到长沙都没有停止。我有一句诗"一途寒雨入潇湘"，正是路上的写照。

到了长沙，在居之旅社住下，立即到开明书店长沙分店去找刘甫琴，他是经理，一见是我，身上穿着不合身的棉袍，头发胡子又长又乱，面目黝黑，马上出个主意，要我先理发，再洗澡。这件不合身的棉袍也脱下来，按照我的身长袖长重新剪短改缝，随后穿上，就完全是两回事了。接着又去找儿童书局长沙分局经理楼纬春，纬春是楼适夷的胞弟，谈起来彼此都很熟悉。他这个人比较活跃，说定第二天请我吃饭，席设湘春街的李合盛牛肉馆，这是一席从头至尾各道菜都是采用牛身上的东西烹调的，做得非常精美可口。纬春邀了同行刘甫琴之外，还邀请了茅盾、田汉、蒋牧良等人。不料田汉来时，带了七八个朋友一起上楼，纬春一见，眉头一皱，有人便在他的耳际轻声说："田汉为人向来如此，今天带八九个人来还是算少的，多的时候可以带一桌人以上。"纬春听了，只得要菜馆增加一桌，才解决了这个难题。

席间，话题不免谈论抗日，大家都是热血沸腾的人，争先恐后地发表了宏论，其中有人提议在长沙召开一次痛斥日寇暴行、号召群众起来抗日的大会，有人还提出地点可择八角亭的电影院。接着便请演讲的人，立刻有人提出请茅盾担任。茅盾是一个文绉绐的书生，听了要由他出来做演讲，似乎有些犹豫，因为他不善言辞，在大庭广众下作演讲很不习惯，但是国难当头，号召抗战，实在是具有头等神圣意义的壮举，不能推辞，立即欣然同意。就在这个大会召开之前，忽闻郭沫若也到了长沙，于是有人提议请郭沫若也出席演讲。郭沫若对演讲是有天才的，是一位最佳人选，他的形象和声调都是第一流的，气势磅礴，具有鼓动的魅力，讲到激昂慷慨时，声泪俱下，使人的情绪也随着他爽利的动作，一浮一沉地波动，那种激情真是不可一世。会议的发起人马上派人去请郭沫若，郭沫若一口答应。开会那天，首先由茅盾演讲，茅盾带着文学家的风度出现在台上，比之郭沫若，完全两样，是一种静的姿态，庄严得很！他一上台，一种桐乡的口音，震撼着全场，好像是一位教授在讲台上授课，非常仔细地在分析抗日的道理，以及民众的团结、全民抗战的必要性，雄辩地说服了听众，使大家的抗日情绪高涨起来。听讲的大都是略具学识的阶层，大半还是能听懂他的桐乡口音，又因内容和大家所想的非常贴近，演讲一结束，掌声四起，还夹着"打倒日本帝国主义""还我大好河山"的口号。

接着郭沫若上台演讲，他把群众的情绪更推向高潮。郭沫若的嗓音非常大，发声洪亮，起落有致，会场鸦雀无声，更反衬出他的声音铿锵有力，如山间的雷、海上的风，全场上下都听出了神。演讲完了，掌声不绝。第二天报上一再渲染，引来不少热情的人访问，其中就有一位胡萍女士，脸庞长得很是俏丽，她先前是一位电影演员，年纪虽早过二八，但风姿却很婀娜动人，再加上那训练有素的谈吐举止，很得郭沫若的垂青。当时这位胡萍在长沙一家咖啡馆里当招待，郭沫若半戏谑地问："你怎么会步起卓文君的后尘来的？”

"现在国难时期，"胡萍坦然地回答，"凡有利于抗日救国的事，都是应该去做的，更何况自身也要衣食。"郭沫若频频颔首，对胡萍颇有赞美之意，就直言相邀她去武汉工作。当时郭沫若是国民政府军事委员会政治部第三厅厅长，那工作的意义，当然较之间接抗日当女招待更具价值一些。胡萍欣然同意。

留在长沙和张天翼、蒋牧良、魏猛克共同支撑《大众报》的我，为筹措援助款项正乘车前往汉口找郭沫若，恰好碰到胡萍辞去了原来的工作也搭乘这班火车去汉口。胡萍与郭沫若是有约在先的，当然很高兴去接受新职，而我去汉口筹款却并不顺利，原来第三厅的财政状况很拮据，郭沫若爱莫能助，只得打道回长沙，《大众报》就此一筹莫展，陷入了奄奄一息的境地。

就在这个山穷水尽的时候，忽然接到巴金的弟弟李采臣从上海发来电报，告诉我他们准备在广州筹组文化生活出版社广州分社，代他哥哥巴金电请我一起去广州参加这一工作，我接到了这份电报后，就在大雪纷飞中离开长沙，踏着遍地琼瑶的雪去了广州。

一九九四年八月十六日于上海

三至长沙

周立波

第三次到长沙时，正是橘黄时节，马路上和小街上，充塞着卖橘子的小贩，把长沙变成了一座橘子的城市。看了这些橘子，又想起今年洞庭湖流域稻的丰收，知道大自然是宠爱地嘉惠了湖南。但湖南还是不幸。敌机几次狂炸的伤痕还在。在城南，被炸毁的房子的断垣残壁，到处显露着。藩后街整整一条街，化为了一片悲凉的焦土，埋在那些瓦砾之中的人的尸体的奇臭，至今还刺着行人的鼻。艺芳女校、艺芳小学、省立第一职业学校，都被炸得只剩得校门，震破的门墙，被人家用破砖碎瓦填塞着。前两次过长沙时，城内还充满了和平的气象，现在已经披上了战时的褴褛，而且，为了下乡躲飞机，在白天，马路上许多店门都关了。

到了晚上，夜市开始，八角亭一带，热闹逾平时。街头巷尾，充斥着避难的外乡人。在白天，除了避难的外乡人以外，街头巷尾还充满了伤兵。

湖南的伤兵特别多，而伤兵的情况又特别不好。我听到了许

197

多关于伤兵不幸的故事。下面是其中的一个：

有一个右腿被打掉了一边的三等兵，从汉口来长沙，没有及时换药，痛得不能忍耐。大前天他看见一位副官走过他的身边，伤兵表示愿意自己拿出五块钱来，请副官买药。后者说，五块钱不够，叫他再拿出三元，他的全部财产只有九块几角钱，剩下的只有一元零了。但是为了止痛，他是乐意花这八块钱的。实在是太痛了，整天整晚不能休息，不能够动。

副官拿了钱走后，病人等了他一夜不见回来。第二天还是没有消息，他问遍了所有他能问到的伤兵收容所的职员，都对他的询问非常冷淡。于是，这位为国家捐弃了半边腿的下等兵，在前天下午四时左右，从他的包袱里拿出一双很好的袜子和一双很漂亮的绒鞋穿上，然后把刀子埋进了自己的喉管。这一切他都做得这样的平静，刀子进了喉管以后，他也一声没有响，以致病室里所有的人，在他流了一脸盆那么多的血以后才发现他是在自杀。

这个自杀的兵没有死，但是脸色苍白得不像人样，从痛楚的境况里，他走进了更痛楚的境况。有了战场上的创伤以外，又加上了这黑暗的创伤。

第 × 伤兵收容所的黑暗，真正是严重。收容所的主任吞没薪饷，移动的时候，叫伤兵自己花钱坐车子，不雇勤务兵，叫伤兵自己去做事。六块钱一月的伙食，是只有一样青菜的伙食。

热心的人并不是没有，我所知道的城南廖先生家的一位青年医师，就非常尽心地在疗治伤兵。他的私人医院里，常常医好了伤兵。常常有伤兵闻着他的名，自动地走来就医。每天从早晨很早起，一直到深夜，他和他的助手都忙着替伤兵上药，不取诊费。

伤兵管理处和收容所职员，应该以热心的人代替腐败的人。

因为敌机对于学校文化机关的滥炸，现在全长沙城除了四个难童学校以外，再找不出一点学校的影子。所有的大中小学都移往内地各县去了，这种文化的向内迁移，倒并非是不好的现象。从前，湖南的良好的学校都集中于省会，使得那些无力远道就学的人家子弟，都没有机会受到良好的教育。现在不同了。

"我的两个弟弟，一向失学在家，现在因为省里的一个中学移到了我们乡下，他们都有机会读书了。"这是一位女友告诉我的话。

长沙城里找不到一个学生了。从前，长沙街上总是充满了穿布衣的学生男女，现在都不见了，代表他们的，是机关职员和高等的、下层的避难的外乡人。在湖南民众俱乐部寻乐的人，大都不是长沙从前的市民了。从前的市民迁入了乡下或外县，外省人迁入了长沙。这是近代中国的第一次人口大迁移。从前也有过这样的人口大移动，现在的湖南人的祖先，有许多都是从前的福建人和江西人。将来的湖南人，也许有许多将是现在的江浙人和安徽、湖北人的后裔吧。

和人口与文化的迁移相反的一个现象，是报纸和通讯社的发达。依据我的调查，长沙有二十二种报纸：一、《中央日报》；二、《长沙民国日报》；三、《长沙国民晚报》；四、长沙《大公报》；五、《通俗日报》；六、《力报》；七、《衡报》；八、《生报》（日出半张）；九、《观察日报》（小型）；十、《商报》；十一、《晨报》（以上两种现出联合刊）；十二、《湖南星报》；十三、《市民日报》；十四、《长沙工报》；十五、《湖南妇女日报》；十六、《正中日报》；十七、《全民日报》；十八、《新闻晚报》；十九、《天风日报》；二十、《长沙晚报》（以上两种现出小型联合刊）；二十一、《卡麦斯》（小型）；

二十二、《楚三报》（小型）。我的调查，也许还有遗漏。但是这个数目已经足以惊人。一个省会竟有这样多的报纸，也算罕见了。长沙的报纸很贵，一份小型晚报，在汉口只要一分钱，在这里要卖三分钱。而这许多报纸，除了《观察日报》《力报》和几种党政机关报以外，大都没有了不得的特色。

据朋友告诉我，长沙的通讯社，登记过的有八十多家，现在还发稿的也有近二十家。下面是现在在长沙比较活跃的几家通讯社：中央、潭州、大陆、新湘、洞庭、湖南通讯、试试、星星、湖南新闻社、毅文、企予、三余、岳麓、求是。

机关多，首脑多，原是中国政治机构的大毛病，湖南文化界简单地复写了这个大毛病。我们希望在这伟大的抗战火炉中，对这个大毛病，应该设法革掉！

十月七日长沙天心阁

长沙抗战儿童剧团成立大会特写*

易 健

昨天接到了通知，说今天下午两点钟在长沙市青年会召开抗战儿童剧团的成立大会。

我走到会堂时……放紧急警报了，人到处乱窜，想躲到更安全的地方，我也站了起来，然而看看旁边的那几个孩子，却安详镇静地坐着，这班新中国的英雄使我惭愧地重新坐下。

"轰！""各……各""轰！""各……各"，炸弹、高射枪炮的响声，把坚固的房子都震动了。

解除警报已经是四点多了，正准备回去，但在会堂的门首，碰见了儿童剧团的主席。

"喂，先生！别忙着走啊！我们还是要开会的哩。"

他拉着我进了会场。一进门，最令人惹眼的，是一群天真活泼的小朋友们，在唱着救亡歌曲，四十多个座位，已经坐满了一

---

*本文有删节。

大半。

在敌机猛烈的轰炸后，他们还是毫不畏惧到会。这种勇敢的精神，在长沙，不，在中国，或许是难得的吧。

在这一群孩子们里面，有一部分是从战区里逃出来的，有的失去了家，有的失去了爹娘。当我亲切地问着他们的时候，有些竟悲痛得要哭了。

小朋友不断地来了，有男的也有女的，有难民也有学生，在以前是素不相识，然而现在却亲爱得跟兄弟一样。

"各位小朋友，站起来吧。"主席用着宏亮的嗓音说，"现在我们就开会了，请大家唱《义勇军进行曲》。"

"起来！不愿做奴隶的人们……"歌声在空中雄壮地震荡着，传遍了整个青年会，很多人都到窗子外面围观了，脸上充满了惊喜。"各位亲爱的小朋友！"主席田海男在致开会辞了，"今天我感觉太高兴了，在敌机这样厉害的轰炸后，我料想不到会到这样多的人。敌人的空袭非但没有使我们分散，反而使我们团结得更紧。……"孩子们都注意地听着。

"……我们是中国人，当然也要尽一点救国的责任，我们要在后方做救国的工作，我们要帮助战区里的小朋友们。你们知道吗？他们有的遭了敌人的残杀，有的竟被敌人一船船地运回国去，做将来侵略我们的先锋……"孩子们更加聚精会神地听着。

"……我们要帮助他们，要用演戏募捐的方法去救济他们……在汉口已经有了孩子剧团。但是，单凭少数的力量是不够的，我们要全中国的小朋友都动员起来……因此，我们首先在长沙，要组织这样的一个团体——那就是'儿童剧团'，大家愿意吗？"

"愿意！""愿意！"孩子们像冲决了堤防的洪水一样怒吼起

来了，这回答是至诚的，出自他们的心底。

休息了一会儿，接着选举，经过大家一致的赞成，结果田海男与陈明当选了正、副团长，以下的各组的人员，也将由小朋友自己担任。接着还讨论了今后的工作。近期的工作是歌咏、宣传和播音。大家都很高兴，此后不会再被大人说"小孩没用"了。

末了举行余兴，很多小朋友自告奋勇地参加。先由陈明和罗娟娟合唱《松花江上》。陈明是一致剧社公演时《最后的吼声》里的主角，今天穿着一件褐色的短衣，圆圆的脸儿，怪聪明的。

罗娟娟有点像陈娟娟，她会唱歌，又会跳舞，我想她将来的成功决不会在陈娟娟之下的。当她唱到"哪年哪月才能回到我那可爱的故乡"的时候，谁不伤心呢！唱完以后，大家都拼命地拍手。跟着，田海男唱了《飘零曲》，叶伟才和许诏光两位小朋友合唱了《儿童战歌》，最后，由主席领导唱《义勇军进行曲》：

"起来！不愿做奴隶的人们……"

当我怀着满腔的热情，望着这一群中国未来主人的背影的时候，我不禁这样说了：

"中国是不会亡的！"

抗战初期的长沙青年会

伏笑雨

青年会是怎样在努力为社会服务，这是每个长沙人亲眼所见的。他们这种精神，使袖手旁观的公子哥儿觉悟起来，使热心事业的人更加努力起来。

自从抗战以来，青年会的工作都是以国家民族的利益为前提，做唤起民众和增强抗战力量的工作，没有干过与抗战无关的事情，它的发起固然在外国，而它的工作事实上则为中国社会服务，确实是中国人的青年会了。

这次青年会的征友，打破了历届的纪录。会费方面，有两万两千余元，人数有两千四百余人……因此群贤毕集，使青年会的力量更加充足，使青年会更加属于社会大众。……

为着求中华民族的独立、自由、平等，和全世界的仇敌战斗，所以他们虽劳而不疲，虽苦而不辞。因为征求会员以后，各方面都有一个新的发展，我特地走访总干事张以藩先生，要他和我谈谈以后的工作，我觉得很有公布的价值。

体格锻炼：体格关系民族的健康，所以"健康唯一"论者竟说庚子之役以后，我们如能注意国民的健康，则今日之国势，决不致衰弱如此。这未免有点偏见，但亦有道理存焉。所以他们健康的首步工作，是普及游泳。游泳的本身固可健身，而在此抗战时期，除了可以自卫外，尚可进攻敌人。我军退出南京时，不会游泳的人大多淹死了。游泳运动之普遍，是很切要的工作，因此青年会预备提早开放游泳池，并且正在水陆洲租地辟一新生游泳场，设有更衣室、休息室、茶水室，雇有专船，供给各界人士游泳，对会员特别优待，希望下月可以实现。……

主持建筑游泳池的是汪强先生，他是青年会的前任总干事，近来测量场地、计划建筑，都亲自经手，其热心实可感佩。

体格检查、防疫注射和种痘，曾于上周举行，参加的很多，由名医刘南山、张炳瑞、谢葆灵、萧敬初、蒋祝华等担任检查的工作，使有病的知其病源，善加调养，无病的使之防病。其他如少年健康比赛、运动表演、提倡网球、提倡普遍骑自行车、提倡露营、横渡湘江、爬山竞走、国术表演、跳绳比赛、篮足球比赛、打猎、打靶、乡土体育游戏、踢毽、棒球、风筝、远足等健身运动，都依照季节的需要，有一个周密的计划。更有两件特别的事项，必得在这里提一提：

第一是业余运动会。现在时局如此紧张，谈这不关痛痒的运动会，也许是不合时宜。抗敌固属当前第一要务，而民族健康也一样要提倡，青年会预备在 10 月间举行业余运动会，特别着重于公务员，我们认为是难得的。一个学生做了公务员，便没有机会参加运动，使他的身体在办公室天天消瘦了，若能够给他们一个运动的机会，这于民族于国家实在有帮助。

第二是少年健康比赛。这将在下月举行，学校同学和社会人士，都可以报名参加。由沈克非、张孝骞、刘南山、萧敬初诸氏办理。

从上面这两件事来看，我们知道青年会的一切活动，都在注意"普遍"，都在间接或直接做打击日本帝国主义者的工作。

抗敌宣传：经常的各种讲座，从未间断举行。每周星期五下午是时事讲座，星期六下午七时为学术讲座，各种临时发生之问题，则临时举行特别演讲，多半是注重国防问题的分析，战时专门常识的灌输。至今已九个月，均能按时举行，一以养成守时习惯，一以培植战时技能，所以参加听讲的都表示非常满意。次之即为街头宣传。白雪剧团团员，星期日常常向城郊附近作化装街头宣传，每次出发，都能得到好的收获。有几次因表演得逼真，使观众流了眼泪。最好的一次是5月1日的表演，观众在万人以上。青年会的战时服务团，到乡村宣传，常常第二次去的时候，许多乡下人都找着要他们演说、讲时事。

对国际的宣传，除了提倡组织青年外交促进会、招待外侨和记者，还对各国青年团体写公开信，把日军残暴行为的照片寄到外国去，使世界人士明白中国人是怎样在努力不懈地发动抗战，以及日本帝国主义者在怎样制造残暴的事实。

歌咏队已经办到第三期，毕业的同学很多，而他们又能随时教人，所以抗战歌曲的推行非常顺利。同时，昨天整天举行的少年战歌比赛，参加代表580余人，筹备人为胡然、刘良模、凌安娜、郭可诹、黄浚、朱铁蓉等氏，要以战歌来激发我们广大的力量，争取我们的自由解放。

尚有一件有兴趣的工作在进行中，就是搜集各地的报纸和杂志，供人参阅。以现在的会食堂为书报室，现已进行定报，下月即可先行开始一部分阅报工作。

其他如战事地图展览和比赛、青年问题座谈会等，也是今年的工作。继续出版《长沙青年会会务报告》，使社会人士明了青年会的工作。青年会用了大部分的精力在抗战宣传工作上，长沙的市民，因他们的宣传而觉悟的实在不少。

战时救护：青年会战时服务团组织了一个救护队，现在已编成防护团 11 大队，都由自己做了制服。团员都受过急救训练，每次放警报的时候，无论是日间或午夜，都能由各人的家里跑来集合，准备救护工作，大家都满怀热忱，抱定国家用得着我们时我们都愿努力的决心，因此任何危险艰难，都不避开。过去长沙的四次轰炸，都能尽早赶到，会员的服务精神实在难得。

救济学生：男女青年会合作，设有学生救济委员会，救济难民青年学生，设有信用贷款、特殊教育班，对流亡学生加以短期训练，毕业以后服务伤兵和难民，由救济委员会予以津贴。对长沙市的各学校都有密切联系，青年会举办的各种事项，各校都能踊跃参加。所有青年会的工作，不只限于基督教学校，现在可以说是普遍了，不仅是社会一般人士不把青年会看作外籍人的，就是青年也对青年会有相当的了解。

救济难民：（一）难民生产事业有：1. 难民贩卖队：每人发有制服两套，及同样的帽子、鞋子、袜子，并分发牙粉、肥皂等日用品，使他们的手指、耳朵都能时常洗涤，注重卫生。贩卖队的货品，都是国产，价钱公道，纯利约六成，由贩卖人净得，四成作为公积金。如果努力一点的人，每个月可以赚到 20 元，现在是实验时期，不久就要大加扩充。2. 草鞋工场：草鞋机和工作的人员都已经准备好了，在凤凰台难民收容所开始工作，训练难民一种生产的技能，使他们能以此为业。3.洗衣店：正在筹办中。在技术方面，希望能够找到几个经验丰富一点的人，准备下月开始工作。（二）难民教育。有巡回图书柜，各界捐赠的图书很多，轮流到各难民收容所借阅。另设难民讲习所，巡回在各难民所举行讲习，以增强抗战意识。最要紧的是使他们知道这次为什么受苦逃难，使他们不要安于流浪生活，不要弄成一个"乐不思蜀"的现象，而要有打回老家去的决心。还有少年战时服务团主办的难童学校，下周即可开学，其经费完全由小朋友在各处捐来的，里面的校长、主任、教员，都是小朋友自己担任。（三）职业指导。有流亡学生登记、服务训练。前后介绍工作的有 50 余人。

军人服务：关于伤兵的，在四十九标设有伤兵俱乐部，举办各种正当的娱乐比赛，如开运动会，组织参观团，使伤兵服务难民，其最大目标，在使军民合作。所以举行军民联合会，设识字班、时事讲习班，代写书信。有战时服务团团员日夜在四十九标工作，从开战起，到现在整整 8 个月，从未休息。关于此处之经费，在 1000 元以上。近正筹组伤兵工学团，半日读书，半天打麻鞋，以所得帮助难民。次之，即为对驻军的服务，警备旅方面正预备去组织俱乐部，教授战歌，提倡正当娱乐，对过境军队亦曾赠送物品，以示鼓励。

外县服务：预备在湘西沅陵方面设临时服务所，已经仔细观察过，不久即可开始服务。

计划建筑：有许多人以为战事激烈，都市中时有空袭之虞，什么工作都陷停顿中。青年会则不然，他们认为当前时局是稳定的，所以他们从事会内的建设，由一个小机关的建设，进而为大机关建设，再进而为国家的建设，现在预备先在花园内建一座大众化的新式会食堂，腾出现在的会食堂作为阅报室。

少年部的四育运动——这是发展德、智、体、群的，除了抗战歌咏、健康比赛之外，尚有时事测验，少年联谊运动，对少年的培养特别注意。

上述的工作，有些是已经做好了的，有的正在做。做好了的成绩如何，自有公论，没有做好的，他们确实在努力地做。他们都下了一个决心，那便是把青年会所有的一切贡献国家，请一般社会人士以此期望于他们，更希望青年会诸君，不负社会人士的期望。

略记《抗战日报》

廖沫沙

一

我是一九三七年十月回到长沙的。从八月到十月，我从北平到烟台、济南、南京、武汉，经历过平津的炮火和敌人在南京、武汉的轰炸，沿路看到人民群众的苦难和国民党反动军队的腐朽溃败，愤慨非常。

田汉同志回长沙比我稍晚，我见到他时，听他说要出版一种宣传抗战的报纸，我就十分高兴。在报纸出版以前，我常到八路军办事处去看望徐老（徐特立同志是八路军驻湘代表），见他成天奔走和接见来访的人，忙碌异常，而我却等着报纸出版，十分焦急。

有时也跟几个老同学或老朋友如陈润泉（陈宪，已故）到民抗会去看看，见那里也只是聚着许多人，没有什么工作好做，就懒得去了。

二

一九三八年一月，报馆才成立，馆址设在长沙皇仓坪的一个电影院的楼上，报纸的名称，定为《抗战日报》，计划的内容和形式，大体与上海《救亡日报》相类似（当时上海《救亡日报》已经由上海迁广州），作为《救亡日报》的姊妹报出版；内容方面，也是抗日救国的统一战线的报纸，准备多刊载抗战的宣传文章，容纳各党各派的抗日言论；形式也比照《救亡日报》，四开版，每日一张，报头《抗战日报》四个字横列；版面方面，第一版登重要的文章和抗战的要闻，第二、第三版登抗战的宣传文章，第四版登国际新闻。正文用新五号排字。

报纸由田汉同志主编，经费是由大家凑的，主要是得到党的支持；当时国民党湖南省主席是张治中，报馆虽向他请求过津贴，是不是有结果，我已经记不起，但是我记得争取国民党政府的补助，只是为了取得它的公开合法的承认，而不是期望它在经济上真正有什么补助。

三

《抗战日报》是一九三八年一月二十八日创刊。定这一天正式出版，是因为这一天是一九三二年上海"一·二八"抗日战争的纪念日。在创刊号上，田汉同志发表了一篇回忆"一·二八"抗战的文章，其中特别写到参加过上海抗战的张治中，目的是争取与鼓励他积极抗战。

在《抗战日报》发表过文章的人很多，其中给我留下深刻印象的是徐老为《抗战日报》写过好几篇文章，这是很不易得的。当时虽是抗日战争的初期，国民党反动统治表面上容许各党各派参加抗战，实际上却扣得很紧。徐老刚到湖南时，因为敬仰他的人多，还能够公开演讲，偶尔也能在报纸上发表言论，但是这种公开活动的场所和机会愈来愈少。徐老的工作是很忙的，平时也很少写文章，但是为了宣传党的抗日救国的主张，他不仅亲自给《抗战日报》写过好几篇文章，而且还组织其他很多同志为《抗战日报》写稿。

郭沫若先生不久也从武汉来到长沙。他一到长沙，就到报馆来找他的老战友田汉同志。郭老在停留长沙期间，也给《抗战日报》写过几篇文章，对当时的国际形势和抗战形势作了精辟的分析。

《抗战日报》的第一、二、三、四版的篇幅，除国内外要闻以外，每天容纳的文章有一万五六千字，这样多的文章，基本上是依靠外面的投稿。所以每天组织人写稿和处理投来的外稿，任务是很繁重的。处理稿子的人，最初还有王鲁彦和我，但是后来有几个来路不明的人，企图争夺版面的控制权，怂恿王鲁彦出面来无事生非，在报馆闹了一场，他就离开报馆，怠工走了。那时郭老已经和田汉同志到武汉去参加政治部第三厅的工作，报馆编辑部剩下的人，没有几个；有一个时期，主持四个版的编稿工作的，几乎只有罗全平和我两个人，他只管发新闻稿中的战报和要闻，就是第一版，其余各版都归我发稿。因此日以继夜我都是伏在写字台上。

但是在抗战时期，报纸的出版很得到读者的欢迎，不但投稿的人很踊跃（都没有稿费），而且有自动到报馆来帮忙工作的。自动来帮忙工作的人中，有两位一直帮助到报纸停刊（一九三九年初），一位是南开大学学生黄仁宇，另一位是朝鲜同志安炳武。黄仁宇跑外勤采访，安炳武做内勤写稿。此外还有一些青年、少年和热心抗战的妇女自动来帮助工作。所以《抗战日报》也特别开辟了几个专刊，例如《抗战妇女》《抗战青年》《抗战儿童》，等等。《抗战儿童》就是田汉同志的长子田海男主编的。他当时是明德中学的学生。

报纸出版以后，销数不少，而且报纸的内容和形式在当时长沙的报纸中是别开一面。和《抗战日报》具有同样特点的，还有一个《观察日报》，是一些地下党员和进步青年主办的，直接受着省委的领导。这两家报纸是抗战以后湖南报纸中两支突起的异军。也就因为它们是"异军"，国民党反动政府对它们十分厌恶，但又无可奈何。两家报纸也遭遇同样的困难，就是经济奇窘；《观察日报》因为没有白报纸而停版过好几次；《抗战日报》虽没有停刊，但也常常因为没有钱买纸或连借纸都借不到，只好减缩印数。

尽管如此，我们也一直苦撑到七月底，因为长沙遭到敌机的大轰炸，国民党准备放火烧长沙，才在人心慌乱中休刊。

四

《抗战日报》休刊不久，武汉就沦陷敌手，国民党反动集团慌手慌脚，敌人还没有向长沙进兵，他们就一把火把长沙城烧掉了。这时《抗战日报》的工作人员，把一些残余的印刷机和铅字载上木船，沿洞庭湖，溯沅江而上，迁移到湖南省西北角的沅陵。因为那里已定为湖南的战时首府。就在一九三八年底，《抗战日报》又在沅陵复刊。

这次复刊，是完全得到党的支持的，不仅在经费和物资的转运上得到党的支持，而且在人力上也得到党的增援：来参加编辑工作的有周立波、欧阳山、草明，来参加发行工作和印刷工作的，有《新华日报》撤退的几位同志。我也邀集了几位老同学王文秋、彭昭麟、林岳松等先后赶到沅陵。

报纸虽然复刊，但困难的局面不减于长沙时期。经费和其他物质生活的艰苦，不用去提，最重要的是国民党反动政府在政治上的压力逐步加紧。首先是发行上的阻碍，沅陵以外的邮寄几乎是不可能，沅陵城区的发行，也遭遇国民党特务的暗中阻挠。为了在沅陵城区能够多发行几份，不但动员全报馆的人（包括编印两部分的工作人员）都亲自送报给订阅户，而且有时还通过党的地下力量来发行报纸。

有一次，记不清是报纸发表毛主席的《论持久战》还是《论新阶段》，这是通过党的组织，好不容易得到的一篇重要文献，我们的报纸如果不发表，在湖南就没有其他地方能公开发表了。因此我们全文转载。这一天的《抗战日报》，除开我们自己直接分发的份数以外，其余外寄的是一份都寄不出去。

就为了发表这篇文章，国民党的省党部派人来传我去谈话，国民党书记长赖琏亲自盘问了我半个多钟头。大概是他见我穿了一身黄哔叽军服，听我说在郭沫若先生的政治部第三厅任职，才让我走了。

这是在一九三九年初，抗日统一战线的局势还没有完全恶化，国民党反动派还没有下定决心破坏统一战线的时候，还没有动手直接来迫害报纸。

　　但是这样的时日并不长久，在一九三九年的三、四月，我离开沅陵到长沙、桂林不久，《抗战日报》就被压得出不下去了。

　　以后我就再没有回湖南。报纸是什么时候停刊，我也记不清楚。我只记得在当年七、八月到桂林的时候，在《救亡日报》遇到周立波同志，他是在我以后离开沅陵的，那时《抗战日报》已经停刊了。

战时的长沙

蒋梦麟

长沙是个内陆城市。住在长沙的一段时期是我有生以来第一次远离海洋。甚至在留美期间，我也一直住在沿海地区，先在加利福尼亚住了四年，后来又在纽约住了五年。住在内陆城市使我有干燥之感，虽然长沙的气候很潮湿，而且离洞庭湖也不远。我心目中最理想的居所是大平原附近的山区，或者山区附近的平原，但是都不能离海太远。离海过远，我心目中的空间似乎就会被坚实的土地所充塞，觉得身心都不舒畅。

我到达长沙时，清华大学的梅贻琦校长已经先到那里。在动乱时期主持一所大学本来就是头痛的事，在战时主持大学校务自然更难，尤其是要三个个性不同、历史各异的大学共同生活，而且三校各有思想不同的教授们，各人有各人的意见。我一面为战局担忧，一面又为战区里或沦陷区里的亲戚朋友担心，我的身体就有点支持不住了。"头痛"不过是一种比喻的说法，但是真正的胃病可使我的精神和体力大受影响。虽然胃病时发，我仍勉强打起精神和梅校长共同负起责任来，幸靠同人的和衷共济，我们才把这条由混杂水手操纵的危舟渡过惊涛骇浪。

联合大学在长沙成立以后，北大、清华、南开三校的学生都陆续来了。有的是从天津搭英国轮船先到香港，然后再搭飞机或粤汉铁路火车来的，有的则由北平搭平汉铁路火车先到汉口，然后转粤汉铁路到长沙。几星期之内，就有 200 名教授和 1000 多名学生齐集在长沙圣经学校了。联合大学租了圣经学校为临时校舍，书籍和实验仪器则是在香港购置运来的。不到两个月，联大就初具规模了。

因为在长沙城内找不到地方，我们就把文学院搬到佛教圣地南岳衡山。我曾经到南岳去过两次，留下许多不可磨灭的回忆。其中一次我和几位朋友曾深入丛山之中畅游三日，途中还曾经过一条山路，明朝末年一位流亡皇帝（永历帝）在 300 年前为逃避清兵追赶曾经走过这条山路。现在路旁还树着一个纪念碑，碑上刻着所有追随他的臣子的名字。在我们经过的一所寺庙里，看见一棵松树，据一位老僧说是永历帝所手植的。说来奇怪，这棵松树竟长得像一位佝偻的老翁，似乎是长途跋涉之后正在那里休息。我们先后在同一条路上走过，而且暂驻在同一寺庙里，为什么？同是为了当北方来的异族入侵，1000 多年来，中国始终为外来侵略所苦。

第一夜我们住宿在方广寺。明朝灭亡以后，一位著名的遗老即曾在方广寺度其余年。那天晚上夜空澄澈，团圞明月在山头冉冉移动，我从来没有看到过这样低、这样近的月亮，好像一伸手就可以触到它这张笑脸。

第二夜我们住在接近南岳极峰的一个寺院里。山峰的顶端有清泉汩汩流出，泉旁有个火神庙。这个庙颇足代表中国通俗的想法，我们一向认为火旁边随时预备着水，因为水可以克火。

第二天早晨，我们在这火神庙附近看到了日出奇观，太阳从云海里冉冉升起，最先透过云层发出紫色的光辉，接着发出金黄色、粉红和蓝色的光彩，最后浮出云端，像一个金色的鸵鸟蛋躺卧在雪白的天鹅绒垫子上。忽然之间，它分裂为四个金光灿烂的橘子，转瞬之间却又复合为一个大火球。接着的一段短暂时刻中，它似乎每秒钟都在变换色彩，很像电影的彩色镜头在转动。一会儿它又暂时停住不动了，四散发射着柔和的金光，最后又变为一个耀目大火球，使我们不得不转移视线。云海中的冰山不见了，平静的云浪也跟着消逝，只剩下一层轻雾笼罩着脚下的山谷。透过轻雾，我们看到缕缕炊烟正在和煦的旭日照耀下袅袅升起。

来南岳朝山进香的人络绎于途，有的香客还是从几百里之外步行来的。男女老幼，贫贱富贵，都来向菩萨顶礼膜拜。

长沙是湖南的省会，湖南是著名的鱼米之乡，所产稻米养活了全省人口以外，还可以供应省外几百万人的食用。湘江里最多的是鱼、虾、鳝、鳗和甲鱼，省内所产橘子和柿子鲜红艳丽，贫富咸宜的豆腐洁白匀净如浓缩的牛奶。唯一的缺点是湿气太重，一年之中雨天和阴天远较晴天为多。

我每次坐飞机由长沙起飞时，总会想到海龙王的水晶宫。我的头上有悠悠白云，脚下则是轻纱样的薄雾笼罩着全城，正像一层蛋白围绕着蛋黄。再向上升更有一层云挡住了阳光。在长沙天空飞行终逃不了层层遮盖的云。

湖南人的身体健壮，个性刚强，而且刻苦耐劳，他们尚武好斗，一言不合就彼此骂起来，甚至动拳头。公路车站上，我们常常看到"不要开口骂人，不要动手打人"的标语。人力车夫在街上慢吞吞像散步，绝不肯拔步飞奔。如果你要他跑得快一点，他准会告诉你"你老下来拉吧——我倒要看看你老怎么个跑法"。湖南人的性子固然急，但行动却不和脾气相同，一个人脾气的缓急和行动的快慢可见并不一致的，湖南人拉黄包车就是一个例子。

他们很爽直，也很真挚，但是脾气固执，不容易受别人意见的影响。他们要么就是你的朋友，要么就是你的敌人，没有折中的余地。他们是很出色的军人，所以有"无湘不成军"的说法。曾国藩在清同治三年（1864年）击败太平军，就是靠他的湘军。现在的军队里，差不多各单位都有湖南人，湖南是中国的斯巴达。

抗战期间，日本人曾三度进犯长沙而连遭三次大败。老百姓在枪林弹雨中协助国军抗敌，伤亡惨重。

在长沙我们不断有上海战事的消息。国军以血肉之躯抵御日军的火海和弹雨，使敌人无法越过国军防线达三月之久。后来国军为避免继续作无谓的牺牲，终于撤出上海。敌军接着包围南京，首都人民开始全面撤退，千千万万的人沿公路拥至长沙。卡车、轿车成群结队到达，长沙忽然之间挤满了难民。从南京撤出的政府部门，有的迁至长沙，有的则迁到汉口。

日军不久进入南京，士兵兽性大发。许多妇女被轮奸杀死，无辜百姓在逃难时遭到日军机枪任意扫射。日军在南京的暴行，将在人类历史上永远留下不可磨灭的污点。

新年里，日军溯江进逼南昌。中国军队结集在汉口附近，日军则似有进窥长沙模样。湖南省会已随时有受到敌人攻击的危险。我飞到汉口，想探探政府对联大续迁内地的意见。我先去看教育部陈立夫部长，他建议我最好还是去看总司令本人。因此我就去谒见委员长了。他赞成把联大再往西迁，我建议迁往昆明，因为那里可以经滇越铁路与海运衔接。他马上表示同意，并且提议应先派人到昆明勘寻校址。

民国二十七年（1938 年）正月就在准备搬迁中过去了。书籍和科学仪器都装了箱，卡车和汽油也买了。2 月间，准备工作已经大致完成，我从长沙飞到香港，然后搭法国邮船到越南的海防。我从海防搭火车到法属越南首府河内，再由河内乘滇越铁路火车，经过崇山峻岭而达昆明。

一路挤到武昌[*]

张恨水

　　长沙之为瓦砾堆，自早在吾人想象中。既下车，穿堆墙残砌，行入一冷巷，是为东正街罗祖殿。前后百十幢房屋，尚相当完好。吾人投一旅馆，得一楼房。虽形势犹存，有窗而无门，有榻而无案。尚幸索得火盆一具，可以围火，此间旅店制，颇具特别意味。客饭每餐八百，房租奉赠，如不饭于此，房租则索一千二百元。吾人打如意算盘，愿饭于此。食时，则十余人一桌，仅菜六碗，白菜豆腐，且居其三。食后大笑，几不知此如意算盘谁属也。是夕，细雨，寒气甚重。同人均欲一观劫后长沙，携灯往探最著名之八角亭。至则临时房屋，亦如炸后重庆之小梁子。唯其矮小之房屋，各门一八字大门，不复置街窗，亦属别有风味者。电灯犹去恢复之期尚早，利用一切照明器具，则甚于重庆停电之夜，如煤油灯，菜油灯，土蜡烛，即为渝市所仅见也。一般物价，与衡

＊本文节选自《东行小简》。

阳若，交通除火车汽车外，有小轮通常德，汉口。但下行船，例拥挤于军事第一条件下。小轮至汉，统舱二万元，房舱倍之，顺利行四日，遇风浪顺延，行六七日亦恒事也。火车例每日售武昌票二十张，依登记换购票证，缴半价，再由购票换票，须行三次手续。车站无站，于瓦砾场外一破屋中，破墙为洞，缓行其事。登记人夜半而往，张伞缩顶，排立风雨中，且往往扑空。实则熟于此道者，可不必如此，以一万元或二万元代价可得黑票。更有黠者，即此道亦属可免。候车于修理厂开来时，一拥而上，好在无次不挤，亦无人检票阻拦。既得一席，无论有票旅客如何叫骂，决置之不理。但勿占有号码者位置，可不至闹至站长台前，自可冒滥于车厢中。车行矣，大关即过。如无人发觉，即不费一文，发觉矣，充其量补票耳。价不过五千余元，较之以二万元得黑票，其便宜如何。

吾人廿三日夜半至站，冒微雪立废墟中两小时，小儿冻至哀号，意固在免登车拥挤。不知车到站时，即为上述之黠者抢先，至令同人全由小如狗窦之车厨中钻入。幸同人力争，两板凳上人，以无票而相让。但于凳头立一人，膝撑余腰，行李堆上又坐一人，身压余背。急呼站上人，但彼来时，仅佯呼"查票查票，无票下车"。车中人均答以有票，即悄然而去。其怠荒不负责任，非黑市有以致之，吾不信也。由长沙以北，路基较好，车行顺利，沿途时见俘房工作站上，似甚守秩序，全面视车中人，惶然流汗。四时抵岳阳，又拥上无票之客人无数，仅两车厢衔接之挂钩旁，即堆挤数人，有一人且手攀窗而立于车壁外。黄昏到临湘，同人均宿车上，不敢行，唯由妇孺下车觅食宿处。车站去县城三华里，站上客店，均临时支盖，简陋不可名状，无足述者。站后半里，即柴草编支之日俘集中营，可遥见日俘出入。站上日俘，亦频频往来，但为工于铁路者，倒得自由，其来稍久者间能操当地土话，坐于冷酒馆中吸纸烟吃煮面。余曾衣余二十年之老伴大衣，入屋购落花生。日俘以为官也，起笑而敬礼。余虽怜之，又复鄙之。盖闻此间人言，老东杀人如麻，捕得吾同胞，不杀，以长钉钉入脑顶，使其惨叫而死，同在此一地，何前倨而后恭也？国不可亡，同胞勉乎哉？廿四日夜半，妇孺燃烛入车，勉可就坐，回视前后，两车厢，已客满矣。是日之挤，自无待赘言。过汀泗桥羊楼司诸名战场，均以车厢过挤，无兴赏鉴。下午三时半抵武昌总站。以汽油耗尽，停车候油，旅客不能耐，一一下车，由此穿武昌城而往汉阳门。

八年的回忆与感想

闻一多

　　说到联大的历史和演变，我们应追溯到长沙临时大学的一段生活。最初，师生们陆续由北平跑出，到长沙聚齐，住在圣经学校里，大家的情绪只是兴奋而已。记得教授们每天晚上吃完饭，大家聚在一间房子里，一边吃着茶，抽着烟，一边看着报纸，研究着地图，谈论着战事和各种问题。有时一个同事新从北方来到，大家更是兴奋地听他的逃难的故事和沿途的消息。大体上说，那时教授们和一般人一样，只有着战争刚爆发时的紧张和愤慨，没有人想到战争是否可以胜利。既然我们被迫得不能不打，只好打了再说。人们只对于保卫某据点的时间的久暂，意见有些出入，然而即使是最悲观的也没有考虑到战事如何结局的问题。那时我们甚至今天还不大知道明天要做什么事。因为学校虽然天天在筹备开学，我们多数人心里却怀着另外一个幻想。我们脑子里装满了欧美现代国家的观念，以为这样的战争一发生，全国都应该动员起来，自然我们自己也不是例外。于是我们有的等着政府的指

224

示：或上前方参加工作，或在后方从事战时的生产，至少也可以在士兵或民众教育上尽点力。事实证明这个幻想终于只是幻想，于是我们的心思便渐渐回到自己岗位上的工作，我们依然得准备教书，教我们过去所教的书。

因为长沙圣经学校校舍的限制，我们文学院是指定在南岳上课的。在这里，我们住的房子也是属于圣经学校的。这些房子是在山腰上，前面在我们脚下是南岳镇，后面往山里走，便是那探索不完的名胜了。

在南岳的生活，现在想起来，真有"恍如隔世"之感。那时物价还没有开始跳涨，只是在微微地波动着罢了。记得大前门纸烟涨到两毛钱一包的时候，大家曾考虑到戒烟的办法。南岳是个偏僻地方，报纸要两三天以后才能看到，世界注意不到我们，我们也就渐渐不大注意世界了，于是在有规则性的上课与逛山的日程中，大家的生活又慢慢安定下来。半辈子的生活方式，究竟不容易改掉，暂时的扰动，只能使它表面上起点变化，机会一来，它还是要恢复常态的。

讲到同学们，我的印象是常有变动，仿佛随时走掉的并不比新来的少，走掉的自然多半是到前线参加实际战争去的。但留下的对于功课多数还是很专心的。

当时大家争执得颇为热烈的倒是应否实施战时教育的问题。同学中一部分觉得应该有一种有别于平时的战时教育，包括打靶、下乡宣传之类。教授大都与政府的看法相同：认为我们应该努力研究，以待将来建国之用，何况学生受了训，不见得比大兵打得更好，因为那时的中国军队确乎打得不坏。结果是两派人各行其是，愿意参加战争的上了前线，不愿意的依然留在学校里读书。

这一来，学校里的教育便变得单纯地为教育而教育，也就是完全与抗战脱节的教育。在这里，我们应该注意：并不是全体学生都主张战时教育而全体教授都主张平时教育，前面说过，教授们也曾经等待过征调，只因征调没有消息，他们才回头来安心教书的。有些人还到南京或武汉去向政府投效过，结果自然都败兴而返。至于在学校里，他们最多的人并不积极反对参加点配合抗战的课程，但一则教育部没有明确的指示，二则学校教育一向与现实生活脱节，要他们炮声一响马上就把教育和现实配合起来，又叫他们如何下手呢？

武汉情势日渐危急，长沙的轰炸日益加剧，学校决定西迁了。一部分男同学组织了步行团，打算从湖南经贵州走到云南。那一次参加步行团的教授除我之外，还有黄子坚、袁复礼、李继侗、曾昭抢等先生。我们沿途并没有遇到土匪，如外面所传说的。只有一次，走到一个离土匪很近的地方，一夜大家紧张戒备，然而也是一场虚惊而已。

那时候，举国上下都在抗日的紧张情绪中，穷乡僻壤的老百姓也都知道要打日本，所以沿途并没有作什么宣传的必要。同人民接近倒是常有的事，但多数人所注意的还是苗区的风俗习惯、服装、语言和名胜古迹，等等。

在旅途中，同学们的情绪很好，我们只希望到昆明后，有一个能给大家安心读书的环境，大家似乎都不大谈，甚至也不大想政治问题。有时跟辅导团团长为了食宿闹点别扭，也都是很小的事，一般说来，都是很高兴的。

到昆明后，文法学院到蒙自待了半年，蒙自又是一个世外桃源。到蒙自后，抗战的成绩渐渐露出马脚，有些被抗战打了强心针的人，现在，兴奋的情绪不能不因为冷酷的事实而渐渐低了。

在蒙自，吃饭对于我是一件大苦事：第一，我吃菜吃得咸，而云南的菜淡得可怕，叫厨工每餐饭准备一点盐，他每每又忘记，我也懒得多麻烦，于是天天只有忍痛吃淡菜。第二，同桌是一群著名的败北主义者，每到吃饭时必大发其败北主义的理论，指着报纸得意扬扬地说："我说了要败，你看罢！现在怎么样？"他们人多势众，和他们辩论是无用的。

云南的生活当然不如北平舒服。有些人的家还在北平、上海或是香港，他们离家太久，每到暑假当然想回去看看，有的人便在这时一去不返了。

等到新校舍筑成，我们搬回昆明。这中间联大有一段很重要的历史，就是在皖南事变时期，同学们在思想上分成了两个堡垒。那年我正休假，在晋宁县住了一年，所以校内的情形不大清楚，只听说有一部分同学离开了学校，但是后来又陆续回来了。

教授的生活在那时因为物价还没有显著的变化，并没有大变动。交通也比较方便，有的教授还常常回北平去看看家里的人。

一般说来，先生和同学那时都注重学术的研究和学习，并不像现在整天谈政治，谈时事。

《中国之命运》一书的出版，在我个人是一个很重要的关键。我简直被那里面的义和团精神吓一跳，我们的英明领袖原来是这样想法的吗？"五四"给我的影响太深，《中国之命运》公开地向"五四"宣战，我是无论如何受不了的。

大学的课程，甚至教材都要规定，这是陈立夫做了教育部长后才有的现象。这些花样引起了教授中普遍的反感。有一次教育部要重新"审定"教授们的"资格"，教授会中讨论到这问题，许多先生，发言非常愤慨，但，这并不意味着反对国民党的情绪。

联大风气开始改变，应该从三十三年①算起，那一年政府改三月二十九日为青年节，引起了教授和同学们一致的愤慨。抗战期中的青年是大大地进步了，这在"一二·一"运动中，表现得尤其清楚。那几年同学中跑仰光赚钱的固然有，但那究竟是少数，并且这责任归根究底，还应该由政府来负。

这两年来，同学们对学术研究比较冷淡，确是事实，但人们因此而悲观，却是过虑。政治问题诚然是暂时的事，而学术研究是一个长期的工作。有些人主张不应该为了暂时的工作而荒废了永久的事业，初听这说法很有道理，但是暂时的难关通不过，怎能达到那永久的阶段呢？而且政治上了轨道，局势一安定下来，大家自然会回到学术里来的。

这年头越是年青的，越能识大体，博学多能的中年人反而只会挑剔小节，正常青年们昂起头来做人的时候，中年人却在黑暗的淫威面前屈膝了。究竟是谁应该向谁学习？想到这里，我觉得在今天所有的不合理的现象之中，教育，尤其大学教育，是最不合理的。抗战以来八九年教书生活的经验，使我整个地否定了我们的教育，我不知道我还能继续支持这样的生活多久，如果我真是有廉耻的话！

---

① 三十三年，指民国三十三年，即公元 1944 年。

烟火长沙

第五辑

大椿桥的夏夜

谢冰莹

为的是城外清静，便于看书写作，才搬到这贫民窟的大本营——大椿桥来。

在长沙住久了的人，几乎谁都知道，大椿桥虽然距离城市太远，交通不方便，却是长沙的唯一"租界"。一九二九年，红军进城时，各处都受到一点损失，但大椿桥是平安无恙的。论地势，大椿桥的确再好没有了，三面都是山，湘江就横在前面；过去几十步，便是山明水秀的乡村。听说十年前这儿还是一片荒芜的墓地，有一条小溪通湘江，溪上架着一座石桥，这就是大椿桥。

自从有钱的财主们在这儿造了房子以后，到这儿来盖茅棚的，也一天多似一天了。现在大椿桥的居民，除了十分之二是财主，十分之二是小商人外，其余通通是贫无立锥之地的穷人。

我们起初以为人烟稀少的地方，空气一定新鲜，谁知在这儿，却是例外。长萍铁路就在屋后，每天你可听到五次像鬼叫一般的火车驶过，还带来满天的黑烟。如果那时你的眼睛不小心，向上面开了一下，你立刻就会大叫起来，原来煤灰已经来照顾你了。

整天在汽笛声里、煤灰烟里受苦还不算，还要加上推土的独轮车，整天"既喈既喈"不断地从窗口送进来许多灰尘。像北方刮大风的天气一般，一小时不抹，桌上的灰，至少有三分厚；假若你继续坐两个钟头不动，灰尘会把你变成白发翁、黄脸戏子。

还有更讨厌的：一群小流氓，白天在窗外打球，晚上无缘无故地抛小石子进来。几个朋友都劝我们搬家，但一想到大椿桥实在有它的好处，便又不想搬了。

在我们的房子过去两家，住着两个算命瞎子、三个拾煤渣的小孩和卖芝麻糖的福伢子、摆荒货摊的王二、接生婆福嫂子、拉洋车的四麻子，还有一群刚从农村逃荒来的难民，和几个天天被人家唾骂、没有名姓的叫花子。他们有的和猪睡在一块儿，中间只隔几根竹篱；有的一家十多口，住在纵横不到十尺的小茅棚里；有的竟什么都没有，只有一只破碗拿在手里，白天在大街小巷里乞讨，晚上便随便倒在什么茅厕角落里，一觉睡到大天光。

假若你不怕臭、不怕脏、不怕热的话，每天晚上你可跑到他们的茅棚里去谈谈，包管你会得到无限的新知识。比方前天刚从新化逃荒来的谭某，他会告诉你乡里是怎样天干，农民饿死和自杀的，是怎样多得吓人。他说："这些人死了像狗一样，用破席子一卷，便丢到土坑里去了。"又说："从前的农民，到了荒年，大家只晓得抱着空肚子饿死，如今，他们却知道组织一队队的，去到有谷子的人家里吃排排饭①去。"

---

① 成群结队的农民，在天旱时，向地主家里去吃饭，吃完一家，又另去一家，这就叫作吃排排饭，也有只叫吃排饭的。——作者原注

拉洋车的四麻子，他也会告诉你警察是怎样压迫穷人，做阔人的走狗。汽车来了，如果洋车停慢了一脚，立刻就用棍子打个半死。"他妈的，有一次我看见汽车里只有一个司机，警察也向他立正敬礼。哈哈，他妈的臭巴结！"

此外如福伢子、刘瞎子……他们会告诉你许多不同的故事，这些都是你最好的文章材料。

从大椿桥走过去，不到百步，这一带的什么凤鸣园、××园，都是停寄棺材的地方。有时每天都可看到几千人送葬的棺材，吹吹打打地从城内抬来（自然，这些是要人或者次要人的夫人、太夫人，等等），只要不是瞎子，谁都要跑去看一下热闹，但他们看了回来，却又要骂："他妈的，这样阔气，哪里来的钱？"

晚上，黑黝黝的马路上（本来有一盏街灯的，但早已坏了），横一个直一个地躺着许多仅仅挂一条破裤子的男人、小孩。有钱的老爷太太们半夜从戏院回来，如果踢了王二的头，或者践踏了福伢子的脚，她一定恶狠狠地大声骂着："好狗不拦路，这些没有栏关的畜生，真该死！"

这骂声，有时会将你的好梦惊醒。

大椿桥，这就是大椿桥的夏夜。

茶馆中的众生相

严怪愚

喝茶，在南京成为有闲阶级的消遣方法。提起喝茶，我们总忘不了南京的夫子庙。夫子庙，有清唱，有大鼓，有说书。清唱、大鼓、说书的目的，当然是供给士绅先生们除喝茶以外的另外一种娱乐。可是近来到夫子庙去的人，并不是去喝茶，而是欣赏歌女们的酒窝了。

这是世风的转移，世风使南京的士绅们的神经似乎不是一杯浓浓的茶所能沉醉。士绅们所需要的刺激，已经由一杯浓浓的茶转移到肉感的大腿、迷人的笑眼上去了。

然而夫子庙到底也有专门供人喝浓茶的地方，那地方没有清唱，没有大鼓，他们的生意却仍不亚于有清唱有大鼓的歌楼。

我记得最清楚的是飞龙阁。

飞龙阁的规模的宏大，似乎不是我们所能想象得到的。那里，有几百张茶桌，有各色各样的社会相。从早到晚，几百张桌上总是挤满了人，用十六个铜板买一杯清茶，用十几个铜板买一包花生米，从早坐到晚，并没有人来干涉你。

有的在高谈阔论，有的在傲笑狂呼，有的在娓娓耳语，再加上卖报的、卖小食的，以及茶房的叫喊，你简直比处在广大的群众大会中还感觉得热闹。所以，在南京人的心目中，飞龙阁是南京政治变动的总枢纽。

在长沙，也有喝茶风。不过长沙的茶馆不是士绅阶级，不是有闲分子的消遣的地方。长沙的茶馆只不过是劳动阶级的业余休憩处，是无业游民饱肚的地方而已。

这里，我想举出老照壁的徐松泉来做个例子。

徐松泉的老板叫作徐宋申，绰号满胖子，为长沙名人之一，现在已死去多年了。当满胖子时期，生意并不见得怎样好。满胖子死时，甚至于还亏欠六千元的旧账。他死后，全店由后妻经营，后妻年龄不到四十岁，富经济才，几年工夫，便把亡夫六千元的旧账偿清，现在每年可得一两千盈余了。宋申有子名亮彩，为民国十六年湖南工运四大金刚之一，民国十八年被杀了。现在铺子里偶或可以看见一个摩登少奶奶，便是他的未亡之妻。

到徐松泉喝茶的，我已经说过，是那些无业游民同劳动阶级，间或也有几个准士绅之流，拖车子的，工厂的工友，身子疲倦了，市中又没有公共花园供他们休息，肚子饿了，袋子又不允许他们上酒席馆、进咖啡店，于是他们便一个人或邀集几个朋友："到徐松泉去！"进铺子，帽子歪歪地戴着，屈一只脚到凳上，茶房马上便走拢来，问你需要什么："包子乎？瓜子乎？烧饼乎？"茶当然是不要问，只管拿来！

工友的父亲、车夫的父亲，年纪大了，不能上工厂，也不能拉车子，他们成了儿子的寄生虫，枯坐在家里没有事做，阔气的地方去不成，于是也约着几个老朋友，跑到徐松泉来，喝一杯茶，抽一支烟，吃两个包子，以消磨一天的无聊。兴趣来潮的时候，又谈谈隔壁邻舍的琐事，某人的老婆行为不端啦，某某小姐的风流趣事啦，谈得一脸高兴。假如被邻席坐着几个准士绅之流的人听见了，明天马上又可以在小报上看见一段妙章。

小党羽，小流氓，有什么预谋，有什么商讨，在自己家里不方便，由主事人发出命令，定某日某时一齐到茶馆里集会。在人声嘈杂里，边喝着茶，边紧急地谈论着，——等不上几天，长沙市上不是发生小劫案，便是发生拐带案……

还有大街小巷发生了小纠纷，缠不清楚，便得投报区坊保甲，左邻右舍，邀集张家大爹、李家二爷、赵老保、钱甲长，到徐松泉喝茶评理，这便叫"吃讲茶"，这在茶馆里是每天不可少的节目。

劳动分子、流氓、无业游民……都爱惜徐松泉，因为徐松泉的地方集中，价格便宜，食品也还可口。茶每杯六分，包子每个两分，瓜子每碟三分，纸烟每支一分，大合他们的经济条件。一两角钱，便可以坐三四个钟头。徐松泉之所以爱惜劳动分子、流氓，便是他能够由他们那些破旧票中，每年可以赚一两千块钱。

另外，据说徐松泉还有几个特点：

第一，客一上桌，每桌为你送上六支烟来，多退少补。一个人是六支烟，十几人也是六支烟——这大概是他们的习惯做法了。

第二，该店自制的银丝卷与烧饼最为著名，几乎可以与柳德芳的汤圆同时垄断市场。

第三，夏季一来，全店中只有一架大布篷作风扇，扯风扇的立在街上，用力地把绳子一扯，全店里便凉爽爽的。——的确是特别作风。

由喝茶我们想到夫子庙，由夫子庙想到飞龙阁，再由飞龙阁我们便想到徐松泉。徐松泉虽不可以与飞龙阁比，可是在长沙与其他的茶馆比起来，它也许比南京的飞龙阁还要重要，还要著名。

有暇，我请你不妨到小照壁看看，看看徐松泉店里那各种各样的人生。

一九三七年五月三十日

梦里的故乡

田 汉

　　从青年会里别了柳、罗两君，和赶来送行的诸位朋友同到船上时，已经八点钟了。船小人多，房舱又恰在火舱侧边，蒸闷得不堪，一时头上汗如雨下。只得重偕他们上岸，在江边立谈。谈起这半年间的影事，又谈到将来的计划，杂着又说了些笑话。站在江边警戒的兵士、等着接河江生意的车夫、在码头上卖水果的小贩们，听得我们时而笑谈，时而叹息，都睁着好奇的眼睛望着我们。我们谈到差不多要开船的时候，五弟也提着篮子赶了来，我嘱咐他发愤读书，并且要他赶快下乡到妈妈那里去。因为妈妈骤然离了她两个儿子，心里一定寂寞得不堪，何况又在一番人生的悲哀以后呢？我和送行的诸位好友一一握别了，五弟同九叔重又送我上船，船本说晚上九点半钟开，但直到十一点钟才开，所以他们谈到很晚才去。后来汽笛一声，卖水果吃食的人都上了岸，这才听得机声轧轧，轮身打了个大兜转，向湘水下流直驶，一时水声震耳，清风飘衣，蒸闷之气为之一散。这总算真离了长沙了。

我和同行的三弟、叶鼎洛君坐在船边的石凳上，手攀着铁栏，望着夜雾迷茫中的湘水，望着万家灯火的长沙，望着新由云中出来的半圆的明月，像都引动了各人的愁绪，相对无言，这时的情境，正所谓"晚风叹息白浪吼"（The night winds sigh, the breakers roar），我低吟着拜伦的《去国行》（*My native land, good night！*），不觉泪下。

船行极慢，只听得船两边竹打水之声，与报告"四尺五""五尺""五尺一""五尺三"……之声。夜越深，水也越深，风也越冷，他们也不打水尺了。我们劳苦了一天，昏昏思睡，便下到舱里去寻找我梦里的故乡。啊！故乡，当于梦里求之耳！我们去年不是为求故乡而归的吗？去年在南通时，友人左舜生兄劝我们归上海，我们不是厌倦上海的喧嚣，想要到我们的故乡求暂时的安息吗？我不还引着威廉·易慈（William Yeats）[①]《银泥斯瑚理之湖岛》（*The Lake Isle of Innisfree*）的首章：

> 好，去吧，到银泥斯瑚理去，
>
> 到那里去用泥和树枝建一间小屋；
>
> 去栽九块豆子，养一箱蜜蜂，
>
> 独在那蜂声嗡嗡的山径里享人间的清福。

来表示我们的忆乡之情，婉谢他的劝告吗？但我们一回到我们的"银泥斯瑚理"时，才发现我们还是异乡人。我们带的钱，在路上

[①] 威廉·易慈（William Yeats），现通译为叶芝，爱尔兰诗人、剧作家、散文家，爱尔兰文艺复兴运动的领袖。

都用罄了。口称回去，其实无家可归。我们祖上留下来的唯一一栋房子，就是我的诞生地，早已卖给人家去了。我从那所房子面前经过时，几乎不曾哭出来，因为连我小时候攀缘过的那些果树都被新主人砍掉了。我们"上无一尺天，下无一尺地"，却到哪里去找泥和树枝建小屋，更到哪里去栽豆子、养蜜蜂呢？我们后来只好都住在外祖父家里。漱瑜在养病，我们便在山里捡拾柴，舂舂米。我外祖父家里本来养了两大箱蜜蜂，平常每年要出十几斤蜜，可巧自从我三舅被刺之后，那些蜜蜂都跑了。所以漱瑜气喘的时候，想要弄点蜜给她润润肺，得托人四处去讨，在平常是用之不竭的。乡里人都说，蜜蜂跑了象征对主人丁不利。不想漱瑜果然也应了蜜蜂的预言，一病不起。人生不过数十寒暑，无贵无贱终于一死。她虽然不曾如她自己和我的愿，多做得一些事业，多过得几天畅快日子，但她总算归了故土了。最难得的是她死时所睡的床正是她生时所睡的床，更难得她葬在她二姑妈即我二姨妈旁边，也可以不寂寞了。

我有一晚梦见读她寄给我的诗，醒来也做了一首："是耶非耶谁能保，梦中忽得君诗稿。倦鸟欣能返故林，小羊姑让眠青草。平生好洁兼好静，红尘不若青山好。只怜尚有同心人，从此忧伤以终老。"她像倦鸟似的宿在故枝上了，小羊似的眠在青草上了。但我于她死后虽在生我长我的故乡生活了半年，却依然是个异乡人，依然是"上无一尺天，下无一尺地"，依然天天感受精神上和生活上的不安。我的故乡人，爱我的人，寄我以不甚适合的希望；恨我的人，也罪我以不甚适合的罪名。我时常城里住得厌了，又下乡；乡里住得不安了，又上城。我总觉得我眼里的故乡，还不能慰藉我的乡愁。我觉得我在异乡异国受了侮辱，感受人生的凄凉的时候，我所景慕、我所希求、我所恨不得立刻投到她怀里的那个故乡，似乎比这个要光明些，要温暖些，我似乎是回错了！我的灵魂又引我到所梦想的那个故乡去了。啊！梦里的故乡！

作于一九二六年

八角亭速写

老　方

　　凡是到过长沙，稍为熟悉长沙情形的人，你去问问他："长沙哪块地方最热闹？"他必不迟疑地答道："八角亭！"——这是谁也不能否认的：八角亭是长沙繁盛程度的代表地。

　　八角亭这条街，并不见得"既大且长"，而是一条短而窄的道街，不过路道十分整齐，十分壮丽。我们站在端履街尾用镇静的头脑睁开眼睛看看吧：麻石路是如何平坦！商店如何热闹，车辆是如何得多！行人是如何得拥挤！大绸缎局有"日新昌""大盛""瑞礼丰""九福"，大百货店有"国货公司""新世界""太平洋""三友"，大钟表行有"寸阴金""华成"，大西药房有"南洋""五洲"，还有一个顶著名的南货号——九如斋（据说"九如斋"三字的来历是因先有"三吉斋""三泰斋""三新斋"，三三如九九如斋）。单就他们门面的装饰而言，高高的西式洋房，矗立云霄，又庄严，又精致，又雄壮，还用最时新最摩登的样品，陈列在玻璃窗里，多华贵！多惹眼！处处闪耀生光，绚烂夺目，表现得穷奢极欲，尽"诱惑"的能事。假使穷人们身临其境，真会不期然地觉得自己渺小、胆怯，同时感到莫名其妙的惭愧，使穷人们不敢逼视。就是你放胆量进去见见世面，店员"先生"们也不许你在那里有"立锥之地"，因为看见你那个样，疑心不是"小偷"，便是"疫神"，动不动给你两个"山"字请出。倘使你穿得漂亮一点，尤其是坐着包车进去，店员"先生"们，不但"打拱作揖"，还得亲亲热热地叫声"你老人家""老爷""太太""先生""小姐"。就是你不买他的货，他也是恭恭敬敬地"迎进送出"的。在这个时代，只要有钱，饭桶可变为才子，无钱，才子可变为饭桶，富人的屁都是香的，穷人的话是臭的，只要有了钱，什么东西都尊贵起来了。这难怪一班"前辈人"常说"世道衰微，人心不古"了。

在那里，我们时常看见摩登青年男女，扭一扭地露出得意的神情，与穷人们缩作一团战抖不已的哀愁的神情，混合在一起，显出不调和的姿态来。摩登男女的"咯咯"的皮鞋声，与车夫的草鞋赤脚"嗒嗒"的响声，互相应和，形成不调和的节奏，使人惊心动魄，脑海里留着不可磨灭的阴影。

到了晚上，电炬齐明，真如同白昼，到处射出强烈的灯光，交相辉映着，霓虹灯有的是绿的，有的是红的，有的是花的，老远望去，真像五光十色的万花筒的集合体，身入其中宛如到了琉璃世界。还有几座收音机，不时放出抑扬顿挫的歌声，陶醉了每一个行人的身心。这些真可以使见闻鄙陋的人们骤见了疑惑是在做梦咧！

总之长沙繁盛的代表物——八角亭，是长沙的精华，也就是湖南的精华。

水陆洲的黄金时代

老 方

　　夏天——这是使人感到厌倦郁闷的季节，城市的红尘十丈，整天的嚣喧，烟雾弥漫的龌龊空气，使有钱的人觉得久而生厌了，况且又在盛夏！往衡山、庐山或西湖等地去避暑，路太远，难于跋涉，于是一向被人遗忘的水陆洲，大家都视为理想中最好的避暑地。

　　有人说水陆洲比麓山的景致要好，我也这样感觉到：它处在水陆之间，兼有水与陆的好处，外国人聪明得很，领事府及住所不建筑在麓山而取水陆洲，也就是水陆洲比麓山景致要好的缘故。

　　在盛夏里，最适宜居于树荫的地方，水陆洲上极合乎这个条件：美丽的一列一排的杨柳、橘树，密密地满布在洲上，组成了一个天然避日的绿色草幕帐，芊芊的芳草铺遍了大地，你可以任情地坐卧；湘江缓缓地流着，温柔冷艳得好像含苞将放怕羞的美丽少女一般可爱，当夕阳西下时，你可以赤裸着投入她的怀抱里尽情拥抱着她；再加上田园农舍的间隔，堂皇富丽的洋房的点缀，便把水陆洲一切的"美"增加了它的成分；水陆洲隔城很近，买东西又非常便利；同时房屋租价甚廉，处处都合乎"美"的条件，在引诱着避暑的人们的向往之心。

在东方现出一轮红日慢慢上升的时候，一层轻纱似的金粉撒上了水面，树林和田舍、屋与树的倒影在水中一进一退地婆娑舞蹈着，好像向人们点头作会心的微笑，时常一群白嫩的鸭儿，活泼悠闲地在水面浮游，鱼群也整队儿散着步，帆船或小舟有的静闲地停在村荫下，有的鼓起风篷，追逐着波浪，那是多么美丽的情景！稻田已经全黄了，微风吹来，变成金黄色的涟漪，反映着一天太阳的晨光，这风景正同名画家的田园清画一般；鸡在高坡上高鸣，小鸟的娇滴，点缀着清晨的沉默，从树林的隙处，疏疏落落的几椽农舍烟囱里的炊烟，一缕缕地浮在清晨的空气里，令人联想到寒刹中的炉香。

黄昏了，更是一天最好的时候来临。太阳好像一天监视的工作完毕了，仍回到他每天的宿舍——岳麓山的怀抱里去了，西天被落日的余晖染成了一片绯红色，竞放着绮丽的花纹，牧童牵着牛预备归栏，村姑挑着担子，荷着锄儿，从田垄边走过，少年农夫哼着山歌，此情此景，不只是诗也是图画！晚风一阵阵送来轻轻的香气，把整天的暑气全吹散了，人们经过一天的疲劳，正好趁此时休息休息，有的踱着缓步，有的坐在树荫下，俯视鱼儿的浮游、江水的涟漪，或纵目远眺天边的归帆、对岸全长沙的轮廓，以及江面的异国军舰，这些奇丽的景致，就是诗人、画家，都不能描写画咏。

每天傍晚，很多青年男女在这里练习游泳，还有异国黄发蓝眼的朋友，也在水中学美人鱼。健康的皮肤，丰满的面颊，穿上一身游泳衣，活像一个运动员。游泳技术高超的很容易就划到河中去，初学游泳的男女，不是怕羞，就是怕水，时常听"哎哟！……何得了！呀！……我会跌下去！"的娇笑或喊声，使大地充满着活跃的气氛。

晚上，情景更美化了：月姑娘含笑地照耀大地，使麓山、湘水、房宇、草树都变成了另一幅图画，一切都静静的，只有流水的喃喃声在诉着宇宙的永久秘密。两性的情话，低语着不可告人的神秘，老头儿在掘古，农夫们在话关于种田的琐事，虽然有着这么多的声音，然而不能突破这沉寂的空气。外国人爱跑月，每每在月里带着猎狗四处跑跑跳跳，在那里做夜头运动，这却比中国赏月只顾精神安慰强得多了。

有人把水陆洲比作女人：春天好比她的幼年时代；秋天好比她已经失去了青春渐趋衰老了；冬天她完全变成一个老态龙钟的老妇人；只有夏天，正是她生命史上最宝贵的时候，正当青年，像花一般，当苞儿半放瓣儿微展时，最容易使人留恋神往。在夏季，正是水陆洲黄金时代的来临。

长沙夏夜风景线

王象尧

"夏夜，神秘的夏夜！富有诱惑力的夏夜！"夏夜的灯光、夏夜的女人、夏夜的商店、夏夜的马路……一切是能够使人陶醉了！说不尽十里洋场夏夜的繁华和风光的旖旎！

江畔巡礼

黄昏后的湘江河岸，充满着神秘的空气，凉风习习，吹拂人面，使人感到轻松舒适，住在江干附近的人们，多在吃饭后，在这里走一走，散散步。夜的黑幕，渐渐地垂下来，江边的暗淡，逐渐地加深，江中的景物，由隐约而被黑暗吞噬了！移时灯火齐明，夜色开朗，"月上柳梢头"！这正是"人约黄昏后"的时候了！在这时，我们就可以看见一对对情侣，并肩揽腕，迈着碎细的脚步，出现于灰石便道之上，情话喁喁，蜜蜜绵绵，有时停下脚步，斜倚栏杆，凭眺江心，有皓月当空，照彻水面的时候，景色异常

246

动人，逢到人稀路静，拥抱，接吻，紧张的镜头演出。可是，这些地方，仅限于新河边上。湘春河边，由长沙关到浏阳码头，徘徊逗留的，就大半都是劳动阶级的朋友了！此中工作的人多，散步的人少，来往为装卸货物的码头工人，声声"唷呀！"迄于夜深。同是江干，却显示着不同的景象呢！

中山马路上

长而且宽的中山路，自小吴门外起，到福星门止，在这一小小的段落里，可够得上繁华了！但是在白天，并没有什么稀奇，到了夜里，尤其是夏天的夜里，可就大大不同了！百货店、洋货商，都在玻璃橱中装满了夏季男女应用的货品，像一九三七年式的浴衣、各色的毛扇、精绘图案的花伞、胡椒孔的乳罩、轻薄柔软的衣料、裸足着的皮鞋、巴黎的香水、脂粉……摆设得新奇生动，富丽堂皇，令人目眩，又加上利用各式各样的广告灯，收音机里的迷人节奏，更衬托得使人停步，留恋，心痒，进一步地使你身不由己地想走到里面，选他几种，拿回家去，或者送到别的地方，献给爱人。赤着脚拼着命跑的人力车夫，燃着不死不活的菜油灯，像长蛇一般，一个跟一个，用力地拖着车子，在马路的两旁，跑向不同的方向。中间来往飞驰的，都是虎一般的汽车，两只电炬白光的眼睛，和喇叭不断的吼声，在哪都使人目眩，心惊胆战。

辉煌的八角亭

位居市街中心的药王街八角亭，商店比较整齐，又有许多新式店铺错杂其间，的确是锦上添花，傲视各街了！每当黄昏后，华灯初上，行人特多，肩摩着肩，裙舄交错，如果侧身其间，步行速度，必须减低，否则就有和人撞个满怀的危险了！这一带大商店、绸庄，都把门窗装上亮亮的、最大灯光的电灯，光耀得如同白昼。瑞丰霓虹灯、寸阴金的钟、中国国货公司垂线型的霓虹灯管，都惹人十二分的注意。中国银行的周围装上了浅蓝色的电光，空室无人，神秘情景，有如处女的独坐深闺。其他各处各色灯火煊耀，亦在诱惑行人。新世界、太平洋，挤满了看货多买货少的男女。在九如斋门前，可以看到高级公务员和富家的公子哥儿、太太小姐们出入其中，现出得意和骄傲的微笑！

人肉市场

"煤灰堆"，单就这个名词看来，就够酸溜溜的，是以举脚迈入路口，尤其是在夜里，立刻可以看到每个里口的大门洞里，藏着许多的女人，这就到了人肉市场了！燕瘦环肥，高矮丑俊，不一而足，脚有天足和改造，发有辫髻和短截，衣则长旗袍短衬裤，质料柔软，曲线毕露，粉汗的香，柔腻的肉，朱唇，眼波……夹杂在灯色火光的中间，在在都可使你魂销魄荡，这样，就是"目不斜视"的道学老先生，经过这里，恐怕也觉得有点怪那个呢！可是经验过的朋友告诉我们：这人肉市场的生意经，是抱着价廉多卖的主义，可怜大批人肉，每夜都须经过十数次的摧残，此中情景，真是令人不堪设想了，如果仔细想想的话，立刻就可知道在这人肉市场的周围，正埋伏着花柳将军，率领亿万人马，准备向出入这人肉市场的顾客们袭攻，以便为子孙谋出路，找地盘，人肉市场，究竟是安乐窝还是病菌窟，那就在人们看法不同了。

长沙的婚丧陋俗

王象尧

　　住在都市里的人们对于日常的生活，现在随着潮流的趋向，事事都有很显明的迈进和改变，此中尤其是对于在旧礼教中目为"可当大事的丧事"和看作"小登科的儿女婚礼"，更多有合乎时代需要的革新，不过这样的人们，终究是占着很少数的，大多数存着封建思想的人们，在这个时代里，对于婚丧事上，自己以为太固执，觉得有点陈腐和不好意思，为着新旧两全起见，结果一方面要保留些旧礼教，另一方面还要追逐着新潮流，在这新旧交流的现象中，正能表现出来许多的矛盾和热烈呢！

　　如果你走过一个什么里口，听见里边传来一阵阵噼啪噼啪的鞭炮声，和夹着"乌哇乌哇"的喇叭声，再看有来来往往穿着长袍短褂的人们！那么这个里中巷里，正有人家在办婚丧大事呢！如果儿子娶媳妇，或者是姑娘出嫁的话，那么你走进巷里，就可看见前门扎彩，后门有临时炉火，热闹非常。假设这时巷子里已经挤满了看热闹的人，同时再看见各家抱着少爷小姐的婆婆们像

250

探子探察军情般来往，向自己的太太们报告消息，小孩子们像穿梭般跑来跑去，高喊着："快看新姑娘呵！"那正可以多站一会儿，这是迎娶新娘的花轿来了！远远地传来一阵军乐声，霎时间到了里巷门口，巷子里的人们，立时起了骚动，太太小姐和一般有闲的人们，像潮水般涌向办喜事人家的门口，办喜事的人家，早就准备好多人，伸出两臂，叉开两腿，将门口团团围住，军乐队的乐声震动了耳鼓，引起进来一顶漆金花轿（有用汽车的），同时在门口恭候的旧式鼓乐，吹起喇叭，敲着牛皮鼓，鞭炮又大声响起来，人声鼎沸，震撼了全里，花轿（或汽车）到了目的地，红毡铺地，扶着新娘，向内走进，同着袍褂整齐，在门里敬候新娘驾到的新郎，作揖叩首，行结婚礼和谒见家长礼，在这时候，看热闹的人又挤破门了！向前拥挤着，都要看看新娘子的真面目，看看能否出什么笑话，因之免不了又得起了好多的争执、嘈杂，足足得闹几个钟头，方可暂时告了一个段落。

到了夜里，在后门的厨师，燃着煤气灯，或是大光的灯泡，人行道上，每个长桌上，摆好了菜品……为着主人做着各样好好的饭菜，来宾都入了座，猜拳行令，来个开怀畅饮，门前的鼓乐手，作着弦笛细乐，鞭炮还是接连地响着，所以里内住户，是很难入睡的，像这样闹到夜深新人入了洞房，男女来宾才可散去。过了黑夜，天光破晓，全里住户正在梦中的时候，又被办喜事人家的鞭炮声惊醒了！

假若是巷子里有姑娘，要出嫁的人家差不多像儿子结婚办喜事的人家一样的热闹，什么送嫁妆啦，什么酬谢贺客啦，接送新婿与新婚的女儿啦！要同样地放鞭炮、作鼓乐；同里的人们，也像极为开心似的，争着看新郎和新嫁的姑娘，然后拿着这个做谈话的资料嘈杂热闹上两三天，才能算大事完毕呢！

　　一般人对于办丧事，更是特别繁杂多礼的，有时因为失之过于热闹，而将"不自陨灭，祸延……泣血稽颡……"种种自责和哀恸逾恒的表现，弄得令人不知其所以然。不信：如果什么里巷这样不幸的事件发生了！就首先请了僧道，特为死者忏悔免罪，铙钹锣鼓，连天价响，梵经佛号，诵不绝声，再加上死者家属震天的哭声和门外的鞭炮声，闹得天昏地暗，多数邻人，都一变同情心而生出了厌恶心。到了发引的前夕，因为死人要离门了，家门僧道须为死人做各项超度仪式，跪呵！唱呵！……得闹个终宵，天明后，经过了几次鞭炮和乐队的催请，起了灵前导的是许多垢面污衣的贫民和乞丐，高举着挽联和金瓜……各样的执事，个个嬉皮笑脸，拖着笨重的脚，蜿蜒像长蚊似的，向前缓缓地走，因为鞭炮震天地响，路人都停住了脚步看热闹，这正合了好热闹的国人口味呢！若是死的是老人，或者是在家中有地位的人，那么就要把死人停在家里和活人住上几个周期，有时因为出殡不吉利的关系，也是如法炮制。这若是冬天，还可勉强忍耐着过去！若是热天，那就不堪设想了。

　　呵！长沙市的风俗！人生的大事——婚丧——就是这样吧！

长沙之吃

亦 骈

吃，在长沙人的心眼儿里，似乎是一种消遣，其实，不只是长沙人，上海人、苏州人、北平人、南京人，也全如此的。

假定四五个人坐在一块儿，闲得不耐烦，吃，便在这时候"应运而生"，我们吃馆子去。

讲到吃，吃在长沙，我们可以分作几个阶段来写。

先统计长沙所有的酒楼，大一点儿的，你瞧：育婴街，便是望峰对峙的有潇湘和怡园；青石桥，青石街，有徐长兴，有玉楼东，有奇珍阁，走马楼有曲园，又一村的国术俱乐部内有民众食堂的川菜馆，国货陈列馆内，再附设有三和酒家；吃下江菜，有金谷春；吃广东菜有南国酒家，次一点儿的，有健乐园，有远东；西餐，有万利春；喝咖啡，有新亚、青春、易宏发。此外，吃面，老牌有清溪阁，后起之秀有甘长胜；吃粉，有爱雅亭，爱雅亭的对过，再有个新开的馄饨店。就整个的长沙说，吃在长沙，总算是有相当的发展。

潇湘的老板，是宋善斋，据说是四大金刚之一，潇湘是从商余俱乐部内蜕化而来的。奇珍阁，据说是新闻界一捧成名，徐长兴至于今日，可落伍了，不能够迎头赶上，也不能够与潇湘等并驾齐驱，可是，讲到吃鸭子，却仍是不能忘记他。

在徐长兴的那一边，另有一个叫福兴园的，据说，也是以卖烤鸭相号召，他是从徐长兴分出来而想夺取徐长兴的主顾的一个组合，不用说，价钱比徐长兴未见得便宜，于是有人说，他终于赶不上徐长兴。

吃鸭子，据说有"一鸭五吃"的说法，包薄饼是天经地义，此外，便是以"鸭油"去蒸蛋，鸭肠子炒酱椒，鸭肉烧白菜，鸭架子煮豆腐汤，像这一种吃法，可以说剥削无余。

川菜馆，是附属于民众俱乐部内，四个大字表明了他是民众食堂，但是，在半年之前，有人说，那里哪是民众食堂，简直是食民众堂。

南国，是吃广东菜的所在，有人说，真正的广东菜，南国还没有，正如同票友的京戏——湖南京戏，而可以名之曰湖南广东菜。

讲到曲园，这倒是一个挺老牌的酒馆子，朋友，别小看了他，他有他的长处，许多人结婚做寿，一定要借重他的地方，而在他那里举行，正就是任凭一个大到什么程度的场合，他都可以应付有余。

金谷春，是吃下江菜的所在，从前，长沙还没有女招待的时候，金谷春有几位女小开，便替他们做了开路先锋，有女（女人也）万事足，不用说，自然宾至如归，现在我们还可以不时看见一个烙头发、点口红的女人，那便是最后工作的"五姐""骆老五"。

如果是有船从上海来、从汉口来的那一天，你到金谷春，朋友准定可以吃上一些"生菜"：生墨鱼呀，生蚝干呀，黄鱼呀！

这，是金谷春的一家货，值得他自豪，也值得在此介绍。

写到这里，似乎感到以上所写的几家，仅合于"大吃"的条件，现在得掉转笔头，写一点关于"小吃"方面的。

讲到小吃，我们便不能舍开远东，舍开醒园，远东与醒园原来是一家人的，不知怎样，分着成为两家，远东、醒园，其所以有今日的地位，最大的原因，是为着他有蛤蟆，有乌龟肉。

从前，长沙卖田鸡的地方，只有一个青年会的会食堂，那时候，是一家货，后来，火后街有一家醒园，异军突起，便将"只此一家"的原则打破了！从前的醒园，是狭隘龌龊，来往的客，是下层社会的居多，抽完了大烟，走来吃一客饭，一碗汤、一个菜，四毛钱，少而至于两毛钱，也就得了！此外，泥行、木行的工人，为着一笔大生意的成交、上梁，都在这里"享乐"。

后来，大率是田鸡的号召力强，生意便蒸蒸日上，便将门面修饰，扩大，便有了今日的地位。

远东的老板，是醒园老板的兄弟，那一个又高又胖的人，我们上得楼来，便可以看见他。

到远东，最大的目的，是吃田鸡，田鸡有两种吃法，一种是麻辣，另一种是黄焖，普通的价是四毛八，尽是腿的话，那么，便得七毛六，有时候，你如果是一个人，那么，可以关照你，来上一个半份，便只有二毛八了！在其他的地方，健乐园、潇湘，便非七毛二不可，所以，到一个地方，应该吃什么，我们实在不可不知。

乌龟肉，也是远东的"看家本领"，龟羊汤，一份是一元六角，据说，这东西，可以滋阴，可以补肾，只是，另一部分的人说，吃多了倒又冷精，这些，好吃的朋友，却不能不知道。

另外，再告诉你，十七八九的这几天，蛤蟆是缺货的，你要是去吃，一定会没有，其原因是有月亮，有月亮，怎样地捉蛤蟆呢？捉不到，无疑是缺货了！

健乐园，也是有龟羊汤的，价目，也是一元六角。

讲到健乐园，便使人记起我们的谭故院长，健乐园的老板，姓曹，便是四大金刚中的曹厨子，健乐园有祖安鱼翅，有祖安鸡，有祖安豆腐，以祖安做幌子，要是谭三先生泉下有知，也许会微微地在笑了！谭故院长留给人们的，难道就是这些吗？

吃完了田鸡，便得吃牛肉，吃牛肉，是非李合盛莫属，李合盛在三兴街，走到了三兴街，便可以看到许多牛肉馆子，李合顺、哈兴恒，只是牌子老，还是福源巷的老王天顺。

吃牛肉，也有吃牛肉的时候，朋友，你如果问我，什么是吃牛肉的时候呢？那么，我答复你，现在正是吃牛肉的时候了。

在鱼塘街、箭道巷的交叉的地方，有一家叫半仙乐的，现在，可落伍了！朋友，倒别轻瞧了他，他也有他过去的历史的。

在若干年之前，长沙时髦着捧女戏子，戏院在箭道巷，叫条子与吃馆子有连带关系，近水楼台，自然是非半仙乐莫属，因此，半仙乐的生意便盛极一时，至于今日，戏子既不值钱，半仙乐，也就跟着他一道每况愈下了！

从鱼塘街下去，大率是新街口吧，新开张的，有一家长沙酒家，长沙酒家是同春园改的，同春园吃鱼，在以前，大家都有这样的概念，同春园改为长沙酒家，长沙酒家有什么好，小可便不知道了。

关于小吃方面的，信手写来，便写上这么多，下一期，我将写一点关于早上喝茶、晚上消夜的一切，以完成这一篇长沙之吃。

长沙的茶馆

刘 大 猷

　　闲暇时，邀二三好友上茶馆去泡一壶茶，一面呷呷那浓浓的茶汁，一面悠闲地清谈着，这是多么写意呢？

　　长沙的茶馆似乎也开设了很不少，每条繁华的街道、十字路口，以及沿河一带差不多都有茶馆的设立。它们规模的大小虽不一律，但它们营业的性质，以及内在的设备等，都是大同小异的。

　　普通茶馆建造的形式都差不多，楼上是专坐茶客的，所以面积要比地下层来得大几倍，大一点的茶馆有两层楼，上一层的顾客是比较高级的人，所以一切设备也就比较舒适，夏季里，有藤靠椅、布风扇、大竹帘等，茶是真正的"龙井"，茶杯、手巾，这一切的用具都很精致而清洁。就因为这设备的精美、舒适，所以价目是要较下层的昂贵些。

　　下层的主顾大半是那些车夫、菜贩子、工人，这一类的苦力们，设备一切是远不及上层的；一间房子里满满地排着一些油湿浸透的桌凳，虱子和臭虫布满了每个空隙，黑色油迹的面巾简直与抹布没有多大的区别。但，不管这层是如何的肮脏而不合于卫生，而那些贫苦的主顾们还是感到非常的满足。

长沙人的习惯是一大清早便要上茶馆去喝茶的，同时菜贩子们将他们从城外挑来的满担的菜蔬换取了代价之后，也要上茶馆去吃点点心，所以这时的茶馆可以说是生涯鼎盛的时候。一群群的各式不同的人，从它的门口穿进涌出，楼上楼下挤满着人，每张带着睡意的面孔上流露着闲适的微笑，高谈阔论声、兑开水声、剥瓜子声、茶壶被击着的响声，打成一片，异常嘈杂，煞像夏夜池畔的蛙声。

除了泡一壶茶外，还要吃点点心，点心的名目也就"繁多"：鸡蛋糕、油饼、汤包、锅饺……这一类鲜美的食品是只有上层的人们尝试的，下层的苦力们是不忍牺牲较多的血汗金钱来尝试那种不合算的点心，他们所吃的是那些便宜而"结实"的包子和糯米烧卖。

似乎是一种通俗吧，只要泡上一壶茶坐定之后，他们便拉开了话匣子，三三五五地谈论起来，就是从来不爱多说话的也要天南地北地和人谈笑，据长沙的闲茶客告诉我：上茶馆喝茶要慢慢地喝，要坐得久，才是喝茶的"老里手"，不等到一壶浓浓的茶汁冲成了白水是不走的。

至于谈话的资料，那是从来没有一定的，像某某与某某的诉讼、某人的妻子养了孩子、某店子又亏蚀倒闭了……真是宇宙之大，苍蝇之微，无所不谈了。然而，自从卢沟桥事件发生以后，他们的谈锋便转移到这方面，我们时常可以在茶馆里听到一些关于抗战的理论，当然，有一些不免幼稚得可笑，但是说得至情至理的也很不少。

正午时候上茶馆的要比较早晨的少多了，这时来上茶馆的大半是一些久别重逢邀来互诉离情的，或者是肚子里感到饥饿，上茶馆去吃点心果腹，再不然，便是借着泡一壶茶做掩饰，而躺在椅子上睡午觉。

除了普通的茶客外，茶馆里还有一种意外的生意，这意外的生意便是"邀茶"，所谓"邀茶"者是许多人被邀集来上茶馆，例如本团上出了什么事件，急待解决而又非有一个大众集会讨论的地方不可时，便由双方的当事人出面邀集本团所有的人物，如团总、街坊、保甲长等，一同去茶馆解决，茶资是要经过事件解决以后，由缺理那一方面的人付给偿清。

关于茶馆可以说的话，本来不止这么多，例如茶房的同道等，不过因时间的关系也只得搁笔了。

火宫殿

——吃喝玩乐门门有　油炸豆腐最著名

惕　厂

　　假如来到北平的天桥，天津的三不管，以及上海的城隍庙的时候，一定也会联想起长沙的火宫殿。因为它们都是大都市中的平民娱乐场所，虽然后者并不及前三者来得热闹紧张，可是也自有它的特殊风味。来到长沙，没有到那里边逛一趟，也可以引为遗憾的吧！

　　火宫殿的地址，也是一个很奇特的所在，因为在那银行区的坡子街里，有高楼大厦、银行金店、阔绰的商号，而古色古香的火宫殿却坦然并立其中。宫殿式的大门上，悬着"古祝融殿"的金色辉煌的匾额，从这里进去，便到了另一个社会的角落里了！

　　穿过一条不长不短的夹道，在那戏台底下哄地出去，便是一块露天大空场，看戏的人们就立足在这里。戏不一定天天有唱的。于是各种不同的娱乐，利用了这空场子，便都活动起来，说书、相声、测字、卖艺、零食……无所不有。腰里仅带着少数的铜子，便可在那里吃喝玩乐一天，所以熙来攘往，十分热闹。

火宫殿的零食品中，油炸豆腐最负盛名。本来，油炸豆腐就是长沙的美味，而火宫殿的更要来得高明，一块黄松松的豆腐，炸得外焦里嫩，香美无比，不必说吃，只要远远地闻着那股味儿，就该使你垂涎三尺了。到那里去逛的人，谁不是人手一块呢！

横吞（馄饨）、米粉……也照样地受人欢迎，价钱很便宜，口味又鲜美，听完了《三国演义》后，哼着一段反二簧，便可在那里饱餐一顿，既不来手巾，也不要小账，吃喝之后，咂咂嘴儿，倒干脆得很。

王铁笔、三才眼的测字，满口江湖术语，吸引了不少的观众。三麻子的相声，唱着小寡妇上坟，形容得惟妙惟肖，小张正在讲《水浒传》，描写鲁智深醉打金刚，把一些听众笑得前仰后合。

不要小看了这地方，去年老教育家徐特立先生，还在这里讲演呢！徐先生本来是深入民间的，以他那滑稽的口吻，把国家大事说得很周详，抢去了不少说书人的买卖。听众越来越多，徐先生讲了又讲，到了午餐的时候，大家公请了徐先生一顿，这充分表现了那一群的民众，并不是不关心国事的。

这里没有夜市，黄昏的时候，一切一切停息，只有那古庙的钟声，点缀着这寂静的夜。

在长沙

蒋牧良

　　整整五年没回家，这一天跳上了长沙小西门外的轮船码头。一切都照着预定计划：先去瞧瞧几位上了年纪的亲戚，再赶回家的汽车。

　　在省里的亲戚，要算一位姓朱的姑丈年纪最高，第一步还是到他家去吧。

　　刚刚跨进姑丈家的门槛，就听得前楼上有咿咿呀呀的读书声：

　　"……治天下有本，礼乐教化顺而已矣，治天下有法，信赏……"

　　"……文武周公传之孔子，孔子传之孟轲，轲之死，不得其传焉，荀与杨……"

　　咦，错了吧——我这样怔了一怔。姑丈从前虽说读过不少的书，也爱看些秀才举人们的诗文对联什么的，可是一向是个买卖人，并且近年又不很阔，请不起西宾。简单地说：他们府上压根儿就没有现在还要读书的孩子，这个我可明白。可是门牌上的数

262

字一点不含糊——二十五号。屋子还是那所原来的，我只有怀着"试试瞧"这样的心情，一径踏上楼去。

七八个十多岁年纪的小学生，穿着各种各色的长袍短褂，围起一位老先生在中间，这正是我的姑丈。我跨进一步去拉住他一只手，招呼说：

"您好呀……可还认得？"

这位先生把嘴脸一拉，鼻子立刻跟着长了起来，那副大黑圈的老花眼镜一褪到鼻子上，眼光就打玳瑁框子上瞧出来，于是他恍然大悟似的笑起来：

"哈哈哈……认得认得！老三呀！……几时来的？"

姑母本来三年以前死了，几位表兄弟又不在家，对于别人就用不着作无谓的客气。于是我坐下来说明行踪，他马上又叫人给我把行李安顿在一个小房子里。

洗过一把脸回到了原来的坐处，我才开始问他怎么改了行当来教书的，这位老人家除先诉说着他那店子失败的原因之外，又谈到近况不怎么那个，不得不吃这碗教书饭。末了他说：

"啊，吵死了！成天给他们吵死了！真是'村童八九纵横坐，天地元黄喊一年'，不过我教的是些市童就是了。"

我打量一下这几个学生，大半像些小学到初中的年龄，有几个面貌也还清秀，很可以读书的样子。不过怎么这时候还在私塾里鬼混，这可使我糊涂。闭会儿嘴，我才笑笑说：

"教私塾这个玩意儿，我们湖南也还有？"

"啊哟，这个你才不知道哩！"他含着笑脸，蛮有兴致似的。"你离开湖南这么久了，有些事情当然那个……现在我们的湖南有'三多'：饿民多，娼妓多，还有私塾里的教书匠多。"

话一终句，他就哈哈地大笑起来，脸子可免不了有些滑稽。

"几年以前不是听说湖南要强迫教育么——不准再有私塾，怎么这几年倒……"

"快莫说了！快莫悦了！"他对我两手乱摆，又把褪到了鼻尖子上的眼镜架上点儿。"这些小学生就是那几年坏事的啰！强迫教育——强他屋里娘，强得孩子一句书也没读进肚子里去。"

这么着，他就开始对我作一套很冗长的叙述。姑丈本来健谈，记忆力也不坏，他那谈话中夹着民国十几年十几年地说下去，全不要加思索，仿佛背诵一部滚瓜烂熟的《三字经》。他说那几年推行强迫教育的疯狂，不问是城市是乡村，处处都要办学校，处处的后生子都像尾巴上面着了火：洋里洋派，动不动就说线订书没屎用，要读新学。从前那些教书匠就搭着倒了大霉，有饭不能吃，要进师资研究所，胡子长到一尺把的，也要去受这个罪。其实进过师资研究所的人又有什么好处？教出来的学生，还不是一窍不通——屁字都不认得一个。

"现在他们醒来了！"

猛不防谈到半路里他这么很响亮地来一句，伸手摸过桌子上的茶壶来啜口茶。

接着，他的话锋就转了方向。这位老先生的脸上更加光彩烨烨，把两个袖筒一捋，眼睛可睁得怪有神的。他再摸摸胡子，先把那几年的教育做个总批判：是"用夏变夷"。他说政局一经底定，人心到底还是人心，近几年可全换了一个样；教育当局，谁不是装个一肚子的旧书来？改变学风，这自然是意想中事。

因此近来这些中学堂里，也都观风转舵，英文虽然还是有，算术课也没有废。然而占大多数时间的，已经是国文这一门了。

并且作文通通要用文言，一些弄"的""么"的家伙，可大倒其霉，老师打他的分数老是尽一个圈，有时还打转去要重做。至于老学校，那更不用提了，非文言不取。

"这世界，真要这样来一手才行！要不然，到哪一天才弄得好？人心都是这么坏下去，你说？"

这里他把话停下来，脑袋凑到我跟前，征求同意似的看着我。我无可奈何地对他笑笑，他就又把话接了下去。

"这就叫作天道循环：有这样多日子下雨，就有这样多日子天晴啰。从前的线订书差不离只好拿来擦屁股了，现在却翻了身；教书匠受过不少的罪，现在也抬了头。要不这样一来，那可真不好办！像我的生意一坍台，真要饿肚子。谢天谢地，'斯文不堕'，我们这些老头子还有一点办法。不过我这几个学生求学不出于真诚就是了，他们多半是考中学不取，再来补习的。然而也有些父兄很明白，一向就读这样的书的。"

这位老先生的谈话太冗长了，两个嘴片泡着白沫。可是他还不觉得疲劳的样子，吐过一口痰涎，又问我这一次回家是不是不再出来了。我告诉他待在家里没饭啖，他就又给我献谋：回家去教老书，倒也不坏，这几年乡下教私塾的人都很好，"束脩"很可观。×秀才每年教到八百块，×拔贡也有几百一年的。

不知怎么一拉，我们的谈话又拉到了城里几个学校。他说这世界真有玩头，上面不是说过嘛，考学校和找差使，都是旧书靠得住，乡下一些好子弟，自然不愿意送到城里来。

于是从前七八百学生一个的学校，现在不过一两百人，还有些，就简直晨星寥落，只有几十个人的。这一来，城里这些教书匠的饭碗又给打掉了。不过城里的教书匠，到底有些都市化，就拿出他们的市侩手段来，和他们对抗。

像今年省里有几个中学，就统统都去聘某举人来当教务主任，某秀才来当国文教员——和乡下的教书匠抢饭吃。××中学在开学的那一天，那位新教育长某孝廉，还写过一副长对联，是用感伤的口吻来标榜他们的教育宗旨："吾道是耶非？想守缺抱残，未必遂干造物忌。"下联，这位老先生只背得一句"人心终不死……"其余就记不齐全了。

他把这件事尽在哇啦哇啦地说下去，看势头，一时是不会休止的。我不知是路上过于疲劳还是怎么，接连打了几个呵欠，腿子也伸得远远的，把身子靠到椅背上，显得非常狼狈的样子。我那位姑丈也似乎感觉到了一点什么，站起来招呼我说：

"疲劳了，在船上疲劳了吧？快去躺会儿！……有些话我们晚上再谈下去。"

下午，我出门去找过好几个朋友，回得很晚，姑丈已经睡着了。第二天星期，我又到北门去找一个姓何的谈天——她在一个什么女子学校教课的。我们谈话的时间很久，谈到了青年，谈到了文化。一拉到这些上面去，这位何小姐就免不了带着感伤，有时候，简直近于愤慨。

她说不要谈到这些事情上去吧，几年来的生活，固属像块烙铁，自己免不了堕落，别人也一样在鬼混。环境及许多方面，都是把人和事实分开做两起的，到了一个为职业而职业的人，就完了蛋。认真点说，要不是为得肚皮非塞饱不可，她真要丢掉一块沙漠地一样地丢掉这地方。我问她教的那些学生怎么样，她就说，刺绣、缝纫、烹调，是她们最感兴趣的。

"一点课外书也不读吗？"

"课外书，谈不到……有的，也是《青楼梦》《红楼梦》《金瓶梅》这一类的好书。"

我漠然地坐着，眼睛看着前面的板壁，又记起了昨天和我那位姑丈的谈话。

"男学校呢——好些吧？"

她先摆摆头：

"他们的玩意儿是：球、国术比赛、脚踏车比赛。"

不知怎么一来，我们中间的谈话没有先前那么起劲了，只得放下这些来谈别的。可是老找不到好话头似的，说几句，话又断了，于是我提议去逛书店。

"去到书店里走走吧，这么枯坐着，多无聊！"

"你快不要逛书店，在此地逛书店，会使你生气的！"

可是我坚持着我的提议，她只有同着我出来。

穿过六堆子，在又一村那街口子对面，她进了一家很小的书店。这店子小得多可怜，门面不过五六尺宽，玻璃上的尘垢积起有分把厚。店伙伏在头柜边上打盹儿。几本《人世间》《青鹤》《良友画报》这一类的杂志贴在玻璃的那一面以广招徕。其余都是些一折七扣、一折八扣的《燕山外史》《雪鸿泪史》什么的，屯积在两列宝笼里，睡着了似的。

我们进去翻了一遍，就同着走出来，我朝她笑笑：

"开玩笑哩——你！"

"什么？"她的眼睛睁得很大，脸子很严肃的。"到此地来逛书店，就是这么个逛法！……统统只有三家卖文艺书和杂志的书店，这儿的缤缤，还有前面一家新星和金城。其余都是些卖教科书和仪器用品的了。"

我们沿着街石板向四方塘走去，我想：

"真的么——她不会在向我说诳吧！"

拐过一个弯，就到了新星——新星和缤缤的样子差不离，我们就一直来到金城。书店的场面较那两家大，上面横着一块纸牌——"杂志部"。我先从两列宝笼边上挨次看过去，除了徐枕亚他们的东西，还有《金瓶梅》和《啼笑姻缘》这一类的书。在中间一个地方有几本《资平小说集》《爱与血》，以及《灵凤集》，等等。其余关于翻译本子及文艺理论的书籍，简直绝种，别的书可更不用说了。

同来的那位何小姐，她站在中间所谓"杂志部"的板子边上，手里拿本什么东西在瞧，我走拢去一看，见还是一本二月出的《读书生活》。"杂志部"也不过是摆些缤缤那样的杂志。多出来的，就是《汗血月刊》《世界知识》，以及《东方杂志》和《新中华》几样罢了。

左翻右翻翻不出一个所以然，我就推着她走。可是她说：

"站一刻，我还要等一个人来买部书哩。"

说着，她还在看她的，书也没见她买。我可烦躁起来：

"买书就买书，老瞧干吗？"

"说过要等一个人呀，怎么这么烦躁法子！"

这把我真弄傻了，走不好，不走也不好，买书都要等一个人，这大约是她没带钱来。

"没带钱吧？——我这里有。"

她摇摇头，又不理我。于是我背着一双手在屋子中间踱来踱去，有时候瞟一眼宝笼里面摆的那些富有肉感的明星照片。

许久许久，她才找着一个小店伙在他那耳朵背后说了几句什么，那情形是诡秘的。小店伙跑进了里面去，一会儿出来一个四十多岁的商人，和她招呼。她又和他说了句什么，那家伙就把眼睛移到我身上，从头到脚打量了一番。她赶紧说：

"这个不妨事，他和我同来的。"

那个商人神秘地从板子底下抽出一本书来交给她，我走拢去一看，是本三月号的《文学》。钱不知是三角几分，她把包好的书挟着走出来，我就问：

"怎么买一部《文学》，也值得这样鬼头鬼脑。那家伙打量我，是不是怕我是个扒手？"

"此地就是这个样，除了商务、中华两家的书，别些书店里出的书，就不大方便卖，在他们的眼中，大概会等于海洛因。那店主知道什么呢？——他打量你——你要是个做或种工作的人咧？"

我不禁打了一个寒噤，一句话冲出口来：

"是这样的呀？"

"谁骗你！"

说着，她又向我笑笑，大概她看了我这傻了吧唧的样子，很值得笑吧。

我们同走了很远一段路，谁也没开口，等到她和我快要分开的时候，她就告诉我，她不愿意久住此地的，这些也未必不是原因之一，什么耳目都闭塞了，要想找个朋友痛痛快快谈阵天，那就打起灯笼也找不着，谁住得下去！

第三天一早我就去赶回家的汽车。轮子动了，我才不自觉地透出一口长气，一面想：

"真见鬼，偏又要在此地住两天——这地方简直有点像低气压！"

司门口缩影

小　玉

司门口，在长沙是一条神秘之街，其之所以神秘，第一是因为它是最短而且最有名的街道，第二是它能象征中国社会体态的各阶段。

当我们从人多街窄的八角亭走了出来时，眼前忽然觉得开敞起来，一座金黄色的建筑，威武而且稳健地盘踞在宽阔的街旁，这便是现在的司门口。司门口从前做过专管杀人的臬台衙门，据古老的传说，长沙所有的官衙，都是向南，独只臬署是向东方的，这是专司刑曹的象征。

光复以后，臬台大人没有了，衙门改成了警察厅，警察是维持治安的，当然和臬司有所不同，不过在执行法律方面，职务却略有相同，于是在某一时期司门口曾经做过刑场，不管是土匪、政治犯，都捉在司门口的照壁下斩头。听说，尤其是汤芗铭督湘时，差不多每天都有革命党在司门口被杀，并且把头颅挂在电杆上示众。

　　从前长沙人有句骂人的话，说是"你要到司门口去的"，其含义就是骂人家去砍头，后来刑场移到浏城外的识字岭和曾家冲，这句话才慢慢失去了效用，而"司门口"这名词，在一般人的记忆里，也无复有恐怖的存在。

　　司门口的本身，虽然是短短的一条街，但它四方为邻的，都是些热闹的街道，所以介于八角亭与红牌楼之间的一段地面，却也连带得十分繁华，只要你跑到司门口看看，纵使是那么宽的街市，也显得十分拥挤呢。

　　然而司门口的繁华，并不是在平时可以见到的，每当旧历过年的前后，司门口便格外地令人向往，尤其是小孩子们，到了司门口，便好似入了他们的天国，因为那里有的是各种玩具与灯彩。

　　在我们的回忆里，司门口确是一个值得留恋的地方。旧历元宵以前的半个月，这条街道，以及从前照壁里边的广场上，满布着玩具摊担，密密地、一层层地摆设着，连人都挤得走不通。这些玩具，有"刀枪耀目，剑戟森严"的各种木制武器，也有洋货的火药手枪、汽车的模型、气球、假面具、胡须，凡是适宜于小朋友们的玩意儿，都是应有尽有，无美不备。

　　还有灯彩，也是以司门口为集中的市场，这些灯都是本地装潢纸扎业的手工艺制品，在年前的一个月中，早已预备好了，只等到开年，便挑到司门口出卖。灯的形式有最精美的彩灯，用上等质料如凌绢之属制成的，多半是"独占鳌头""麒麟送子"这一类的故事，这种灯普通人买的不多，大约都是供给新添了儿子的人家用的，这可以说是陈设用的灯彩。

　　适于小孩子玩的灯，大多是用纸料扎成，大的有丈多长的龙灯，精巧的有活动的走马灯，新颖的有蛤蟆、飞机、坦克型的灯，最普通的是龙灯，有红纱的，小得很，也有纸的，上面写着"主席""总司令"一类的官衔，这大概还遗留着一些封建时代官员出来都用衔灯的色彩。

在灯市中，有一种新鲜的玩意儿，是用萝卜雕刻的小型灯，这种灯是用大的萝卜，挖空内部，外面雕成鱼虫的形状，涂上颜色，再以小油缸放在里面，点燃了分外美观。不过这东西的雕刻很不容易，非精巧纯熟的手艺不成功的。

灯市从除夕到元宵，要整整热闹半个月，因为过年，小孩子们都有几个压岁钱，大人们口袋也比平常充实，利用这些花花绿绿的灯、奇奇怪怪的玩具来吸引小顾客，于是许多双小眼睛，自然望着他们的玩具发呆，许多的小手，自然会伸进钱袋里去。

相信我们的读者们，多少是经历过这种时代的，小时候过年，拜完了年，睡醒了觉，结伴跑到司门口，目迷五色地东张西望，这样瞧瞧，那样掂掂，结果，一大把的玩具捆载而归，钱袋算是如数解决。

这几个日子，正是过年的当儿，不信，你们到司门口去瞧吧，哪一个卖玩具的不是张口笑，哪一个小朋友不高高兴兴地向司门口跑？要看年景，除了司门口，找不出第二个地方。

从前的司门口，还有熟食担子是最有名的，米粉、油条、烤红薯，这些担子也占有不少的地面……于是司门口简直成了一个小小的市集，大有取火宫殿而代之的趋势。

不久，公安局建了新屋，在移居大发之后，第一步便驱逐了这些小市场的摊担。接着中国银行又起了新行址，于是连照例的灯市，也被赶到臬后街去了。

如今的司门口，一眼只看见中国银行的黄色建筑，这伟大的建筑，像一条大鱼，把整批的法币，一口口地吐出，又一口口地吞进，较之从前的小市场中的一分两分的小交易，显然有天渊之别了，所以今日的司门口，已经不是大众的司门口，只有灯市仍留旧观而已。

我说司门口代表了中国社会的各方面，何以呢？过去它是封建势力的严刑峻法的执行所，有一个时代，又做过劳苦大众的集中地，如今却是新兴资本银行的势力范围；它为一般小孩子所爱好，同时也是许多英雄志士流过血的所在。它把中国社会的进化形态，十分明显地写出一个缩影，研究社会问题的先生们，让司门口来给你们一个正确的答案吧！